Marchands de sable

De la même autrice

Un marin chilien, Gallimard, 2016 (prix SGDL Révélation).
L'Ombre sur la lune, Gallimard, 2017.
La Ligne Wallace, Flammarion, 2021.

Agnès Mathieu-Daudé

Marchands de sable

roman

Flammarion

Pour l'écriture de cet ouvrage, l'autrice a bénéficié
d'une aide du Centre national du livre.

ISBN : 978-2-0804-1169-3

« Voir le monde en un grain de sable,
Un ciel en une fleur des champs,
Retenir l'infini dans la paume des mains
Et l'éternité dans une heure. »

WILLIAM BLAKE, *Augures d'innocence*

« La notion d'"individus" est par essence contradictoire et irréconciliable avec la société de consommation. Il faut détruire l'individu. (...) C'est au sein de la famille que l'homme devient vraiment consommateur, d'abord à cause des exigences sociales du couple, puis à cause des exigences sociales de la vraie famille. »

PIER PAOLO PASOLINI, *Écrits corsaires*

Un octogénaire fatigué crawle dans la baie, sous les yeux désintéressés des vacanciers d'une plage sarde. Il ne se soucie pourtant pas de sa santé et il n'a rien à prouver. Il se contente de continuer, car c'est ce qu'il a toujours fait ; indéfiniment les mêmes gestes, avec la même précision et la même efficacité que les roulements à billes produits à la chaîne dans ses usines, pour faire fonctionner des milliers de machines, pour faire avancer des millions de véhicules. Des usines qui portent d'ailleurs son nom – Signorelli, une marque connue des industriels de tous pays. Pour les prénoms, Ercole, Augusto, un demi-dieu et un empereur.

Sa geste se confond avec celle du capitalisme et on ne s'étonnera donc pas qu'elle traverse avec ce dernier le XXe siècle, déborde sur le suivant, et qu'elle sacrifie à quelques poncifs : confiance dans l'avenir et en soi-même, amours licites et illicites, eau turquoise et soleil radieux. Mais aussi mensonges et compromis, femmes qui s'ennuient ou qu'on ennuie, enfants gâtés à en être abîmés et tant de victimes anonymes.

Une histoire, c'est avant tout une question de point de vue. Première image, ou plutôt vingt-quatre par seconde et en noir et blanc, devant les yeux écarquillés du petit Ercole, cinq ans : Mussolini en long manteau et bottes au genou contemplant les mouvements saccadés d'étranges machines, puis tour à tour vociférant ou goguenard, poing serré sur la hanche comme les poissonnières au marché du Viale Papiniano et enfin perché sur une balustrade au-dessus d'une foule qui hurle son allégeance. En cette « journée nationale de la foi pour la patrie fasciste », le 19 décembre 1938, les caméras propagandistes de l'Institut Luce filment à grands moyens la visite du Duce en Sardaigne, plus précisément dans la petite ville de Carbonia, construite ex nihilo pour extraire du charbon ; le charbon, c'est encore lui qui domine le monde. Menacée d'embargo par la SDN, pour avoir envahi l'Éthiopie de la plus brutale des manières, notamment par l'emploi massif et inédit d'armes chimiques, l'Italie fasciste doit coûte que coûte assurer son indépendance. Menace vaine, qui n'aura d'autre conséquence que de pousser Mussolini dans les bras de Hitler : partout, désormais, on va creuser. Fin des actualités, auxquelles succèdent sur l'écran du Cinema Lux de Turin, et avec un étonnant sens de l'à-propos, les figures de sept nains piochant avec allégresse au fond de leur mine – et en couleurs, cette fois. *Blanche-Neige et les sept nains*, le premier long métrage d'animation des studios Walt Disney, vient de sortir sur tous les écrans de la péninsule.

Fin de la séquence : la nuit est tombée sur les rues de Turin, des flocons flottent au vent et fondent en touchant terre ; Ercole se cramponne à la main gantée de son père, qui avance d'un pas rapide, dans un sillage de vétiver – c'est grâce à des entrepreneurs comme lui que l'homme en bottes a transformé l'Italie.

La deuxième image, un soir de fête en juillet 1976, dans la villa qu'Ercole et Marta Signorelli ont fait construire en bord de plage. Posons d'abord le paysage : devenu le capitaine d'industrie qu'il rêvait d'être, Ercole s'est offert un petit morceau de littoral sarde, en attendant d'y développer des projets plus ambitieux. Il a choisi le sud, un sud dans lequel il n'y a rien, sinon des ânes et des figuiers de Barbarie. Et, tout de même, des raffineries qui poussent comme des champignons ; c'est que depuis 1962, un « plan de renaissance » de l'île veille à ce que l'argent de Rome soutienne tout à la fois l'industrialisation, l'augmentation de la productivité agricole, le développement du tourisme et une meilleure gestion des rares ressources hydrauliques ; le plan ne s'est hélas pas trop soucié d'organiser la cohérence de ces belles intentions, a priori toutes antinomiques. Et, comme Ercole l'a bien compris, presque tous les milliards consacrés à la renaissance sarde seront utilisés pour le seul développement de l'industrie pétrochimique.

En 1976, le charbon appartient bien au passé, or le passé n'a jamais intéressé Ercole : il ne vaut qu'en ce qu'il prépare le futur. Et ce futur, c'est le pétrole. Peu importe qu'il soit un fossile à peu près du même âge que le charbon, peu importe que le monde ne soit pas encore remis du premier choc pétrolier, sans parler du chaos politique dans lequel semble sombrer l'Italie. Ercole aussi a licencié, perdu de l'argent, et les ouvriers encore employés dans ses usines ont fait grève ; les soubresauts sont inévitables. Mais il faut à ce monde du pétrole, toujours plus de pétrole ; on vient même de créer pour ça, au sein de l'OCDE, une Agence internationale de l'énergie. Ercole l'a expliqué à Paloma, dernière maîtresse en date, en prenant un exemple qu'il a jugé à sa portée : il fallait bien du pétrole pour se rougir les lèvres et se vernir les ongles, du pétrole pour produire les tubes et flacons qui contiennent le rouge, pour les livrer dans des magasins, pour se rendre dans ces magasins. Paloma ignorait jusque-là la composition exacte de son maquillage, mais elle a compris et a souri de ses lèvres rouges, au lieu de lui répondre qu'il fallait aussi du pétrole pour fabriquer les bombes artisanales qui explosent à Milan et ailleurs. Après sa tirade, Ercole a levé le bras et déclamé : il faut du pétrole pour faire tourner l'économie, pour éviter ou déclencher les guerres, pour produire et acheminer à peu près tout, de plus en plus vite.

Oui, une histoire de capitalisme, c'est peu ou prou toujours une histoire de pétrole. À se demander si l'existence même du liquide visqueux, tapi sous la roche depuis l'aube des temps, n'est pas subordonnée à une seule fin : garantir à l'humanité son anéantissement. Et mieux encore, par des moyens qui lui sont propres – quitte à être particulièrement sales –, à savoir matérialisme, cupidité, tendance naturelle à la paresse – pourquoi avoir froid quand on peut se chauffer ? – ou à la position assise – pourquoi marcher quand on peut conduire ?

Alors si le pétrole devient rare, Ercole veut se contenter d'engranger les bénéfices, en raffinant ce qu'à défaut de trouver sur place on vole ailleurs, en l'occurrence en Afrique, pour produire sur l'île des biens qui seront renvoyés sur le continent. Une sorte de commerce triangulaire dans lequel la Sardaigne, toujours, est perdante, et dans lequel Ercole a prévu de gagner. Ses usines l'ont suffisamment rapproché du pouvoir pour qu'il sache que le gâteau est énorme. Il veut sa part comme les autres. Jusqu'à maintenant, c'est la Sicile, elle aussi idéalement située entre Afrique et Europe, qui a bénéficié du trafic pétrolier, la Sicile et surtout Cosa Nostra. Place à la Sardaigne : elle n'a même pas une mafia digne de ce nom, ça fera des intermédiaires en moins. Ercole a retenu la leçon de Rockefeller, qui se fichait de ses puits tant qu'il contrôlait camions, trains, bateaux et oléoducs – bref, qu'il contrôlait l'offre et la demande, le marché et bientôt la politique mondiale. La Standard Oil d'Ercole s'appellera Petrolia, un magnifique complexe établi entre la villa et Cagliari. Et même les fabricants d'automobiles, qui méprisent les fabricants de roulements à billes – sans lesquels pourtant ils n'existeraient pas –, ramperont pour le pétrole devenu sien.

Tout est à construire. S'il le faut, Ercole bénéficiera d'appuis haut placés – pas besoin de mafia quand on connaît si bien Licio Gelli, qui dirige *de facto* une partie de l'Italie. Ercole aurait pu raconter tout cela à Paloma, s'il ne l'avait pas crue préoccupée seulement de rouge à lèvres. Il l'a peut-être raconté à Marta, sa femme, mais il ne s'en souvient pas.

Dommage qu'Ercole ne fasse pas davantage attention aux femmes. Il éviterait, dans cette deuxième image, une grossière erreur de focale. Ce soir de juillet 1976, au lieu d'enfouir sa tête entre les cuisses nues de sa voisine, dans le cabanon du jardin de la villa, il verrait peut-être une jeune fille s'éloigner dans la nuit. Et en y regardant mieux, il verrait que la jeune fille tient par la main Paolo, trois ans, l'héritier que Marta a fini par lui donner. Ça s'appelle un enlèvement – ou plutôt un kidnapping, car le modèle, pour les affaires, c'est l'Amérique.

Les femmes et les enfants d'abord. Ercole aurait dû y penser. Petrolia n'aura tenu qu'à un fil, ou plutôt à l'un des cheveux de Paolo. La tentative d'enlèvement aura servi d'avertissement : on ne parlera plus jamais de Petrolia.

Troisième image, un grand-angle cette fois : allongée sur un transat, la belle-fille d'Ercole regarde tout à la fois ses ongles de pieds, les vendeurs autour d'elle et, plus loin, la mer sur laquelle flottent toutes sortes de choses, depuis les bouées de ses enfants jusqu'aux canots de migrants, en passant par les rebuts de l'humanité entière – et ce n'est pas de son beau-père qu'elle parle ainsi ; la mer couverte de pétrole et au fond de laquelle il en frémit encore assez pour qu'on soit tenté de l'extraire, quitte à déclencher quelques séismes au passage. Suzanne a tout d'un *deus ex machina* mais reste à savoir si elle est vraiment là pour un happy end.

Maintenant, rembobinons légèrement la bande.

Première partie

Zone de protection

Petrolia n'apparaît nulle part dans le paysage que Suzanne montre du doigt à Beppe, collé au hublot de l'avion. Pourtant, l'A320 vole dangereusement bas au goût de la mère de famille : est-il normal de pouvoir distinguer les pattes des flamants roses plantées dans l'eau ? L'avion tourne au-dessus du golfe de Cagliari, la « baie des Anges », une parmi tant d'autres, à croire que les anges aussi étaient friands de vacances à la plage. Il survole à présent les bâtiments ronds de la raffinerie, installés au bord des étangs – rectangles multicolores allant du vert au rouge selon la pollution et la concentration en algues –, puis enfin la ville de Cagliari qui s'étend tout autour, cité loin d'être neuve ou idéale, mais successivement phénicienne, punique, romaine, byzantine, aragonaise, barcelonaise, savoyarde, piémontaise et enfin italienne. Petrolia, elle, n'a jamais existé ailleurs que dans les rêves d'Ercole, et Suzanne n'en a jamais rien su. Elle n'imagine même pas que son beau-père ait pu un jour rêver. Les Signorelli n'ont rien à voir avec les huit mille litres de pétrole qu'a consommés l'avion, ils se sont contentés de pratiquer le commerce assidu, et désormais international, de pièces détachées. L'argent est toujours là. Pour ça, Ercole avait vu juste : crise après crise, on n'a jamais cessé de rouler.

Le logo orange de la compagnie aérienne éclate sur le bleu dur du ciel, couleurs complémentaires. En Sardaigne, il fait toujours beau, du moins quand les Signorelli s'y rendent. Une main sur la rampe de l'échelle qui descend de l'avion, l'autre agrippée à celle de Beppe, Suzanne prend enfin plaisir à la chaleur qui depuis quelques semaines accable l'Europe. Elle s'inquiète moins du dérèglement climatique dans les endroits où il fait toujours beau, en tout cas moins que dans cette Angleterre laissée ce matin derrière eux, empoissée dans une canicule inédite. Son mari et ses fils n'ont ni chaud ni froid : les Signorelli n'aiment pas s'inquiéter pour les choses qu'ils ne peuvent contrôler. Si l'état civil de Suzanne, comme son compte en banque, certifient qu'elle est une Signorelli depuis son mariage avec Paolo, elle s'inquiète, elle, pour à peu près tout. Notons qu'à l'inverse des vaches, qui grimpent de juin à août dans leurs fraîches estives, les Signorelli descendent vers les terres basses et chaudes, depuis les brouillards qui nappent Londres ou Milan. À l'exception des vacances hivernales, bien sûr, où ils gagnent l'altitude, plus haut même que les vaches. Marta, la belle-mère de Suzanne, a beau répéter que c'est fini, qu'il y a trop de monde sur la plage, qu'elle n'y mettra plus un pied après le 31 mai, elle n'y résiste pas et revient chaque année. Trop tard pour recréer ailleurs, d'un claquement de ses doigts légèrement arthritiques, la vie sociale qu'elle a, depuis quarante ans, patiemment construite sur cette portion de côte sarde – à défaut d'y voir éclore le projet pétrolier de son mari mégalomane.

Avant de rejoindre le tarmac, Suzanne décide d'immortaliser l'instant avec son téléphone, comme si leur débarquement à Cagliari équivalait à celui des Beatles à New York ou de la reine Elizabeth aux îles Tonga – le regard d'une mère, dirons-nous. Elle se félicite d'avoir choisi des bermudas gris perle et des polos marine pour les trois garçons, au lieu des shorts cargos et des tee-shirts dinosaures qu'ils réclamaient. Les voilà parfaitement assortis à l'azur et au logo orange, en partance vers la page « juillet » du calendrier photo qu'elle fera éditer pour ses parents à la fin de l'année ; les vacances n'auront pas servi à rien. Paolo lui demandera si c'est exprès qu'elle fait de la pub pour une compagnie low cost et Suzanne doutera : peut-être en effet que le calendrier ne devrait pas fixer ainsi pour l'éternité, ou au moins pour le mois de juillet prochain, ce bilan carbone qui désormais la chiffonne – mais s'ils ont voyagé en low cost, c'est qu'elle s'est livrée à de pénibles calculs, dont elle a conclu qu'il était préférable pour la planète que les Signorelli s'entassent aux côtés de pléthoriques passagers sans bagages, plutôt qu'à bord des avions dont ils ont l'habitude. Ces inquiétudes, depuis peu, l'occupent considérablement. Mais pour l'instant, l'été reste à venir, avec ses promesses que septembre engloutira, comme il engloutira, si tout se passe bien, la culpabilité de Suzanne, pas encore disposée à examiner la faisabilité du voyage en train et en bateau.

Les enfants posent, rangés par taille, sur une marche de l'échelle métallique : Giorgio, bientôt dix ans, Taddeo, sept ans, Beppe, cinq ans. Indifférente à ce qui se joue dans cette photo – si elle commence à regarder les clients, elle ne s'en sortira pas –, mais tolérante envers la famille modèle qui respire l'aisance, l'hôtesse, d'un geste à la fois ferme et courtois, fait patienter les voyageurs qui leur succéderont dans l'habitacle, destination Londres. Pour accélérer la cadence, le ménage n'est plus fait avant chaque vol, comme l'a remarqué Paolo dénichant un magazine oublié dans le vantail du siège contre lequel il a cogné ses longues jambes et ses baskets trop blanches. Il a également grogné en payant son café – autant de moyens d'insister tacitement sur les désagréments de ce trajet à bas coût. Encore peu sensible à l'argument écologique, il croit que Suzanne a voulu, une fois de plus, économiser l'argent qu'elle n'a pourtant pas gagné – comme si cette attitude prudente n'était pas justement la plus logique, alors qu'elle n'a hérité de rien et ne travaille pas. Et comme si Paolo Signorelli, lui, avait fait autre chose qu'en hériter – il travaille, certes, mais son salaire dépend en partie du nom qu'il a reçu, et il n'y a guère de rapport entre l'effort qu'il fournit et ce qu'ils dépensent chaque mois dans leur maison de Kensington. Paolo porte pour l'occasion un pantalon beige et une chemise de lin bleu pâle des plus classiques, manches remontées sur avant-bras brunis – il a réussi à bronzer à Londres, comme quoi la canicule ne nuit pas à tout le monde. Suzanne se demande qui, d'elle ou de son mari, est devenu le plus caricatural : il a récemment abandonné les fantaisies de sa jeunesse – des fantaisies de tailleurs milanais, tout de même, mais qui s'étaient fondues dans l'excentricité du classicisme londonien – pour ressembler à n'importe quel quadragénaire aisé d'une capitale européenne. Le genre de type qui voudrait voyager en business mais dont la femme croit sauver la planète en changeant de classe d'avion – et tout ça, non par amour de l'humanité, mais pour leurs gosses. Au moins, Paolo ne gâche en rien la vue d'ensemble desdits gosses yeux plissés face au soleil, pour la simple raison qu'il est déjà parti fumer une cigarette sur le parking.

Restons donc avec Suzanne, que personne ne regarde alors qu'elle attend les bagages en surveillant d'un œil distrait les chromes des chariots à roulettes. Peut-être pour vérifier qu'aucune jambe ne s'y coince alors que les enfants se livrent à des courses effrénées, peut-être pour deviner son reflet déformé par les tubes métalliques. Elle ressent toujours la même surprise à apercevoir sa silhouette dans l'espace public et à constater qu'elle y existe. Au-dessus de sa tête, une grande fresque murale financée par la coopérative laitière Arborea représente la Sardaigne et ses productions agricoles, assortie du slogan « l'île des vaches heureuses ». Suzanne l'ignore mais Arborea est le nom moderne de Mussolinia, l'une des premières villes nouvelles du fascisme, destinée, celle-ci, à garantir l'autonomie agricole de la Botte. Les producteurs de lait l'ont emporté sur les rêveurs du charbon. Suzanne patiente en cliquant successivement et dans un ordre préétabli sur les icônes du

Guardian, du *Monde*, du *New York Times*, de *Libération* et du *Washington Post*. Elle a dans une vie antérieure brièvement été journaliste et elle en a gardé le goût de l'information, mais aujourd'hui, ces icônes servent surtout à relier la femme de millionnaire au réel : elle suit la vie des gens, à défaut de la partager.

Le tapis roulant se met enfin en branle, cloporte de caoutchouc noir sur lequel une bouche bée vomit automatiquement une à une les valises. À Lutton, en regardant le jeune homme qui moyennant finances a emballé leurs bagages dans des mètres de cellophane, Suzanne a regretté à voix basse qu'il ne puisse rien faire pour protéger sa famille des éventuelles rayures que le séjour chez ses beaux-parents ne manquera pas de provoquer. Dans un crissement de plastique qui l'irrite, elle empile les bagages sur le chariot, de la manière la plus rationnelle possible ; c'est là le meilleur usage qu'elle fasse désormais de son baccalauréat scientifique avec mention. Elle regroupe les enfants et pousse l'équipage vers la sortie, assortissant leur progression de ces mots d'encouragement et d'attention prodigués machinalement pour éviter que l'un parte regarder un babyfoot, que l'autre réclame un jus d'orange ou que le dernier oublie de suivre. Allez, allez ! Avec un sifflet, elle pourrait tout aussi bien guider des moutons ou une troupe de scouts. Suzanne a embrassé la maternité comme une succession de missions à accomplir, mais personne ne lui donne jamais le moindre bon point pour récompenser ses progrès.

Elle contourne les chauffeurs déguisés en businessmen ; ils tiennent à bout de bras des tablettes affichant le nom des impétrants qu'ils sont venus chercher, tout en marmonnant de mystérieuses instructions dans des oreillettes probablement reliées au néant. Personne n'est venu les chercher. Enfin, si, Salvatore, mais il n'a pas besoin de noter où que ce soit le nom de la famille pour laquelle la sienne travaille depuis plusieurs décennies. Et en ce moment précis, Salvatore, appuyé contre la vitre teintée de son van noir, discute avec Paolo sur le parking. Les vastes mouvements de leurs bras terminés par des cigarettes tracent des arabesques de fumée, doublant les traînées de condensation tracées par les avions dans le ciel – *cirrus homogenitus*, puisque ces créations toutes humaines ont fait leur entrée dans la classification des nuages, comme Suzanne le précise aux enfants. C'est le genre d'information qu'elle partageait avec Paolo quand peu lui importait qu'il l'écoute. Peut-être même qu'il l'écoutait. Les enfants, eux, n'entendent pas.

La robe de coton de Suzanne se soulève dans le vent tiède, une vision rapide de Marilyn retenant la sienne allège quelque peu la caravane brinquebalante. Elle se demande ce qu'en pense Paolo, s'il la regarde encore, s'il remarque qu'elle porte une robe pour voyager. Joe DiMaggio, furieux quand Billy Wilder avait tourné la fameuse scène de la bouche de métro, avait déclaré : « Ma femme n'est pas un objet sexuel. » Est-ce que Paolo veut, ou ne veut pas, que Suzanne soit un objet sexuel ? Réponse probable, « pas sur un parking sarde, en tout cas », mais cela ne dirait rien non plus de ce que Paolo veut vraiment. Suzanne n'a jamais su ce que Paolo voulait vraiment ; lui non plus, d'ailleurs. Combien sont-ils, ceux qui savent ? Il la désire encore autant qu'elle le désire, mais ils se désirent depuis suffisamment longtemps pour éviter les questions. De toute façon, c'est un Salvatore tout sourire qui, en apercevant Suzanne et sans penser à Marilyn, s'empresse de jeter son mégot et de fondre sur elle, ajustant ses lunettes aviateur et plaquant en arrière ses cheveux pourtant déjà bien gominés. Salvatore manœuvre le chariot avec la dextérité d'un homme qui passe une partie de ses journées à promener des bagages sur des parkings. Le chauffeur conduit les Signorelli pendant leurs vacances en Sardaigne – leur Audi stationnée à l'année dans le garage de la villa étant jugée trop inconfortable pour certaines courses.

Suzanne soupçonne Paolo d'avoir retenu Salvatore sur le parking afin qu'elle se retrouve à pousser les bagages et mesure le confort dont elle compte les priver en exigeant de prendre le car, plutôt que de bénéficier des services d'un obséquieux chauffeur et de son van, à l'arrière duquel grimpent maintenant les enfants. Comme si tout cela était normal, alors que le car aurait l'avantage de leur rappeler qu'à la différence de leur père, leur mère a grandi dans une relative pauvreté. L'argent, ça se mérite, ce genre de choses. Certes, on pourrait se demander, et Suzanne se le demande d'ailleurs souvent, ce qu'elle a fait à part se marier. Mais se marier avec un héritier relève d'une forme de mérite, ça, elle en est désormais persuadée, sans avoir pour autant encore trouvé d'oreille compatissante, sinon celle du docteur Mercer. Et encore, le docteur Mercer est toujours compatissant, c'est son métier que d'écouter avec bienveillance. Suzanne n'est même pas sûre qu'il comprenne tout ce qu'elle lui dit – le docteur Mercer est né anglophone, tandis que les deux parents de Suzanne sont originaires du Gard. Puisqu'on parle langues, précisons tout de suite que Paolo s'exprime en italien, Suzanne en français, et qu'ils alternent à Londres entre les deux, chacun ayant plutôt bien appris la langue de l'autre ; les enfants y ajoutent l'anglais. À partir de maintenant, ils ne vont tous presque plus parler qu'italien et Suzanne s'en sentira, selon les moments, fatiguée, diminuée ou humiliée. Parfois aussi protégée : on ne risque pas de déceler ici les relents d'accent gardois qu'elle a passé sa vie à éradiquer. En français, serait-elle capable de vivre avec autant de naturel comme une richissime femme au foyer ? Le ridicule s'efface parfois dans une langue étrangère.

Suzanne a répété que le car pèserait également moins lourd dans le bilan carbone. Pas sûr en revanche qu'il ralentisse sur la route de la corniche comme le fait Salvatore, sans pour autant éviter que Beppe vomisse dans le sac que son père a d'office placé sur ses genoux. Ce bruit de plastique froissé par les mains de l'enfant anxieux a fini par rythmer l'ensemble de leurs déplacements automobiles, tandis que Suzanne n'a pas réussi à trancher entre le sac en plastique et le sac en papier doublé d'aluminium offert aux malades dans l'avion, apparemment tous deux susceptibles de mettre quatre cent cinquante ans à se dégrader. Pas sûr non plus que le chauffeur du bus se livre, comme Salvatore, à ce dérapage au frein à main sur les graviers d'un accotement de corniche – les aînés en profitent pour lâcher leur console et reconnaître la vue –, ni qu'il se précipite pour ôter des mains de Suzanne le sac au répugnant contenu et le balancer le plus loin possible en contrebas. Le sac finit accroché sur un genévrier ; nul doute qu'il y battra pavillon blanc pendant au moins quelques années, au beau milieu d'une zone de protection du littoral. Souillure de la nature que Paolo réprouve autant que sa femme, on le lit à son haussement de sourcil circonstancié, tout en devinant qu'il n'a pas pour autant envie de voyager avec le sac sur les genoux, ni surtout de s'opposer à Salvatore, qui aère maintenant l'habitacle avant de remonter les vitres fumées, de remettre la clim à fond et de poursuivre jusqu'à la prochaine série de lacets. Il règne ici une loi tacite selon laquelle on ne remet pas en cause les décisions des autochtones, aussi absurdes semblent-elles : c'est à ce prix qu'on conserve, au XXIe siècle, les avantages acquis par des années de domination continentale sur les insulaires. Et ce n'est pas cher payé, puisqu'on a finalement laissé aux Sardes peu de décisions fondamentales à prendre.

Dans le van qui s'éloigne de l'objet du délit, Paolo en convient à voix très basse et en anglais : les sacs qui flottent dans l'eau en entraînant derrière eux des tortues affamées, c'est moche et ça fait pleurer les enfants, mais si les habitants veulent dégueulasser leur propre littoral, c'est bien leur problème, non ? De toute façon, poursuit Paolo, les tortues, on n'en voit plus ici depuis longtemps. Ce en quoi il a tort : la veille, un touriste a déniché un nid de *Caretta caretta* sur la plage, en voulant y planter son parasol. Une zone de protection, de deux mètres carrés celle-ci, a été délimitée sur le sable à l'aide de bandes de plastique rouge et blanc pour permettre l'éclosion des œufs en toute sécurité. Suzanne l'a appris en s'abonnant au hashtag « costaazzurra », qu'elle suit dans l'éventualité de quelque catastrophe naturelle sur leur lieu de villégiature ou de la fermeture de la pharmacie de garde. Qui sait ? Justement, personne ne sait encore, c'est à ça que servent ces réseaux. En ce qui concerne les tortues, c'est vrai que ce n'est pas tout à fait un repeuplement, d'autant plus qu'elles seront illégalement pêchées peu de temps après – selon la prédiction indignée qu'une certaine Tartaruga_rossa a laissée en commentaire.

Il existe heureusement quelques endroits exempts de dégradations trop visibles, comme la petite plage blanche entourée de rochers qu'on aperçoit désormais en contrebas, au bord de laquelle les parents de Paolo ont fait construire leur maison. Bien sûr, en 1975, on ne protégeait rien du tout ici : priorité à l'installation des touristes, dussent-ils tailler un peu dans les corniches pour nidifier. Les Signorelli et leur cercle d'amis turinois, romains et milanais ont d'abord construit une quinzaine de villas, puis les ont érigées a posteriori en lotissement, comme s'il s'agissait d'un plan d'urbanisme concerté. Ils ont ensuite interdit toute nouvelle addition, ce qui ne les a en rien empêchés de multiplier chez eux patios, vérandas ou étages, comme dans un dangereux jeu de badaboum immobilier, sans parler des sous-sols à trois niveaux pour créer buanderies, *home cinemas* ou salles de gym. Des rectangles bleu piscine parsèment l'ensemble, dispensant sur la colline un cours de géométrie à ciel ouvert. Ça commence à faire un sacré gruyère et, chaque année, au moment des orages de la fin août, l'eau érode, ruisselle, sape, lave et ravine la colline. Pendant quelques jours, les ouvriers s'affairent pour rendre le chemin de desserte à nouveau praticable pour les 4×4 immaculés inquiets à l'idée de s'embourber. Autant dire que les Signorelli ne viennent plus fin août depuis longtemps. Quand le sud de la Sardaigne est devenu à la mode, au début du XXIe siècle, les résidents du lotissement, agacés par la surpopulation de la plage, ont fait protéger leur accès à la mer, fonds sous-marins compris, quitte à devoir pêcher les oursins en douce – la protection ayant ça de bon qu'elle permet le renouvellement des colonies d'échinoïdes, alors que depuis quelques années il fallait aller les acheter chez le poissonnier. Afin de ne fâcher personne, les lieux sont officiellement libres d'accès, mais la seule route qui gagne le rivage est privée, sous prétexte qu'elle dessert le lotissement.

Un garde salue le van depuis son trône de jardin en plastique vert. Cette année, la barrière est actionnée au moyen d'un de ces petits boîtiers que Salvatore brandit en l'air en le présentant comme un « bip », onomatopée efficace sinon exacte, le boîtier étant silencieux. Cette automatisation a rendu la notion de garde caduque, mais il reste là, à contrôler le passage des différents corps de service garantissant la survie du lotissement, jardiniers, livreurs de fioul et de ces surgelés qu'on ne consomme qu'en vacances mais avec un plaisir coupable, masseuses ou pédicures à domicile. Plus probablement, le garde reste là pour maintenir le standing des lieux. Au moment où la barrière se ferme derrière eux, Salvatore agite à nouveau le boîtier et lance à Paolo : « Si ça avait existé en 76, ce truc, peut-être que tout aurait été différent, hein ? » La prouesse technologique et ses conséquences ne provoquent aucune réaction chez Paolo, qui ne semble même pas avoir entendu, alors le chauffeur insiste et marmonne quelques mots que Suzanne ne comprend pas, la faute à son accent.

Une histoire de voiture et de *bambino* de trois ans, mais aussi, et qui dénote dans le registre vacances, ce mot *sequestro* qu'elle entend, lui, distinctement. Un faux ami ? Quelqu'un a-t-il été emprisonné ? Les enfants sont trop sonnés par le voyage et trop impatients d'arriver pour enregistrer les conversations d'adultes, dans une langue qu'ils maîtrisent mal. Mais l'attitude de Paolo confirme que quelque chose a été dit et qu'il l'a cette fois entendu : silencieux, il regarde par la vitre qui encadre le paysage, comme s'il découvrait tout à coup les ruines de la tour depuis laquelle les insulaires s'apprêtaient au XVIe siècle à repousser les envahisseurs – aragonais ou catalans, Suzanne ne sait plus très bien, mais ce dont elle est sûre, c'est que la tour n'a pas changé depuis une bonne centaine d'années et que Paolo n'a pas l'habitude de contempler les paysages. Elle connaît les nuances du comportement de son mari aussi bien que Salvatore connaît celles de la mer en contrebas. Demander au chauffeur ce qu'il raconte relèverait d'une ingérence dont elle n'a pas l'habitude : ici, elle ne fait pas la conversation, elle se contente de gérer les nausées. Elle tapote frénétiquement sur son téléphone à la recherche d'un éventuel faux ami, traduction de l'italien depuis le français, *sequestro* : séquestre, enlèvement. Mais qui donc aurait été enlevé ? Un enfant, en plus ?

Est-ce que Salvatore parlait de lui-même ? Il partage l'année de naissance de son mari, ils avaient bien trois ans en 1976. C'est aussi l'année où Marcella, la mère de Salvatore, est entrée au service des Signorelli. Cet été-là, dans leur villa récemment construite, Marta avait eu besoin d'une aide supplémentaire pour les vacances, puisqu'elle avait un enfant en plus, et Marcella avait eu besoin d'un travail, puisqu'elle avait un enfant en plus. Suzanne s'inquiète – un danger possible s'insinue toujours dans ce qu'elle ne comprend pas. Mais elle n'a guère le temps de réfléchir aux faux amis et aux vraies catastrophes : Paolo interroge maintenant le chauffeur sur sa vie domestique, comme s'il n'avait pas eu le loisir de le faire avant, pendant les quatre-vingt-dix minutes de route silencieuse, plutôt que sur le chemin de terre qui cahote jusqu'à la villa. Toujours ni femme ni enfant, Salvatore vit au village chez ses parents qui vont bien, merci.

Sa mère, la voilà d'ailleurs qui approche, un chiffon à la main, pour les accueillir, après que le chauffeur a effectué une marche arrière millimétrée entre haie de lauriers-roses et bougainvillées, puis débarqué les bagages sur le porche crépi saumon, devant ces colonnes trapues qui ne correspondent à aucun ordre identifiable sinon le *tradizionale*, vocable qui excuse ici toutes les audaces puisqu'il ne reste pas dans la région de maisons traditionnelles, qui permettraient de se faire une idée des originaux. Marcella, une imposante femme vêtue de noir, indéniablement très *tradizionale*, elle, embrasse chaleureusement Paolo puis les enfants, avant de saluer Suzanne d'un pudique mouvement de menton. Elle ignore totalement son fils, qui remonte dans son van sans se retourner, double professionnalisme que Suzanne trouve un peu exagéré au milieu des lauriers-roses.

La famille suit la silhouette qui tangue dans les couloirs pour découvrir quelles chambres leur sont assignées, selon une mystérieuse rotation dont seule Marta a le secret et qu'elle justifie par des interdits soudains – « pas d'enfants au sud, ils oublient de fermer les volets, ça fatigue la clim » ou « pas de couples dans la chambre jaune, le poids va abîmer le matelas neuf ». La maison sera à moitié vide, les sœurs de Paolo ne viennent jamais l'été, mais cela ne change rien : se soucier de gaspillage est l'un des privilèges paradoxaux de ceux qui n'ont à se soucier de rien. Ici, on vit sobrement.

Beppe tient la main de sa mère. Giorgio et Taddeo partent à la recherche d'éventuelles « nouveautés », ou de ces jeux qu'ils auraient oubliés, comme ce vieux *Monòpoli* qui s'échappe de sa boîte cassée, qui elle-même s'échappe d'un placard à jouets dont la clé n'a jamais été retrouvée ; ce désordre surprend Suzanne dans cette maison où tout est rangé, comme s'il était admis que l'enfance comporte en elle sa part de chaos. Suzanne est perturbée par cette odeur qui imprègne tout et qu'elle avait oublié, l'odeur aigre du *sugo* que Marcella fait à l'aube à grand renfort de casseroles et de moulinette à légumes en métal. Suzanne et Paolo ne sont pas venus depuis quatre ans : trois enfants en bas âge réveillés à six heures par la moulinette à légumes, c'était au-dessus des forces de la mère de famille. « On ne peut pas demander à une domestique de faire moins de bruit quand elle travaille », avait répondu Paolo, ignorant que, pour Suzanne, le problème principal résidait plutôt dans l'incapacité qu'avaient les uns et les autres de se faire à manger sans l'aide d'une bonne. Tant qu'à faire, le couple parental hérite de la chambre qui jouxte la cuisine mais, pour une fois, il y a un lit double. Suzanne renonce donc à l'accablement, de toute façon, c'est trop tôt, et, à la place, elle accélère le mouvement. Ils sont venus pour se baigner, sinon se reposer, et rien d'autre n'a d'importance.

Sur le lit, Suzanne trouve à l'attention de son mari et des enfants des bermudas de bain achetés par Marta, l'un de ces modèles trop longs à son goût portés au cap Ferret ou dans les piscines du Luberon, le *chic français* décliné dans tout un tas de motifs infantilisants : cette année, ce seront des petits toucans stylisés. Marta n'aime pas le désassorti. Mais elle ne s'est pas risquée à acheter un maillot pour Suzanne, qui enfile son éternel bikini noir.

Les voyages forment la jeunesse

Rien ne prédisposait Suzanne à cette immersion dans une richissime famille italienne – ce qui revient à dire que tout, au contraire, l'y prédisposait. Élevée sur le tremplin de la frustration, Suzanne Valeyre était prête à être propulsée le plus loin possible. Le Luberon ou le cap Ferret sont depuis toujours du côté de Marta et des Signorelli plutôt que de la famille Valeyre, et tout serait resté ainsi si un beau soir d'août au début des années 2000, un de ces soirs où le ciel rougeoie même à Paris, Suzanne n'avait pas gagné la gare de Bercy pour monter dans un train de nuit en partance pour Venise. Venise, où peu auparavant s'était installé un certain Xavier avec ses trois valises et l'ambition de terminer une thèse sur les mosaïques byzantines, qu'ils avaient prévu de contempler tous deux dans les églises de la lagune pendant une semaine de vacances, avant que Suzanne ne reparte travailler dans les bureaux parisiens du journal où elle avait décroché son premier CDD. Ils étaient trop jeunes, ils avaient trop à faire pour qu'elle s'oppose à cette séparation d'une année, mais Suzanne savait déjà que la simple absence géographique pouvait suffire à la disparition de l'être aimé, envers et contre tout ce qu'ont raconté les poètes. À cette époque, elle était cependant optimiste : avec un peu de chance, leur histoire, qui avait déjà quelques années, continuerait paisiblement et ils emménageraient ensemble au retour de Xavier. Dans le train qui traversait une France inconnue – plaines champenoises ou montagnes soudaines du Jura, à moins que ce ne fussent les Vosges ? – elle se voyait déjà à Torcello, par exemple, plantée sous les ors du Jugement dernier de l'église Santa Maria Assunta, partagée entre la fascination pour la beauté des lieux et la frustration qui commençait alors à se manifester envers cette thèse qu'elle avait décidé, elle, de ne pas faire.

En effet, si l'on considérait les débuts de Suzanne dans la vie, c'était déjà beaucoup d'avoir réussi à obtenir un diplôme en journalisme. Les relevés de notes conservés par sa mère en témoignaient, Suzanne avait toujours été une bonne élève ; mais être une bonne élève à l'école de la petite commune de Vinargues, dans le Gard, ce n'est pas la même chose que de l'être à Paris chez les jésuites de Saint-Louis-de-Gonzague, comme Xavier, ni même qu'être une élève moyenne à l'école française de Milan, où Paolo avait suivi sa scolarité à peu près cinq ans avant Xavier et Suzanne. Heureusement, l'absence de lycée municipal avait obligé les Valeyre, prêts à tout pour que Suzanne ait son bac, à l'envoyer en internat à Nîmes, où elle avait découvert tout à la fois le tabac, l'eye-liner, Henri Michaux, Joy Division, et, surtout, la possibilité de quitter la région une fois le fameux baccalauréat en poche. Ce qu'elle n'avait pas hésité une seconde à faire, comme on ouvre grands les poumons pour respirer l'air marin après une année passée en ville. C'était dix-huit ans de torpeur gardoise que Suzanne avait exhalée en débarquant gare de Lyon, deux valises à la main et encore étourdie de ce que ses parents aient accepté ce départ et les dépenses afférentes – se reprochaient-ils donc quelque chose ?

Comme tant d'autres avant et après elle, elle s'était enivrée de tout ce que Paris offrait : la chambre de bonne et la Sorbonne, la carte orange et l'accès illimité au métro, dont elle aimait jusqu'à l'odeur. Liberté, variété, ces choix sans cesse proposés par les nouveaux amis sans cesse renouvelés, une expo, un ciné, un café ? Même les baby-sittings avaient un autre goût, pendant lesquels elle se peignait les ongles de teintes mordorées empruntées dans une salle de bains – au sud de la Loire, le vernis se portait rouge ou rose – ou dévorait des bibliothèques aux contenus qu'elle croyait réservés aux professeurs d'université – après tout, c'était parfois la profession qu'exerçaient leurs propriétaires, tout autant que celle de psychanalyste, d'avocat ou de dirigeant d'entreprise. Elle s'était acclimatée, avait aimé, quitté, aimé à nouveau, avait choisi des rideaux, bref, elle avait pris racine, ne retournant que de plus en plus rarement à Vinargues, où il lui devenait un peu plus pénible, à chaque fois, de défaire l'assortiment de peluches que sa mère arrangeait minutieusement sur son lit – *comme quand tu étais petite*. Suzanne avait eu peur de finir pour toujours coincée entre l'ours rose gagné au tir à la carabine et le dauphin acheté pour ses huit ans à l'Intermarché voisin. Xavier, bourgeois élevé dans le 7e arrondissement parisien, avait lui fait le choix, au grand dam de ses parents médecins, de se consacrer à l'archéologie. Avec son air gentiment dépenaillé, les pans de ses chemises sur mesure sortant de ses jeans parfaitement vieillis, jusqu'à la marque du portefeuille gonflé dans la poche, avec sa bibliothèque familiale digne de celle des meilleurs baby-sittings et ses ambitions d'historien – qu'est-ce qui pouvait être plus éloigné de Vinargues que les raffinements de l'Empire byzantin ? –, Xavier représentait à peu près tout ce dont Suzanne pouvait alors rêver, quand elle ne savait pas de quoi exactement elle pouvait rêver. Ni qu'elle pouvait viser plus haut encore, quitte à perdre l'archéologie au passage.

Plus haut, c'était donc Paolo, errant dans la gare de Milano Centrale ce dimanche matin d'août, là où le train de Suzanne, après quelques ralentissements nocturnes dus à des avaries techniques, s'était arrêté pour de bon, obligeant les passagers épuisés à descendre chercher le quai où ils attendraient le prochain départ pour Venezia-Santa Lucia. Paolo n'avait rien à faire dans cette gare, à cette heure-là ; c'est en voiture que l'héritier des Signorelli, encore en apprentissage au siège familial de l'entreprise, aurait dû comme à son habitude rentrer de la fête où il avait passé la nuit, dans une des grandes villas de Monza occupées par des expatriés, en l'occurrence des Danois dont la fille cadette, une Elsa particulièrement blonde, bronzée et délurée, l'avait abordé dans le bar du centre de Milan où il avait ses habitudes, le samedi à l'heure de l'*aperitivo.* Paolo attendait ses amis, il avait plaisanté avec Elsa au comptoir, et quelques minutes plus tard il avait choisi de la suivre, dans la Giulietta que la fille empruntait à son père en l'absence de celui-ci.

La fête s'était révélée aussi convenue qu'il l'avait anticipé, mais il essayait quand même, qu'aurait-il pu faire d'autre ? Après l'avoir présenté à tous ses amis, Elsa s'était désintéressée de lui et, l'enthousiasme de la coke aidant, s'était laissé tripoter au milieu du salon familial par un étudiant espagnol de passage. Paolo avait traîné de groupe en groupe, reconnu quelques têtes, piqué la sienne dans la piscine, puis attendu, un verre de rhum blanc à la main, que le matin arrive pour gagner la gare à pied. Il ne tenait pas à être raccompagné par l'une des épaves échouées sur les transats du jardin. Assis sur un banc de la gare à attendre l'ouverture du premier café, il n'avait pas spécialement pensé à la rencontre de son grand-père avec Mussolini, quelque part dans ce hall trop grand, en 1934. Giorgio Signorelli et tout un aréopage d'industriels moustachus avaient été conviés à venir y serrer la main du Duce à l'occasion de la mise en service de l'ETR 200 – *Elettro Treno Rapido* –, la première rame de train électrique mondiale à vitesse élevée, deux cents kilomètres/heure, alors que partout ailleurs ou presque on traînait encore à la vapeur, sans parler de la climatisation, des fenêtres panoramiques et des sièges inclinables. Les roulements à billes des Signorelli avaient participé à la légende selon laquelle Mussolini « avait fait arriver les trains à l'heure ». On avait suffisamment raconté l'anecdote à Paolo pour qu'elle ne signifie plus rien. Ce qu'il avait apprécié en attendant ce matin-là dans la gare, c'était une situation pour lui inédite, celle d'un homme obligé de dépendre des autres – en l'occurrence, d'un tenancier de cafétéria.

Ces derniers temps, Paolo avait l'impression de multiplier, sans pourtant le faire exprès, les situations inédites. Ça tenait à peu de chose, une phrase qu'il prononçait à table ou dans la grande salle de réunion du siège, une phrase qu'il jugeait anodine mais qui faisait sourciller sa mère ou le conseil d'administration. Et ces réactions à leur tour semblaient lui indiquer qu'il était en train de s'éloigner de la route tracée pour lui. Or le moins qu'on puisse dire, c'est que les roulements mécaniques n'aiment pas les chemins de traverse. C'est un classique : un grain de sable et la machine s'enraye de manière exponentielle. L'attention maniaque portée au devenir des héritiers peut faire office de grain de sable – ils sont tellement surveillés qu'il leur est difficile de ne pas exploser en plein vol. Jusque-là, Paolo avait eu de la chance : Ercole faisait attention à l'attention qu'il lui portait, manipulation de haute voltige résultant de l'observation maladive de ce que faisaient les Agnelli.

C'est que Gianni Agnelli, l'*Avvocato*, était l'ennemi d'Ercole, c'est-à-dire à la fois son modèle et son rival. Comment en aurait-il été autrement ? Nés respectivement en 1921 et 1933, tous deux beaux, riches, sportifs et turinois, les mêmes syllabes pour clore leurs noms. Mais ces douze années d'écart avaient suffi à les éloigner à jamais. Gianni Agnelli, à vingt ans sous-lieutenant de l'armée mussolinienne, avait eu le bon goût de se faire blesser au front avant de rejoindre les Alliés en 1943. Douze ans d'écart pour que l'un soit à jamais un héros, l'autre un collégien. Et puis, surtout, l'un avait hérité de Fiat, dont les automobiles ont construit l'économie italienne moderne, tandis que les Signorelli, eux, se contentaient depuis toujours d'en produire les pièces détachées.

C'était là le résultat d'une tradition familiale remontant aux *zoieliers* vénitiens – un Signorelli au XVe siècle ciselait de l'orfèvrerie pour les doges de la Sérénissime –, tradition que le jeune Ercole, très tôt soucieux de ce qu'on appellerait plus tard le *storytelling*, avait exhumée au moment où il avait pris la succession de son père. Il avait alors transféré le siège de Turin à Milan. Au moins, il ne verrait plus Gianni couper les rubans d'inauguration de tous les bâtiments de la ville, il n'aurait plus à partager ses maîtresses, il n'aurait plus à constater que jamais les Signorelli ne seraient aussi riches que les Agnelli et que toujours Gianni l'ignorerait. Il avait également juré que jamais un Signorelli ne roulerait en Fiat. Quand la compagnie eut acheté tous les constructeurs automobiles italiens, Ercole avait dû s'équiper d'une voiture allemande, faisant fi du patriotisme. Mais qu'est-ce donc que le patriotisme aujourd'hui ? avait demandé le patriarche, depuis longtemps revenu des rêves nationalistes de sa petite enfance.

Sa revanche, il la tenait peut-être avec sa descendance. En effet, Edoardo, le fils unique de Gianni, avait montré des signes de faiblesse – le cycle infernal dépression, drogues, et un peu plus de l'une et des autres –, jusqu'à ce que son père finisse par l'écarter de la succession à la tête de la Fiat, et surtout jusqu'à ce qu'on retrouve son corps un beau matin, encore en pyjama, au pied d'un pont connu pour son fort taux de suicides – version de la police, de la famille et de la presse. Les médias iraniens, eux, avaient crié au complot, accusant le Mossad d'avoir supprimé celui qui représentait potentiellement quelque menace depuis que, désormais plus ou moins sevré, Edoardo Agnelli s'était converti à l'islam – et partageait son temps, et surtout peut-être bientôt sa fortune, entre l'Italie et l'Iran de Khomeiny. Ercole, effrayé par la conversion à l'islam plus que par la dépression – à laquelle il ne croyait pas – ou les drogues – dont il ne voyait pas l'intérêt –, avait souhaité rappeler à Paolo que rien ne l'obligeait à lui succéder. Que l'entreprise était solide, dotée d'un conseil d'administration parfaitement autonome, et que ce nom même de Signorelli pouvait s'il le fallait cesser d'être associé pour toujours aux roulements, qu'ils fussent à billes, à rouleaux ou à douilles. Ni Ercole ni Marta n'y croyaient une seconde, mais Paolo l'ignorerait.

Le jeune homme avait trouvé son compte dans ces interstices d'où on entrapercevait la liberté, il s'était mis à faire des choses incongrues aux yeux de ses parents mais qu'ils toléraient, puisqu'elles garantissaient l'épanouissement de leur fils et la poursuite des affaires. Il avait, dans le désordre – qu'il découvrait aussi –, joué de la batterie et au basket, campé, fait des randonnées à vélo. Il visitait des musées et lisait des livres, il déjeunait parfois d'un *panino* assis sur les marches d'une église. Il vivait. Et cette vie soudaine avait peu à peu ébranlé la certitude qu'il avait pourtant, lui aussi, de pouvoir un jour succéder à son père. Paolo ne faisait mine ni de vouloir se marier, ni de renoncer à ce qu'ailleurs on aurait qualifié de passions de jeunesse. Il s'était pris au jeu que ses parents avaient organisé pour lui, et ils avaient commencé à paniquer. Sous contrôle, bien sûr : de simples levers de sourcils. Mais Paolo s'en était rendu compte, et ça avait bien entendu accéléré les ébranlements de certitude, à défaut de dépression, drogues ou conversion.

Oui, ce matin-là, Paolo aurait pu prendre un taxi et gagner le confort de la terrasse familiale où Dory, l'employée de maison, savait exactement combien de gouttes de lait il prenait dans son cappuccino, mais il avait préféré rester dans la gare, à observer les allées et venues des travailleurs matinaux, les Dory de banlieue débarquant pour la journée, quittant les bureaux qu'elles venaient de nettoyer avant l'arrivée des employés, et cette petite foule d'anonymes qui vivent en décalé pour assurer que la vie de tous les autres se déroule selon des horaires communs. Suzanne aussi attendait, un sac à dos posé à ses pieds, de goûter à son premier café italien avant de remonter dans le train annoncé une heure plus tard. Une apparition, bien sûr : Paolo aurait juré qu'une seconde plus tôt, elle n'était pas là, et pourtant elle semblait avoir toujours été là, ses bras croisés et sa jambe gauche légèrement en avant, comme si elle faisait exprès de faire saillir sa cuisse fine de son short en toile. Quelque chose en Suzanne semblait indiquer qu'elle ne le faisait pas exprès, ses yeux francs, peut-être, ces yeux qui regardaient Paolo bien en face, s'étonnant de voir là, à cette heure-ci, un rejeton de bonne famille bien vêtu mais un peu défraîchi – la chemise s'était froissée au contact du corps mouillé de Paolo quand il était sorti de la piscine. Suzanne s'étonnait aussi de le trouver beau, il aurait pu avoir l'air fat mais il y avait autre chose en lui, semblait-il, et qui l'intriguait ; et elle en avait eu la confirmation quand il lui avait raconté sa nuit, quelques minutes plus tard, autour des cappuccinos qu'il avait payés. Ce quelque chose, c'était ce qui avait poussé Paolo à suivre une inconnue dans une fête en banlieue puis à revenir en train et à flâner dans la gare, c'était aussi ce qui le faisait s'adresser si gentiment, dans son français scolaire, à une fille en short et avec un sac à dos qui ne lui parlait que de son Xavier et d'églises byzantines, alors qu'il avait passé la nuit entouré de créatures autrement plus attirantes, et dont elle aurait eu du mal à imaginer à quel point il en était lassé. Paolo était libre, libre de ses mouvements comme de ses intérêts, et ça avait ébloui Suzanne ; plus tard seulement, elle avait compris que cette liberté n'était que l'une des manifestations de la fuite. Et elle avait compris que ce qu'elle avait inconsciemment deviné dans cette liberté, c'était la quantité phénoménale d'argent qui la garantissait.

Pour l'instant, elle regardait les doigts fins de Paolo se perdre dans la masse de ses cheveux bruns, ces yeux presque noirs, et elle se félicitait qu'un homme pareil lui offrît un café sans rien convoiter en retour. Elle avait dit que Xavier l'attendait à Venise, insister davantage encore eût été malpoli, voire louche – comme s'il eût fallu se protéger. La différence d'âge, à leur âge, comptait et la rassurait peut-être aussi – peu de risques que

Paolo s'intéresse à elle. Suzanne n'avait plus tout à fait vingt ans, elle conservait pourtant en certains domaines ce qui pouvait passer pour de la naïveté mais qui n'était en réalité qu'une absence totale de confiance en elle. Paolo, tout à sa nouvelle liberté, était trop bien disposé : il ne pouvait que s'amouracher de cette fille, si différente des autres et qui lui tombait dessus à ce moment précis où, appuyé contre une guérite de plastique, un gobelet de mauvais café à la main, il se demandait comment vivaient la majorité des gens. Il prétendrait ensuite que c'était la rafraîchissante nouveauté d'une incursion dans le monde d'en bas qui expliquait qu'il se soit un jour entiché d'elle contre mère et père, mais il y avait aussi ces cheveux blond vénitien, ces yeux de jais, ces taches de son, ce nez droit presque trop large – un petit air de Monica Vitti, qui n'aimait pas le sien –, ces seins hauts ou ces poignets délicats, ces poignets que Paolo avait remarqués dès ce premier cappuccino à Milano Centrale, contrastant avec le sac à dos, et dont il se ravirait ensuite tous les matins au réveil, avant de s'habituer, puisqu'il faut bien admettre que l'on s'habitue à tout.

Quand il l'avait quittée, après échange de numéros de téléphone, au cas où – Paolo voyageait souvent –, et après l'avoir aidée à remettre cet énorme sac sur ses épaules, il avait foncé acheter un billet au guichet et, quelques minutes plus tard, avait fait irruption dans le compartiment où Suzanne tentait de somnoler et de cesser de penser aux yeux noirs, à la main dans les cheveux, etc. Il avait été direct : il voulait la revoir, il aurait été absurde de prétendre autre chose, il la laisserait tranquille à Venise, il repartirait immédiatement en train, mais est-ce qu'elle pouvait lui accorder le temps du trajet, soit 2 h 48, pour faire plus ample connaissance ? Suzanne, quand elle raconterait ensuite l'anecdote, préciserait qu'elle avait acquiescé pour éviter une situation embarrassante. Il était pourtant évident que la famille de touristes allemands assis à côté d'elle n'avait rien compris à leur échange et qu'elle aurait pu dire non. Mais Suzanne avait dit oui, tout en déplorant ce télescopage : elle savait plus ou moins consciemment qu'il serait difficile d'être aussi heureuse que prévu en retrouvant sur le quai Xavier, le sage Xavier qui jamais ne sauterait dans un train sans avoir acheté le billet une bonne semaine à l'avance, le sage Xavier aux cheveux châtain tout à coup sans intérêt, Xavier qui ne parlait que français et sans accent, alors que Paolo, eh bien Paolo parlait le français comme un Italien, et voilà que le train faisait un bref arrêt en gare de Vérone, autant dire que Suzanne avait beau réfuter les clichés, ça commençait à faire beaucoup. Et quand, à Venise, elle descendrait du train pour atterrir dans les bras de Xavier, le bonheur de le retrouver, qu'elle allait réellement ressentir, ce bonheur serait terni par la certitude que Paolo, resté dans le compartiment, les observait. Tout l'or de Byzance n'y avait rien pu : quand Suzanne était rentrée à Paris, elle avait accepté de revoir Paolo qui, c'était donc vrai, voyageait beaucoup. Xavier avait fini sa thèse célibataire.

La rencontre avec Suzanne avait eu sur Paolo l'effet inverse de ce que lui-même, légèrement exalté, avait d'emblée imaginé : la perspective de s'allier à cet être si différent de lui avait suffi à le calmer. Au lieu de tout plaquer pour vivre d'amour et d'eau fraîche – ça s'était déjà vu –, il avait envisagé sa renonciation à l'héritage industriel comme une bêtise aux motivations biaisées. Il n'avait pas besoin de tout quitter pour épouser Suzanne ; au contraire, cet argent leur permettrait de vivre heureux et nombreux. Peut-être qu'au côté d'une femme comme elle, il n'aurait plus besoin de la liberté artificielle qu'il cherchait – Suzanne comme un coup de vent salutaire. Peut-être avait-il compris que la vie sans argent, c'était aussi un pavillon du Gard en location, des piles de coupons de réduction soigneusement pliés et du gros rouge pour accompagner le dîner. Peut-être avait-il eu peur qu'elle ne l'aime pas sans argent. Ça aussi, ça s'était déjà vu. Comment savoir si Suzanne aurait aimé Paolo sans argent ? Ce qu'elle savait, elle, c'était qu'elle ne pouvait répondre à cette question : il aurait fallu pour cela sortir le jeune homme de son milieu et l'égoutter de toute cette facilité dans laquelle baignait chaque particule de son être. Mais on ne sépare pas des molécules, et Suzanne ne pouvait pas non plus imaginer ce qu'elle serait devenue si elle était née riche.

À défaut de certitudes, il reste l'action. Tout s'était enchaîné, ils s'étaient mariés, avaient vécu heureux en Italie puis à Londres et avaient eu sinon beaucoup, trois enfants. Suzanne avait continué à écrire des piges, avait même été correspondante à Londres après la naissance de Giorgio, mais les articles étaient peu payés et elle ne pouvait pas entretenir le réseau qui lui aurait permis, à Paris, de multiplier ses activités. Et autour d'elle, il pleuvait des millions : l'héroïsme avait fait son temps, elle avait arrêté de travailler. Trouver une école convenable à Londres prenait déjà plusieurs semaines par an, sans parler des anniversaires, des compétitions de rugby et des récitals de piano, toutes ces choses que Suzanne croit qu'on exige d'elle et qu'elle rapporte le soir à Paolo, comme un enfant parti seul au supermarché rapporte le ticket de caisse à ses parents. Un budget lui est d'ailleurs alloué à cette fin et elle tient à rendre des comptes qu'on ne lui demande pourtant pas – il y a trop d'argent pour ça. Suzanne s'ennuie mais elle ne le sait pas encore.

Ce jour de juillet, tandis qu'elle ajuste les bretelles de son maillot dans la salle de bains de la maison de ses beaux-parents, elle constate tout de même un manque d'entrain, souligné avec une ironie lancinante par la ritournelle qui vient d'envahir son cerveau – « c'est moi Toco le toucan » –, chantée par un oiseau animé sur l'écran télévisé devant lequel elle a passé une partie de son temps d'enfant unique. À l'époque où le petit Paolo, lui, observait ces mêmes oiseaux dans leur habitat naturel du Costa Rica. Ce décalage cristallise depuis peu des frustrations dont elle se croyait à jamais guérie – au début, elle s'en voulait de relever ce genre d'oppositions, elle s'efforçait même de les trouver charmantes, comme si la présence de Paolo enfant au Costa Rica rachetait quelque peu la misère de sa propre croissance pavillonnaire.

Tutto va bene ?

Depuis la villa, le chemin pavé de grandes dalles calcaires débouche sur une dune d'un mètre de haut, artificiellement créée au moment où la plage a été proclamée protégée. Cette protection est rappelée en lettres rouges sur un panneau fiché entre trois poubelles, poubelles dont personne ne comprend laquelle recycle quoi : ici, des hommes pourtant capables de déchiffrer sur douze écrans simultanés la progression des cours des Bourses du monde entier ont du mal à différencier leurs journaux usagés de leurs déchets organiques ; à leur décharge, ils ont rarement à s'en préoccuper. Sur cette plage, prétend aussi le panneau, revivent ou plutôt revivront une faune et une flore *uniques*, soit pour l'instant quelques maigres lis maritimes qui courbent leur tête blanche au-dessus du sable gris, et la bruyante colonie de flamants roses qui envahit l'étang voisin. Un lattis de bois exotique extrait d'une zone moins bien protégée du bout du monde permet aux pieds des vacanciers de ne pas ruiner le renouveau des écosystèmes locaux – des vacanciers de plus en plus nombreux, attirés qu'ils sont par la promesse d'une plage vierge de leur propre pollution.

Près des étangs, Suzanne est toujours surprise par la familiarité du paysage, elle qui n'aurait jamais pensé qu'il pût y avoir quoi que ce fût de commun entre le Gard et la côte sarde ; pourtant, si elle prenait la peine de visiter le parc national voisin de Molentargius, elle serait frappée par sa ressemblance avec la Camargue ou tant d'autres littoraux méridionaux, eaux stagnantes, montagnes de sel, flamants, salicornes et saladelles. Son ascension sociale lui apparaîtrait peut-être pour ce qu'elle est : une illusion dans des décors escamotables. Pour l'instant, Suzanne laisse derrière elle les puanteurs de la stagnation et s'autorise une rêverie autour de la gracile silhouette des lis peinant à s'accrocher à leur substrat fuyant : qu'est-ce que pousser sur du sable ? Rêverie interrompue par les hurlements de ses enfants qui ont repéré leur grand-mère. Quelques vacanciers lèvent la tête, toujours avides, du fond de leur ennui, de profiter de la vie des autres.

Marta est installée sur son transat, la tête légèrement surélevée au-dessus de mots croisés, sa teinture brune protégée du soleil par un turban à motif cachemire monogrammé. Suzanne soupçonne sa belle-mère de n'être descendue sur la plage que pour éviter d'avoir à les accueillir en bonne et due forme dans la villa. À moitié nue et couverte d'huile solaire, pas d'embrassade possible. Marta, qui ne les voit qu'à Noël, condescend tout de même à se lever pour effleurer de la main les têtes des enfants et donner une accolade à Paolo, son fils, tandis qu'elle susurre un *bonsoir Souuusaaaanna*, en appuyant sur le *a* final comme si elle ignorait qu'il existât une version française de ce prénom. Ce bonsoir sera d'ailleurs le seul mot que Marta consentira à prononcer dans la langue de sa belle-fille, langue qu'elle a pourtant apprise au lycée français de Milan. C'est une façon de montrer à Paolo qu'elle fait tout, ou presque, pour être agréable à la femme de celui-ci, en sachant que moins elle en fait, plus l'effort est apparent.

Paolo en retour complimente sa mère sur son bronzage, quel miracle en effet que ce teint uniformément caramel sous le maillot d'un blanc éclatant, alors que Marta n'est arrivée qu'il y a trois jours – soit un mois avant la date initialement prévue, date en fonction de laquelle Suzanne avait pourtant réservé le vol familial ; la semaine qu'ils passent tous ensemble à Noël dans un chalet de Cortina lui suffit pour l'année. Mais Marta est ainsi faite qu'elle n'aime rien tant que bouleverser ses plans à la dernière minute. La vraie liberté, c'est de voyager quand ça lui chante – et quelques autres petites choses. Marta ne se soucie visiblement pas, ou plus, des éventuelles interactions entre sa liberté et celle des autres : elle a probablement lu Kant dans son lycée français, mais elle l'a oublié, comme tout ce qui pourrait la contrarier. C'est ce qu'on appelle autour d'elle sa « force de caractère ».

Suzanne aide les garçons à quitter le short de toile qu'ils viennent d'enfiler par-dessus leur short de bains ; ici, on ne parcourt pas les cinquante mètres qui séparent la villa de la plage vêtu d'un simple maillot. Il faut dire que les occasions de s'habiller sont rares. Giorgio prend la main de Beppe, il sait que leur mère les regarde, et ils rejoignent leur grand-père, occupé à tenter de raffermir ses pectoraux fatigués en sillonnant la largeur de la baie d'un crawl appliqué.

Quelqu'un, dans sa jeunesse, a dit à Ercole qu'il ressemblait à Rock Hudson. Du beau brun, l'héritier Signorelli avait les cheveux, les yeux et le sourire. Flatté, il avait endossé avec plaisir ce surnom de *Rock* dont on l'affuble depuis et jusque sur cette plage, d'autant plus qu'à l'époque il n'était pas encore question de la sexualité de l'acteur, qu'Ercole aurait qualifiée de déviante, s'il s'était intéressé aux mœurs hollywoodiennes. Or la séance de *Blanche-Neige* de 1938 avait été l'acmé de sa carrière de cinéphile ; ce n'était pas entièrement sa faute : les années suivantes, seuls les ersatz autorisés par le régime fasciste et produits selon ses directives avaient pu être diffusés. À jamais désintéressé du cinéma, Ercole n'avait ainsi pas vu Hudson dans ces deux films qui en 1956 avaient insisté en Technicolor sur les ravages de l'argent du pétrole, trop vite jailli de nulle part et éclaboussant de sa noire masse visqueuse les paisibles familles. Oui, si Ercole, à vingt-trois ans, avait vu le *Giant* de George Stevens ou *Écrit sur du vent* de Douglas Sirk, il eût peut-être décidé de sagement restreindre ses ambitions aux roulements à billes et, d'un engrenage à un autre, Paolo n'aurait peut-être jamais épousé Suzanne. Celle-ci discerne tout de même dans le regard de son beau-père un éclat froid totalement absent des yeux chaleureux de Hudson, comme si ce caillou enfermait un filon sombre en son cœur, et bien que ce terme même de cœur paraisse inadapté pour décrire ce qu'il y aurait à l'intérieur d'Ercole. Plutôt J.R. Ewing dans la série *Dallas*, soit à peu près tout ce que les parents de Suzanne, eux, savent du monde du pétrole.

Ercole n'adresse que très rarement la parole à Suzanne, à peine davantage à Paolo ; elle a toujours supposé une sorte de rivalité, de celles qui opposent les entrepreneurs entreprenants à leurs fils dont les épaules ploient sous le fardeau de l'héritage. Le moins qu'on puisse dire, c'est qu'on imagine mal Ercole agenouillé en train de caresser une biche dans le jardin de Jane Wyman, comme Hudson dans *Tout ce que le ciel permet*, toujours de Douglas Sirk. En tout cas, cette comparaison faite quand il avait vingt ans oblige désormais l'octogénaire à un entretien de son corps dont il n'a plus du tout les moyens. Il pourrait s'en contreficher, il a tout le reste. Mais c'est peut-être parce qu'il a tout le reste que cela demeure important pour lui. Le dernier défi. Il a beau être fatigué, il doit nager ; il a beau nager, ça s'affaisse, et il a beau bronzer, ça se voit : une paire de seins usés pend sur son torse. Il peut encore miser sur ce sourire éclatant dont il gratifie ses petits-enfants qui le rejoignent, et sur cette épaisse chevelure blanche, qui ondule sur les tempes comme les motifs d'une frise à la grecque. Suzanne a eu le temps de vérifier ici comme ailleurs l'adage selon lequel on ne prête qu'aux riches, que le prêt ait été consenti par Dieu ou par des millénaires de mode de vie privilégié. Dès leur plus jeune âge, une plus belle peau, de plus beaux cheveux, de plus belles dents – ou un meilleur dentiste – que la plupart de leurs concitoyens. Et à quatre-vingts ans bien sonnés, ils nagent encore, quand les autres sont déjà morts.

Les parents de Suzanne ne sont pas morts, ils sont d'ailleurs bien plus jeunes que ceux de Paolo, mais ils ne nagent pas. Ce sont des enfants de l'après-guerre, leurs propres parents ont été rationnés et traumatisés – certes, plutôt moins que la moyenne, en tant que catholiques en France libre. Les parents de Suzanne en ont hérité une modeste ambition, offrir à leur tour un toit à leurs enfants à venir, et pourvoir à leurs besoins en nourriture. Le toit étant celui d'un petit pavillon loué avec leurs salaires respectifs de comptable au centre des impôts de Nîmes et d'employé municipal au centre sportif de Vinargues, ils se sont limités à une fille. Ils l'ont appelée Suzanne dans une combinaison aussi maladroite qu'involontaire du prénom de la mère, Anne, et de la boisson fétiche du père, Christian carburant à la Suze – ils n'ont pas l'habitude de se poser des questions. Puis ils ont gavé l'enfant unique sans se soucier d'équilibre ni de valeur nutritive, exactement comme on engraisse un veau à l'aide d'antibiotiques – bien que les antibiotiques, ils ne lui en aient pas donné beaucoup, notons qu'elle s'est rattrapée depuis. Le docteur, c'était pour les gens malades et il n'était pas question que leur enfant soit malade, ce qui aurait à la fois attiré l'opprobre et engendré des dépenses imprévues dans l'économie familiale.

Suzanne a pris son régime alimentaire en main lorsqu'elle y a été aidée par la nourriture infecte servie trois fois par jour à la cantine de l'internat et par sa découverte du tabagisme. Son corps déréglé a flirté avec la maigreur maladive, se délestant peut-être de cette enfance où tout était prévu, prévisible et à sa place, une enfance avec parents perchés sur le berceau, tendant la main pour aplanir le drap ou arranger une mèche de ses cheveux. La jeune femme a tout de même fini par s'offrir les services d'un orthodontiste : à défaut d'un émail blanc, les dents sont alignées, retour à l'ordre. Mais elle voit bien que certains maux affectent désormais son corps, qui ne touchent pas ici les autres : cellulite, veines apparentes – tout ce sang bleu, alors, reste invisible ? – déformations des pieds, striures des ongles ou cette tache de soleil née sur sa main gauche au début de l'été, qu'elle tartine tous les jours d'écran total avec la vigueur de Lady Macbeth, par peur qu'elle n'annonce la vieillesse à venir – et comme si l'on pouvait, sur son corps, effacer quoi que ce fût. Suzanne est belle, on le lui dit souvent, mais alors qu'elle commence tout juste à le croire, elle a peur que ça ne dure plus très longtemps – « tu es encore belle », entend-elle parfois.

Paolo hésite avant de rejoindre son père et les enfants dans l'eau et à sacrifier sa femme aux mondanités. Paolo devant ses parents est lâche, c'est convenu. Mais il ne devrait pas s'inquiéter : Suzanne aime voir le père s'occuper de ses fils, c'est important pour leur équilibre et c'est trop rare à Londres. De toute façon, dès que Paolo tourne le dos, Marta, qui donnait à Suzanne les premières instructions concernant la maison, retombe dans ses mots croisés. Suzanne repense au secret oublié entre les murs de la villa. Il était question d'un enfant de trois ans. Est-ce que Salvatore parlait de lui-même ? de Paolo ? Au fond, l'incident importe peu, d'ailleurs, mais le silence que son mari lui oppose intrigue Suzanne. Et s'il avait trois ans quand il s'est passé quelque chose impliquant une barrière de lotissement, une voiture, un *sequestro* et une mâchoire serrée quarante ans plus tard, les parents sont forcément au courant. Les opportunités de tête-à-tête avec sa belle-mère seront rares. Suzanne n'a rien à perdre, persuadée que ce ne sont pas les choses importantes que l'on tait mais celles que l'on n'a pas dites au bon moment. Peut-être même cherche-t-elle l'occasion d'une connivence. Elle jette les mots du chauffeur au milieu de la torpeur balnéaire : *bambino*, *sequestro*, on parlait de quoi, au juste ? La tête enrubannée de Marta reste immobile, une momie dans son sarcophage, embaumement réussi, Suzanne ne saura rien du secret que la septuagénaire pourrait emporter dans la pyramide. Mais la belle-fille, décidément sans vergogne, repose sa question, au cas où. Marta, pharaon ressuscité ou sphinx en devenir, soulève mollement une main dans les airs, congédiant la question d'un geste qu'elle assortit d'un « *niente di speciale* ». Rien de spécial, c'est tout de même très relatif quand on sait ce qui s'est passé, à savoir un enlèvement en bonne et due forme. Mais pour Marta, ce qu'on ne dit pas n'existe pas. Suzanne, peu convaincue, abandonne.

Debout à côté du transat, ne sachant quelle place occuper sur la plage, la mère de famille sans famille rechigne à aller saluer toutes ces femmes qui ne l'ont pas vue depuis quatre ans mais savent qui elle est : on se repère ici aux parasols, et Suzanne a rejoint celui des Signorelli. Des femmes avec qui elle ne partage rien, sinon leur sexe de naissance et la maternité, mais avec qui elle devra s'entretenir d'écoles internationales et de vacances d'hiver à Oman, comme une enfant obligée de jouer avec des congénères sous prétexte qu'elles ont le même âge. Oman, Suzanne n'y a d'ailleurs jamais mis ses pieds fins, qu'elle contemple sur le sable gris pour éviter de lever la tête et de croiser les regards. Les Signorelli ne voyagent pas dans des pays où on est réveillé par l'appel du muezzin et où l'insatiable besoin de liberté de Marta serait restreint par toutes sortes de lois iniques. Ce qui constitue une bonne excuse pour éviter la majeure partie des pays où le pétrole, tôt ou tard, a coulé à flots, des pays qui rappelleraient à Ercole ses rêves de grandeur. Depuis qu'ils ont leur maison sarde, les Signorelli ne vont plus non plus dans des îles tropicales décrétées vulgaires et ils attendent de leurs enfants devenus adultes qu'ils s'en tiennent à la même règle.

Marta et Ercole ne disent jamais « nous » en parlant d'eux-mêmes, mais simplement « les Signorelli », ce qui inclut les générations suivantes comme les pièces rapportées, Suzanne et ces quelques hommes falots qu'ont épousés les sœurs de Paolo et dont elle confond toujours les prénoms. Chez les Signorelli, on ne fait ni ci, ni ça. Chez les Valeyre, on ne fait pas non plus grand-chose. Hormis d'annuelles vacances cévenoles à une heure de Peugeot 104 de chez eux, et avant que les Cévennes ne deviennent à la mode, les parents de Suzanne n'ont voyagé que deux fois dans leur vie, à Milan pour le mariage de Suzanne et lors d'une croisière en bateau sur le Rhin offerte par les collègues de Christian pour son départ à la retraite. Suzanne, si elle n'en avait tant souffert, pourrait trouver drôle que ses géniteurs ne connaissent du monde que le Gard, le château du Haut-Koenigsbourg et l'église milanaise où leur fille s'est mariée. Pour sa part, il est probable qu'elle n'ira donc jamais à Oman, ni aux Antilles. Ni même, pour le moment, dans l'eau turquoise dont elle a eu pourtant tellement envie, depuis la cuisine humide de leur appartement londonien. L'accablement lui tombe enfin sur les épaules, comme en différé.

Paolo traverse pendant ce temps lui aussi la baie à la nage, s'autorisant même quelques mouvements de papillon. Son énergie révèle le plaisir qu'il prend à l'exercice, plaisir dont Suzanne ignore tout. C'est un peu tard pour apprendre. Elle s'astreint bien à des cours de Pilates, mais c'est plus par souci de conserver sa maigre vie sociale – dans le monde qui est devenu le sien, on ne laisse pas son corps à l'abandon – que par conviction. L'énergie de Paolo révèle surtout qu'il est prêt à tout pour ne pas laisser les mots de Salvatore l'affecter. Il sait, lui, qu'il s'est passé quelque chose, ce jour de juillet 1976, mais quoi ? Il avait exactement trois ans et quatre mois. De ce qu'il a lu, c'est pile l'âge des premiers souvenirs. Sa mémoire a bien entendu travaillé ce matériau, ôtant et ajoutant pour constituer ce chef-d'œuvre achevé qu'est le roman de l'enfance, quand on sait bien que celle-ci n'est jamais que changeante et subjective. Mais Paolo a bénéficié du brouillage additionnel orchestré par ses parents. Alors il ne sait plus. Une voiture rouge, mais était-elle bleue ?

Un homme, mais étaient-ils deux ? Les Signorelli ne consultent pas de thérapeutes – d'ailleurs, Suzanne n'a jamais osé dire à Paolo quelle était précisément la spécialité du docteur Mercer. Mais un Signorelli ne devrait pas se réveiller la nuit, incarnant un passé enfoui sans être oublié – refoulé, aurait dit le thérapeute. Les Signorelli ne devraient pas avoir de phobie et surtout pas celle, improbable, des espadrilles – détail qui perturbe Paolo car il sait bien qu'en tirant sur un fil de ces semelles de corde, il remonterait à l'homme qui les portait, puis à la scène qu'il se persuade avoir oubliée. Tirer sur le fil et trouver quoi ? Les Signorelli, dans tous les cas, avancent, ils n'ont que faire de s'enfoncer dans les dédales du passé.

Oui, ce mot incongru de *sequestro* insiste sur tout ce qui, dans le souvenir de Paolo, ne colle pas avec le récit qu'on lui a fait de la soirée, tout ce qu'il veut oublier. Et la désinvolture de Salvatore implique que la famille du domestique détient cette version des faits que Paolo tente en vain d'ignorer, une vérité dont il était pourtant jusque-là le héros. Paolo, pour ne pas remonter le fil, se rappelle à l'ordre, c'est trop tard de toute façon, trop tard pour éclabousser le paradis dans lequel s'ébattent ses trois enfants. Alors Paolo nage, de plus en plus vite, il nage pour s'épuiser et pour ne pas rêver ce soir. Enfin, il sort de l'eau, son bermuda de bain plaqué sur les cuisses. Nul besoin de toucans pour qu'une fois en ces lieux, qui ont toujours été ceux de sa villégiature estivale, Paolo redevienne ou se transforme pour Suzanne en ce petit garçon qu'elle n'a jamais connu. Ce qui a un effet immédiat sur leurs propres enfants : les voilà qui courent derrière leur père pour lui jeter du sable et qu'ils se replongent tous à l'eau. Derrière eux, Rock-Ercole bombe ce qu'il reste de son torse, son sourire parallèle à la ligne d'horizon.

Marta consulte sa montre pendue aux tiges internes de la corolle du parasol et Suzanne se demande combien d'heures sont déjà passées de ces trois semaines à venir. La septuagénaire se drape dans une pièce de tissu élastique turquoise dont Suzanne ne comprend pas bien le fonctionnement, une sorte de paréo doté de manches dont Marta lui apprend qu'il peut transformer n'importe quelle femme en Grecque antique ou en Rita Hayworth version Gilda. Elle sait bien que si Suzanne acquiert la pièce de tissu auprès de l'un des vendeurs de la plage et s'entortille dedans, elle aura surtout l'air de quelqu'un qui s'est fait avoir. Suzanne, elle, pense furtivement aux bagages sous cellophane. Peut-être y a-t-il quelque chose en elle qui refuse de se laisser plier ou emballer. Marta enjoint à sa belle-fille de rester sur son transat tandis qu'elle-même doit se dépêcher pour préparer *l'aperitivo*, auquel elle a convié un voisin. Quand Marta parle de préparer, il s'agit en général de *se* préparer, puisque Marcella se charge du reste. La septuagénaire quitte les lieux en courant presque, des petits bonds tempérés par la lourdeur intrinsèque des pas dans le sable.

Suzanne pourrait enfin aller se baigner, mais le début des mondanités, si précoce, l'accable. Ses voisines de plage ont remarqué son désarroi ; caïmans guettant la faiblesse de leur proie, elles enfilent des caftans brodés rapportés des îles grecques – vacances de Pâques – avant de venir la saluer. Elles l'embrassent avec ces sourires si souvent forcés qu'ils en deviennent naturels. Les quatre années d'absence créent tout de même une légère tension : Suzanne aurait donc préféré autre chose à leur paradis ? C'est qu'elles s'y morfondent deux mois durant, abandonnées par des époux qui ne les rejoignent que le temps d'un week-end, d'un coup d'avion. Tout en tentant de discipliner les cheveux blonds qui lui barrent le visage au moindre coup de vent, Suzanne affronte les questions protocolaires, durée du séjour, conditions climatiques au départ de Londres – la canicule a fait la une du *Corriere della Sera* –, scolarité des enfants ou bonne marche des affaires familiales, en tout cas de la branche anglaise dont Paolo, dans son bureau de la City, est directeur. On la complimente sur son italien et elle passe sous silence les cours hebdomadaires dispensés par Gío, un sémillant professeur particulier qui sévit à Chelsea et arrondit ses revenus par ses services additionnels d'*escort* – mais ça, c'est lui qui le passe sous silence.

Comme toujours, on finit par se tourner vers les enfants et commenter leur croissance. Seul Beppe reste à l'écart, il examine les rochers et on demande à plusieurs reprises à Suzanne si *tutto va bene ?* comme si son fils était affecté d'une forme d'autisme jusque-là passée inaperçue. Il n'a pas l'air malheureux, pourtant, mais c'est vrai qu'il a un peu le profil, avec ses questions étranges, sa passion maladive pour l'astronomie et son goût de la solitude. Paolo, peut-être pour couper court, l'a déclaré à haut potentiel intellectuel. Suzanne a trop peur que le diagnostic soit faux pour aller le faire établir – on blâmerait, en plus, ses gènes à elle.

L'heure tourne. Paolo au loin continue de nager, on dirait qu'il s'efforce de ne pas tourner la tête vers sa femme qui lui adresse des signes ; elle se taxe elle-même de paranoïaque et rassemble seule enfants et accessoires. Drapée dans un classique paréo qui se dénouera probablement avant son arrivée, chargée comme un dromadaire transportant un village de bédouins, elle avance péniblement, évitant les regards condescendants qui se posent sur elle alors que tombent un chalutier miniature, puis une bouée puis un bob sur la centaine de mètres qui séparent la maison de la plage de sable gris. Un sable fin magnifique quand il s'étale sur les cartes postales qui gondolent au bureau de tabac, moins quand il faut l'épousseter des pieds des enfants, que Suzanne rince maintenant au tuyau de derrière, avant de les sécher en veillant à utiliser les serviettes réservées à cet usage, et de les pousser par une porte-fenêtre dans la chambre où ils pourront s'habiller, minimisant ainsi l'apport de grains de sable que Marcella inspectera au moment où elle viendra ramasser les serviettes, qu'elle lavera immédiatement à leur tour – les Signorelli et leurs voisins ont un rapport hystérique à l'eau, dans cette île où elle est pourtant rare ; on dirait qu'ils en consomment le plus possible, pour leur hygiène et celle de leur linge, ou pour les pelouses qu'ils se jalousent. Ils ne la boivent tout de même pas, ne consommant que de l'eau en bouteille, contribuant à placer l'Italie au deuxième rang mondial en ce qui concerne cette pratique, juste derrière le Mexique. Mais Suzanne ressent la coupable satisfaction d'avoir suffisamment choyé ses enfants pour qu'ils réclament que leur eau soit gazeuse – elle qui n'a jamais bu que celle du robinet.

Non, non, ma fille, tu n'iras pas danser

Suzanne patiente, assise au bord du lit. Paolo, que personne n'a vu rentrer, chante sous la douche qu'elle allait prendre. Que porter ce soir ? Le contenu du placard la contemple, plutôt que l'inverse. Elle n'a jamais voulu s'abandonner à la rivalité que Marta s'obstine à instaurer entre elles – comme si son abdication n'était pas évidente : elle a beau être beaucoup plus jeune, elle ne peut rien face à l'allure de Marta. La mère de Suzanne déjà se désolait de ce que certaines femmes possèdent naturellement ce qu'elle appelait « un air », avec ce ton du mépris dissimulant mal l'envie. Suzanne a très tôt établi un tri entre celles qui l'avaient et celles qui ne l'avaient pas, et s'est ainsi abîmée pendant tout le primaire dans une douloureuse dévotion à une certaine Magali Martinez, par ailleurs cancre de la classe – n'était-ce pas fascinant, une enfant de neuf ans qui choisissait de ne pas travailler, sous le regard bienveillant de ses parents ? Parents qui avaient une piscine, ce qui semblait tout excuser et aplanir d'avance les éventuelles difficultés de l'orientation professionnelle de leur fille. À qui ils avaient par ailleurs offert le meilleur départ dans la vie, en la dotant d'un prénom permettant cet extraordinaire redoublement initial du « Ma », évoquant quelque déesse mère universelle. Magali Martinez portait haut son nez en trompette que Suzanne jugeait digne de Cléopâtre – jamais vu que dessinée dans *Astérix* –, sa queue de cheval brune lui fouettant le dos, ses robes fluorescentes qui semblaient à Suzanne couper ses cuisses mates et bronzées à l'endroit parfait – des cuisses idéalement musclées par la pratique de la gymnastique artistique, qui, à en croire le temps que Magali y consacrait, était probablement la carrière professionnelle que ses parents envisageaient pour elle. Magali Martinez incarnait pour Suzanne l'idée du nez, l'idée de la queue de cheval, l'idée du bronzage ou l'idée du fluorescent.

Alors que, étudiante, elle était revenue chez ses parents pour les vacances, Suzanne avait été surprise de croiser cette ontologie sur pattes dans les allées d'une galerie commerciale : c'est Anne Valeyre qui l'avait reconnue en premier, tandis que Suzanne constatait que la déesse mère universelle Magali Martinez, peut-être abîmée par la vraie maternité, non celle de l'humanité tout entière mais d'une paire de jumeaux qui se battaient jusqu'au sang pour s'asseoir dans son caddie, ressemblait désormais à un cochon à la peau trop rôtie, son nez ayant fini par prendre trop de place, ses cheveux par être coupés et balayés, et son corps, qui n'avait jamais grandi, par se tasser dans des couches de Lycra fleuri. Suzanne avait déduit que *l'air* se construisait, se méritait, mais se perdait aussi sans une vigilance de chaque instant. Elle avait commencé à travailler ses poses, une jambe en avant, un bras abandonné sur l'autre avec à son extrémité un poignet souple qui agite une cigarette. Soit que l'allure ait changé depuis l'ère du glamour hollywoodien qu'elle prenait pour modèle, appuyant sur le bouton « pause » du magnétoscope pour observer comment Lauren Bacall s'adossait à un mur, soit qu'il fût trop tard pour apprendre à habiter les vêtements, trop tard pour discipliner un corps qui avait poussé sans gymnastique ni rien d'artistique, Suzanne avait conclu qu'elle n'aurait jamais *l'air.*

Cet air, sa mère l'avait aussitôt décelé quand elle avait rencontré Marta – une seule fois, au mariage –, Suzanne l'avait vu au regard paniqué d'Anne Valeyre alors que celle-ci découvrait ce vers quoi sa fille se dirigeait, dans cette église de Milan et au son de l'*Ave Maria* de Bach que les Signorelli préféraient à la tradition vulgaire des marches nuptiales. Anne Valeyre avait saisi immédiatement ce monde parfait contenu dans la silhouette de Marta la saluant sur le porche, sa perfection comme symbole de tout le reste – un peu comme la queue de cheval de Magali annonçait la piscine des Martinez. Anne Valeyre ne cessait de jeter des coups d'œil paniqués à Marta, tout en tirant sur son chemisier de polyester trop brillant qui ne blousait jamais comme il fallait, cramponnée au bras de son mari comme au seul lien qui la maintînt encore à la vie qui était la sienne, si loin du tourbillon milanais. À travers l'effondrement de sa mère, Suzanne tenait une absurde revanche sur les impossibilités de son enfance, et c'était bien ça qui était en jeu, alors qu'elle prenait pour époux toute la famille Signorelli à Santa Maria delle Grazie, dans l'abside dessinée par Bramante et à quelques mètres de *La Cène* de Léonard, dont ses parents avaient contemplé muets la subtile dégradation. Qu'auraient-ils donc pu dire de l'œuvre de Léonard ou de son état de conservation, avait pensé Suzanne, et le mépris qu'elle avait ressenti alors l'avait rassurée : elle était bien passée de l'autre côté. Sa joie était devenue cruelle.

Quelques années plus tard, elle doit admettre que sa revanche est toute relative : l'allure, c'est toujours Marta qui la possède, en paréo ou en peignoir. Suzanne finit par défroisser de la main une robe bleu marine qui pourrait faire l'affaire ou au moins illusion. Quand Paolo sort de la salle de bains embuée, une serviette autour de la taille, il ne croise pas son regard. Il sifflote, maintenant. Voilà quelqu'un qui sait prendre des vacances. Suzanne dans la douche contemple son corps encore ferme, bien proportionné mais d'une pâleur qui ici détonne, pas la moindre trace de bronzage à l'horizon. Elle ajoute à la robe une ceinture dorée, de l'eye-liner et ses chaussures aux talons les plus hauts. Une chanson lui revient en tête, *Le Pont de Nantes* qu'elle fredonnait enfant dans son bain, serrée dans la bassine orange posée dans le bac de douche, chanson dans laquelle ce frère qu'elle n'aurait jamais consolait sa sœur : oui, elle irait danser en dépit de l'interdiction formulée par leurs parents, et elle porterait « sa robe blanche et une ceinture dorée ». Les deux enfants se noyaient dans la Loire, et Suzanne pleurait en laissant à son tour couler le savon sous l'arche du pont qu'elle avait créé d'une jambe pliée. Décidément, les souvenirs d'enfance se bousculent.

Ses fils sont vautrés sur leur lit dans le noir, comme si l'obscurité était nécessaire pour mieux faire ressortir la lumière de leurs écrans. Depuis le placard où est cachée leur enceinte portative s'échappe une soupe ahanée par des rappeurs au timbre trop monotone pour attirer l'attention des appareils auditifs de leur grand-père, qui a décrété un jour que la musique, ça ne se partageait pas, sinon à la Scala. Suzanne s'empare de la télécommande, fin de la climatisation qui tournait à fond, hurlements. Trente-deux degrés dehors, soit une température tout à fait supportable quand on est au bord de la mer ou quand on a grandi dans le sud de la France, visiblement pas quand on a poussé sous la pluie londonienne. Ils sont pourtant entièrement nus, les vêtements propres préparés par leur mère gisent au sol, piétinés. Ils réclament de l'air frais et ajoutent dans leur français un peu pincé par la pointe d'accent qu'ils ont : « Tu gâches toujours tout. » Même Beppe ânonne en chœur, lui qui parfois hésite à trahir sa mère. Elle a envie de pleurer, de s'asseoir là sur un petit lit, fatiguée d'être toujours au mauvais endroit, elle a envie de leur dire qu'elle n'en peut plus, qu'elle voudrait qu'ils soient de son côté à elle, comme elle est de leur côté à eux, qu'elle voudrait qu'ils l'aiment de subir tout cela pour qu'ils puissent bénéficier de belles vacances dans une famille unie, qu'elle voudrait qu'ils comprennent que si elle les gronde, c'est pour arrondir les angles. Mais tout ça, ça ne se dit pas. Elle pleurerait aussi parce que ses enfants qu'elle a voulu choyer ont des habitudes qu'elle réprouve, qu'ils se transforment parfois en créatures égoïstes et qu'elle ne sait pas si de cela, on revient ; peut-elle encore inverser la tendance ? Où est l'équilibre ? Le confort matériel leur a permis de ne jamais, comme Suzanne, se sentir coupable d'avoir cassé une assiette – elle contemplait ensuite sa faute à chaque repas, les lignes noires des fragments recollés transparaissant sous la purée –, mais il a fait d'eux des petits singes gâtés. Elle ne pleure pas, elle leur demande seulement de faire moins de bruit. En français, leurs cris agacent Marta plus encore qu'en version italienne.

Un agneau mené au sacrifice, c'est à ça que pense Suzanne en arrivant sur la terrasse, vingt minutes plus tard. Quand elle est angoissée, elle exagère un peu plus que d'habitude ; cela dit, c'est aussi à ça que pensera Paolo en l'apercevant. Elle fait bien de respirer un grand coup, elle a moins bien fait d'ajouter la ceinture : le grand miroir de la salle à manger lui renvoie l'image d'une de ces vendeuses de Chelsea, certes irréprochables mais transparentes aux yeux des clientes fortunées qui ne les voient pas, qui ne doivent pas les voir, se concentrant sur ce qu'elles achètent – des vendeuses avec qui Suzanne est la seule à toujours tenter en vain d'engager la conversation. Sur la terrasse, au milieu du cercle des trois garçons temporairement abasourdis, une jeune femme esquisse des pas de danse. Ses pieds nus caressent le sol au rythme d'une lointaine musique d'ambiance dont Suzanne se demande bien qui a pu la mettre, pas trop le genre de la maison, rapport à la musique qui ne se partage pas. Les découpes de la courte robe de plage en crochet blanc laissent entrapercevoir une plastique bronzée aussi parfaite que celle de Marta, avec quarante ans de moins. *L'air*, la jeune femme l'a. Yeux charbonneux, cheveux courts, bouche naturellement dessinée et à son annulaire une énorme émeraude, de celles dont Suzanne a pris l'habitude de savoir qu'elles sont trop grosses pour être fausses.

Le plus naturellement possible, la mère de famille tend une main hésitante à Nini, c'est ainsi que la créature voudrait qu'on l'appelle – Anastasia, précise Marta qui a revêtu pour l'occasion un audacieux combishort sable, et Suzanne se dit qu'on ne peut devenir ce genre de Nini qu'en étant née Anastasia ; c'est un prénom qu'on trouve chez les descendants de Russes blancs comme chez ceux qui rêvent de princesses devant la télé – et c'est finalement la même chose –, un prénom qui a le pouvoir de vous envoyer en orbite : on n'imagine pas une Anastasia qui reste à vie devant sa télé. C'est sûr que ça fonctionne mieux qu'avec Suzanne : ce prénom était déjà totalement démodé quand cette dernière est née et il n'est décidément pas assez grandiose pour s'envoler, se dit-elle, oubliant que si quelqu'un a réussi sa mise en orbite, ici, c'est bien elle-même. Nini continue d'onduler pieds nus sur la terracotta sans encourir autre chose qu'un regard attendri de Marta, qui a pourtant strictement interdit cette pratique – ça laisse des traces. Comme si c'était elle qui la nettoyait. Mais Marta reconnaît et apprécie chez l'autre l'assurance qui fait défaut à sa belle-fille. Elle se sent davantage d'affinités avec une inconnue en mini-robe qu'avec la mère de ses petits-enfants, et elle ne fait pas d'effort pour le cacher.

Nini demande leur âge aux aînés, qui eux aussi abdiquent et répondent poliment. La main bronzée et l'émeraude s'attardent dans les cheveux châtains de Beppe, heureux de tant d'attention – la main frémit sur son crâne tel un animal inconnu. Suzanne se raidit : la danseuse ne pourrait-elle pas au moins ignorer les enfants ? Mais Nini n'ignore rien et surtout pas Paolo qui apparaît enfin, impeccable dans sa chemise de lin blanc, suivi d'un petit brun bedonnant, mèches clairsemées plaquées sur un crâne bronzé, chemise corail. Nini embrasse Paolo comme si elle le connaissait depuis vingt ans et Carlo Daveri, le petit brun, comme si elle venait de l'épouser, d'un baiser peu discret sur la bouche assorti d'un *Ciao amore* emphatique, que Suzanne trouve d'autant plus ridicule que le crapaud ne se transforme pas en prince. Suzanne a souvent entendu parler de cet ami d'enfance : c'est avec Carlo que Paolo a joué aux petits soldats dans le sable quand les Signorelli, les Daveri et quelques autres ont décidé de faire construire ici ; c'est Carlo qui a ramené Paolo, et vice versa, lors de leur première sortie à la discothèque du village, avant d'y passer leurs étés puis de s'éloigner de leurs maisons familiales estivales, le temps de faire des études, un MBA à Hong Kong pour Carlo pendant que Paolo s'entraînait aux affaires, puis de rencontrer des femmes et de leur faire des enfants. Carlo aussi en a trois, la seule différence c'est qu'il a quitté leur mère. Monica et les enfants passent ainsi l'été dans les Dolomites avec l'argent de Carlo. Ça fait plus de dix ans qu'il n'est pas venu, il préfère les destinations exotiques, mais figurez-vous que Nini est sarde, sa famille est même originaire d'un village voisin. À ces mots, Marta s'attendrit encore, elle trouve ça pittoresque et rassurant. Ainsi, le sud de la Sardaigne où elle passe ses étés n'a pas produit que des femmes de ménage, mais aussi des filles comme ça. Dans tous les cas, le triomphe de Nini est complet. Et ce qu'elle est en train de faire, à savoir de danser en tenant Paolo d'un bras et Carlo de l'autre, n'est pas nécessaire. D'autant plus qu'Ercole a coupé la musique.

Marta regarde Suzanne regarder Nini mener ces deux hommes par le bout du nez. Quant à celui de Marta, de nez, il est légèrement froncé, ce qui signale une contrariété : la belle-fille a tenu jusque-là, mais il ne faudrait pas que ça aille trop loin. Suzanne pourrait maladroitement casser un verre, élever la voix ou ostensiblement faire la tête et pousser ainsi Paolo dans le lit de l'autre, d'une autre, peu importe. Marta a été trompée toute sa vie : jeune, Ercole était tellement obsédé par Gianni Agnelli qu'il ne lui était pas venu à l'idée de ne pas, lui aussi, sauter sur tout ce qui bougeait. À défaut d'obtenir Jackie Kennedy, Ercole avait pris le pli. Gianni avait fini par convoler avec une princesse, alors quand Ercole avait rencontré Marta, son air pincé et son pedigree de noble romaine, l'épouser avait été évident. Continuer à la tromper avait été tout aussi évident, quoique de plus en plus fatigant, jusqu'à ce que ce soit tellement évident que Marta finisse par lui faciliter les choses, fermant ses grands yeux noirs avec d'autant plus d'abnégation qu'elle savait ce qu'elle y gagnait, à savoir une paix royale et la garantie que jamais Ercole ne quitterait une épouse aussi conciliante. Elle n'avait qu'une seule exigence et elle l'avait formulée, un soir, assise à sa coiffeuse pendant qu'il se servait un whisky, dans une de ces scènes de film qu'ils jouaient sans le faire exprès : qu'Ercole les prémunisse d'un héritier caché. Mais ça, Ercole lui-même savait qu'il n'y avait aucun intérêt ; les secrets de postérité nuisent à la prospérité.

Paolo n'a vraiment pas le profil du séducteur impénitent, Marta l'a assez observé avec Suzanne. Un truc de génération, probablement. S'il trompe sa femme, il le fera mal – avec une professionnelle capable de vendre des photos volées, ou avec une fille dont il tombera amoureux. C'est donc affligée que Marta regarde son fils sous le charme en faire trop, tour à tour pirouettant pour épater Nini et compensant pour ne pas vexer sa femme, qui a ainsi doublement l'air d'une idiote. Au passage, Marta se demande ce que sa voisine et amie Graziella Daveri fait de cette Nini que son fils lui a ramenée… Si la fille a prévu de procréer, ça ira, elle se rangera suite aux épuisements de la maternité, et Carlo finira par la tromper avec une autre. Mais Carlo n'est peut-être pas idiot au point de repartir pour une fournée de gamins, et dans ce cas, ce doit être désagréable pour Graziella de recevoir chez elle pareil numéro, hors mariage. Regardez-la danser sur la terrasse. Les hommes sont ridicules avec leurs maîtresses quand ils les exhibent au sein de leur famille et qu'il leur faut céder à des caprices absurdes. Et une femme qu'on n'engrosse pas, c'est une maîtresse, libération des mœurs ou pas. Marta, d'un signe de la tête à Marcella, se fait resservir un verre de prosecco.

Suzanne, elle, ne s'inquiète pas. Si elle est jalouse, c'est de ne pas savoir danser pieds nus sur les terrasses.

En ce qui concerne Paolo, tout dans son attitude signale qu'il n'a pas l'habitude d'être ainsi perturbé. Ce qui, paradoxalement, la rassure : il va probablement réfléchir à deux fois avant de se livrer à des infidélités dont elle sait qu'il se méfie, pour avoir, avec ses sœurs, tant souffert des mensonges de leur père distant, absent et toujours absous. Suzanne oublie que dans ces histoires-là, il s'agit justement de ne plus réfléchir.

Carlo, lui, a peur, peur de voir comment Nini apprécie d'être appréciée par Paolo, qui le dépasse d'une tête et de beaucoup de cheveux. Carlo a beau avoir l'habitude, il a beau avoir choisi Nini pour ça, pour ce regard que les hommes posent sur elle, il a de plus en plus souvent peur. Il le lui fera payer le soir même par quelques remarques humiliantes. Elle reprendra le dessus au cours de la nuit, à ça il ne résiste pas, et le lendemain il ira lui acheter un cadeau ou, parce que le choix est limité ici, il lui proposera l'un de ces week-ends de rêve emmaillotés dans un peignoir trop large au bord d'une piscine à remous, dont on se demande qui ils font rêver – en tout cas ni Nini, ni Carlo, mais ce dernier manque d'idées.

C'est peut-être le prosecco qui l'encourage, ou la tension palpable entre eux, mais voilà qu'au moment où la conversation faiblit, Suzanne se penche vers Carlo et se lance à voix basse : n'y aurait-il pas un petit secret dans cette famille, un secret qui concernerait son mari ? Puisque Carlo vient ici depuis toujours, il sait peut-être, lui, ce qui s'est passé quand ils avaient trois ans ? Une histoire de voiture ? Carlo rit, il adore les voitures, mais s'il n'avait que trois ans, bien sûr qu'il n'en sait rien, est-ce que Suzanne a demandé à Marta ? Cela ne dure que quelques secondes, mais cette fois Suzanne a le temps de la voir en arrière-plan, Marta qui ralentit le mouvement par lequel elle allait porter à sa bouche entrouverte la câpre géante qu'elle tient à la main, tel un poisson qui aurait soudainement oublié de gober l'hameçon. Puis sa belle-mère se reprend et se fend d'un immense sourire en mâchant sa câpre, un sourire qui annihile la question que Suzanne pourrait lui poser. Paolo n'a rien entendu car il rit avec Nini, et l'arrivée d'Ercole clôt la conversation. En l'absence de Marcella, partie cuisiner pour sa propre famille, le patriarche est chargé d'ouvrir le champagne que Suzanne a acheté au *duty-free*. Elle ne se fait toujours pas à cette habitude qu'ils ont tous de débarquer partout les mains vides – le contraire revenant à proclamer qu'il manquerait quoi que ce soit chez les gens qui vous reçoivent. Marta n'y touche pas : boire du champagne ici, ce serait comme manger une choucroute à Lisbonne, affirme-t-elle dans un grand éclat de rire.

Quand ça devrait être terminé, ça ne l'est toujours pas. Après le départ des convives et le dîner, Marta, en passant devant la chambre des enfants – où elle ne fait toujours que passer, refusant de s'impliquer dans des tracas domestiques qui ne sont plus les siens –, insiste tout de même sur le brossage des dents : on ne voudrait pas que les fourmis soient attirées par les traces de sucre sur les visages. Marta est obsédée par ces processions minuscules qui finissent toujours par traverser sa cuisine – démiurge vexée que des êtres dont la longueur se mesure en millimètres n'en fassent qu'à leur tête et ignorent la sienne. À la façon dont sa belle-mère va jusqu'à mimer l'entrée des *formiche* dans les orifices buccaux d'enfants endormis, Suzanne pourrait déceler la pointe d'hystérie propre à ceux qui viennent de mentir et de l'échapper belle – si seulement Beppe ne se mettait pas à pleurer bouche fermée puis à hurler bouche ouverte. Suzanne doit chanter, raconter, bercer, pendant que Paolo s'installe sur la terrasse pour boire un dernier digestif avec ses parents.

Tonight's gonna be a good night

Lorsque enfin les époux se rejoignent, Paolo bâille ostensiblement. C'est chez lui le signal équivalent à ces migraines évoquées par les femmes, ces excuses dont Suzanne n'a en revanche jamais besoin : dès l'instant où son mari pose une main sur la bretelle de sa chemise de nuit, elle se met en marche comme une poupée mécanique, qu'elle en ait envie ou non. La sage-femme, elle-même sans enfants, avait été catégorique : si vous voulez sauver votre vie sexuelle après l'accouchement, il faut toujours dire oui – or sauver sa vie sexuelle après l'accouchement était devenu l'un des enjeux de la maternité. Suzanne blâme la longue chemise de nuit de percale blanche qu'elle a emportée au lieu de son habituelle soie noire, jugée peu adaptée aux vacances familiales. Elle fait pénétrer la crème de nuit en massages circulaires, comme le lui a appris la Coréenne qui à Londres s'occupe de son visage – s'il ne se passe rien, autant s'hydrater – et se demande si ce n'est pas plutôt la conversation que son mari fuit. Elle s'allonge et, prétextant la chaleur, retire sa chemise de nuit, pose une main sur l'épaule conjugale et caresse doucement la peau lisse. Paolo est glabre à l'exception de ces quelques poils noirs qui s'enroulent autour de ses mamelons et dans lesquels elle passe ses doigts. Excitée par son indifférence, elle a maintenant plus envie de faire l'amour que d'en savoir plus sur ces histoires de séquestration ou de le faire parler de cette formidable Nini. Peut-être présume-t-elle aussi qu'il sera plus facile de discuter une fois la chose accomplie. Paolo pose à son tour une main sur son épaule, geste conciliateur dans lequel elle lit une déclaration d'affection. D'un mouvement rapide qui tranche avec les bâillements qu'il étire au maximum, il éteint la lampe de chevet qui les surplombe – pile à la place d'un crucifix.

Suzanne hésite un instant. Il n'est pas exclu qu'il se jette sur elle, elle sait qu'il a besoin pour ça d'obscurité quand il est chez ses parents. Mais la respiration s'est ralentie, il a l'air de dormir, ce qui décuple sa frustration. Elle ignore que Paolo ne va s'endormir que fort tard, la voix et les cils de Nini emplissant son cerveau ; s'il respire lentement, c'est plutôt qu'il est entré dans une sorte de transe méditative. C'est bien simple, il n'a pas ressenti ça depuis qu'il a rencontré Suzanne, il en est sûr. Et pourtant, il en voit toute l'année, des filles que l'on dépose un peu partout dans le monde des affaires pour adoucir les mœurs et faciliter les transactions, hôtesses d'accueil, porteuses de brassées de fleurs ou assistantes en tout genre. Mais il ne les regarde pas. Est-ce qu'il suffit pour ça qu'elles entrent au cœur de la sphère familiale ou qu'elles couchent avec son ami d'enfance ? Paolo met d'autant plus d'énergie à penser à Nini qu'il lui semble que cet élan soudain qu'il ressent pour la vie, quelle que soit la culpabilité qui l'accompagne, lui évite de penser à autre chose. En tout cas, voilà de quoi mal dormir. Pendant ce temps, Suzanne voudrait allumer, lire, se changer les idées, entrer dans un univers parallèle et dans lequel elle aurait sa place, plutôt que de rester assise dans l'obscurité, ombre renfrognée planant au-dessus du sommeil de son mari. Dans la cuisine voisine, les deux réfrigérateurs vrombissent.

Elle sait qu'elle ne dormira pas, demain son visage sera froissé et la journée bien longue. Elle attrape son téléphone. Elle a déjà cherché le nom de son mari dans les archives de l'Internet, par simple curiosité amoureuse, avant de l'épouser. Elle a parcouru exploits sportifs et mondanités juvéniles, ainsi que les obligations des héritiers lorsqu'ils sont en âge de prendre les rênes de l'entreprise, photographies de Paolo dans un costume trop vieux pour lui, décernant sur un podium quelque trophée à quelque ingénieux entrepreneur. De toute façon, les Signorelli ont suffisamment d'avocats pour que jamais leur nom ne soit publiquement souillé. Alors, que s'est-il donc passé ? Hélas, faute de réseau, l'appareil reste bloqué sur sa dernière recherche, *sequestro*. Elle n'a pas eu le temps de consulter d'éventuels messages, personne ne la laisse vaquer à ses occupations ni même à sa simple oisiveté : les seuls endroits où cela est toléré sont la salle de bains, de laquelle on attend qu'elle sorte pimpante, ou les toilettes, dans lesquelles on ne capte rien. Marta prône la déconnexion, il faut dire que c'est plus facile dans un monde dans lequel rien ne peut vous atteindre et quand ça vous permet de contrôler les autres. Pour la même raison, la Wi-Fi est très limitée à quelques gigas offerts pour l'été et ne fonctionne qu'à côté du boîtier en surchauffe, branché en plein milieu du salon où personne ne se tient jamais car ici, on se targue de vivre dehors.

Suzanne enfile le plus doucement possible la chemise de nuit qui gisait à terre. Elle retient la poignée de la porte en laiton ouvragé – *tradizionale*. Elle a appris très tôt à circuler sans se faire entendre ; sa mère a un sommeil de plume, comme elle le dit elle-même, entre autres expressions dont Anne Valeyre est persuadée qu'elles sont, sinon validées par l'Académie française dont elle ignore probablement l'existence, au moins par l'usage. Réveiller sa mère la nuit entraînait pour Suzanne une, voire deux journées de mauvaise humeur et d'avanies liées au manque de sommeil. Anne laisserait déborder un robinet, oublierait de payer le parcmètre et s'acharnerait sur les tresses de sa fille sans s'en rendre compte. Mais sans jamais se plaindre, et c'est ce qui faisait le plus de mal à Suzanne, engluée de culpabilité. Alors elle retenait les poignées, les chasses d'eau, son souffle ou le pas de ses pieds nus dans l'escalier. Et elle partait seule à l'école pour permettre à sa mère de « récupérer » avant le travail. Son père était déjà au café, où il pouvait faire autant de bruit qu'il voulait.

Suzanne flotte dans le couloir, dans son coton de petite fille. Mais ici, la nuit, il n'y a rien à craindre. Le sommeil aussi est un privilège. La voilà dans l'austère salon, murs de pierre locale grise et poreuse, charpente en poutres apparentes vernies brun foncé, coussins aux motifs presque puniques tissés par des paysannes du coin quelques décennies ou siècles auparavant. Elle replie ses jambes, jouissant du contact du lin rêche et de toutes ces broderies au point de nœud contre sa peau nue, jouissant aussi simplement de mettre ses pieds sur les fauteuils. Sur son téléphone, trois sourires édentés attendent qu'elle déverrouille l'écran – elle protège tout ce qu'elle peut, son téléphone comme le reste. Certes, son mari vit sous son nez, et s'il avait quoi que ce fût à lui cacher, ce n'est pas sur Internet qu'elle le trouverait, mais elle ressent pourtant une légère appréhension au moment de taper *Paolo Signorelli 1976* dans le moteur de recherche. S'affichent d'abord plusieurs articles rédigés à partir du même communiqué de presse, lui-même rédigé par Ercole au moment où il a nommé Paolo à la tête de la branche londonienne, quand tout le monde attendait que l'héritier reprenne la maison mère à Milan. 1976 n'apparaît nulle part. Elle parcourt quand même les notices. « Mon fils doit encore apprendre sur le terrain avant de diriger Signorelli », avait déclaré Ercole, et il s'en était même persuadé, fustigeant en privé la décision de Gianni, qui, à la mort de son frère, avait propulsé son petit-fils John Elkann, alors âgé de vingt et un ans, au beau milieu du conseil d'administration de Fiat. Le jeune homme, que Suzanne trouvait charmant avant même de rencontrer Paolo à qui il ressemble, avec sa longue silhouette et son air d'être arrivé là par hasard, avait certes à son actif des stages express dans une usine de phares à Birmingham et une concession automobile à Lille, mais il n'avait même pas encore son diplôme d'ingénieur. Ce qui ne l'avait pas empêché de devenir président de Fiat à trente-quatre ans. Ercole avait trouvé ça *absurde.* Il faut dire que, désormais, c'était à peu près tout qu'il trouvait absurde, et pas seulement ce que faisait *l'Avvocato.*

Au passage, Suzanne découvre que le site Internet de l'entreprise Signorelli s'est offert le luxe d'un relooking, à base d'animations interactives et d'ancrage historique : elle apprend que le roulement est plus ancien que la roue elle-même puisque c'est à l'aide de rondins de bois qu'on avait pu déplacer les pierres de Stonehenge ou celles des pyramides d'Égypte. Quant aux premiers roulements mécaniques connus, Caligula en avait équipé deux grands navires dédiés à Diane, pour faire pivoter les statues de la déesse. Suzanne clique sur le chapeau « histoire » du site, et découvre que peu de temps après les extravagances de Caligula, Néron avait installé la salle à manger de sa Domus Aurea sur un vrai roulement à billes : la pièce, située à vingt mètres de hauteur, offrait au cours de sa révolution un panorama complet sur Rome, tout en assurant à l'ensemble des convives une vue sur la statue colossale de l'empereur – tout de même trente mètres de bronze doré. Suzanne clique sur une reconstitution en 3D dont le mouvement saccadé lui donne la nausée. Elle lit la citation de Suétone, selon lequel cette pièce « tournait jour et nuit sur elle-même en imitant le mouvement du monde ». De quoi envoyer aux oubliettes les automobiles et donner à Ercole Signorelli une stature tout impériale, c'est en tout cas ce que le communicant qui a exhumé Caligula, Néron et Suétone a dû vendre fort cher au comité de direction.

Paolo, héritier à son tour, n'aura donc pas le destin de John Elkann. Marta rappelle souvent que celui-ci a épousé une Lavinia Borromeo – et, comme chacun le sait, les Borromeo, en plus de produire le saint Charles du même nom, possèdent un archipel sur le lac de Garde. Suzanne l'ignorait jusque-là, mais elle a compris qu'il s'agissait de souligner que ses propres parents, par exemple – et bien que Marta évite soigneusement de prendre cet exemple –, ne possèdent rien du tout. Nulle part. Marta le sait qui, armée de sa curiosité et de son français du lycée, a elle aussi fait des recherches au moment du mariage de son fils avec une inconnue. Elle n'a pas été déçue : le carré parfait de la noble Romaine a légèrement tremblé au moment de cliquer de l'un de ses ongles beiges sur la photo de l'A.S. Vinargues, extraite d'un numéro du *Midi-Libre* et sur laquelle on distinguait (*de g. à dr. et de haut en bas*) le sourire pixélisé de Christian Valeyre, pilier de l'équipe puis du club de rugby autant que du bar du village, médaille au cou et chope à la main. Marta serait bien surprise d'apprendre que c'est de Christian que le petit Beppe tient son Q.I., qu'il a en effet anormalement élevé, mais à sa décharge, toute la famille en serait plutôt étonnée, Suzanne la première. La mère, Marta, a fini par la dénicher sur Facebook, Anne Valeyre postant à tour de bras, en doré sur fond dégradé violet, une maxime attribuée de façon erronée à Lao-tseu, une annonce de vente de cuisine Ikea ou un avis de recherche de chaton égaré. Marta s'était félicitée de son instinct et des méfiances qu'elle nourrissait ; hélas, comme dans toute bonne tragédie, Paolo, pourtant prévenu des dangers d'un mariage en dessous de son rang, s'était obstiné. Marta s'était consolée en se disant qu'au moins sa belle-fille était française et non pas zimbabwéenne ou même américaine, et elle avait mis cette fantaisie sur le compte de la marge de liberté qu'il convenait de laisser à Paolo. À ce sujet, on n'était jamais trop prudent, parce que la position d'héritier était décidément compliquée : c'était maintenant Lapo Elkann, le flamboyant frère de John et petit-fils de Gianni Agnelli, qui faisait des siennes. On l'avait retrouvé en 2005 overdosé en compagnie d'un travesti et la Bourse milanaise avait mal réagi aux frasques du rejeton. D'autant plus que Marta ne voudrait pas que son fils change de sexe, de genre ni de quoi que ce soit qu'on dise désormais.

Suzanne zoome sur quelques photos de Paolo délivrant, inspiré, une conférence sur l'avenir des roulements écoresponsables et socialement éthiques, ou une autre combinaison de ces termes. Elle le trouve beau en manches de chemise, note qu'il a mieux vieilli que John Elkann, dont la joliesse enfantine détonne désormais dans son visage bouffi. Suzanne Valeyre, son nom apparaît même à côté de celui de Paolo Signorelli à l'occasion de leur mariage, relevé par plusieurs gazettes mondaines. Et puis Paolo et Suzanne Signorelli, ensemble devenus généreux donateurs à l'école londonienne convoitée pour Giorgio, quand elle avait compris que cela modifierait sensiblement leur position sur la liste d'attente. Mais il n'y a vraiment rien de plus. Les recherches sur les enlèvements d'héritiers italiens la ramènent à Lapo Elkann, qui une fois sorti de son coma post-overdose avait dix ans plus tard simulé son propre kidnapping à New York pour tenter d'extorquer davantage d'argent encore à sa famille, afin de régler le solde de plusieurs jours de fête, cocaïne et escortes transsexuels – comme l'avait titré la presse – inclus. Comment s'appellent Marcella et son fils, déjà ? Putzu, Salvatore Putzu, que Suzanne tape seul puis combiné au prénom du mari qui s'occupe du jardinage, Efisio, quand elle constate que des Salvatore Putzu, il y en a plein la Sardaigne. Elle enlève l'année. Rien. Tout ce que ces recherches sardes finissent par faire apparaître, ce sont des bandeaux colorés lui vantant produits typiques et vacances *all-inclusive*.

Elle repère le nom d'une commune voisine, Castiadas, qui annonce une exposition d'art contemporain dans une ancienne colonie pénitentiaire. Enfin quelque chose à faire. Un grand bâtiment du XIXe dont elle se demande comment elle ne l'a pas vu auparavant, dans une région où rien ne semble s'être construit entre le Paléolithique et le boom balnéaire récent qui la défigure à coups de construction en crépi jaunâtre, saumon ou olivâtre – couleurs de gâteaux passés dans une vitrine trop ensoleillée. Quelques clics l'emmènent dans l'histoire pénitentiaire de la Sardaigne.

Aucun Signorelli ne lui a parlé de ces prisons – colonies ou quartiers de haute sécurité. Suzanne plonge ainsi dans les pures eaux bleues où baigne l'île d'Asinara – comme son nom l'indique, peuplée d'ânes, de surcroît albinos, de petits ânes blancs aux yeux bleus dont on ne sait pas trop comment ils sont arrivés là mais qui ont laissé place, tout au long du XXe siècle, à de nombreux prisonniers, depuis les vingt-quatre mille captifs austro-hongrois de 14-18 jusqu'à Toto Riina et autres stars mafieuses. Suzanne pense aux *Cahiers de prison*, qu'elle n'a jamais lus, les écrits les plus célèbres d'Antonio Gramsci, dont elle ne sait d'ailleurs pas grand-chose sinon qu'il est né en Sardaigne, qu'il était communiste et qu'il a donné son nom à la place du village, comme à presque toutes les places principales des villages sardes. Elle vérifie, Gramsci a passé la moitié de sa courte vie dans les prisons d'Ustica, une île sicilienne cette fois, puis de Milan. Elle lit au passage un résumé de sa riche biographie – si on considère le temps qu'il a passé derrière les barreaux – et se perd dans la romance avec les sœurs Schucht – Gramsci tomba amoureux de la première avant d'épouser la deuxième –, tandis que la troisième retranscrira patiemment les notes envoyées de prison, qui deviendront les *Carnets*.

C'est sur le visage dévoué de Tatiana Schucht que s'interrompent les recherches de Suzanne. Elle a consommé en une session les giga-octets que ses beaux-parents ont prévus pour l'ensemble des vacances. On les entendra demain s'indigner, accuser les enfants d'avoir copié le code secret que Marta a décollé du boîtier pour le conserver dans sa chambre et que Suzanne a quémandé auprès de Paolo avant de se coucher. Ça ne se passe pas comme ça chez les Agnelli, sur la Costa Smeralda où l'on gare son yacht pour aller danser, ce nord de l'île où villégiaturent depuis longtemps les magnats du pétrole, ceux qui l'ont trouvé ou volé, l'Aga Khan et les autres, et maintenant la jet-set dont les yachts mouillent à Porto Cervo et à Porto Rotondo, ce nord que les Signorelli ont fui pour s'ensabler au sud, le décrétant moins vulgaire. Moins cher aussi, se dit Suzanne, parce que les Signorelli ont beau être très riches, surtout vus depuis Vinargues, leur fortune ne sera jamais comparable à celle des Agnelli. Ils ne possèdent pas de jet ni d'hélicoptère, pas même un petit yacht ; ils préfèrent louer tout cela à l'occasion, ce que Marta trouve moins contraignant pour sa liberté.

Pour la peine, Suzanne pose son pied nu sur la massive table basse en verre, y laissant la trace de son talon. C'est à peu près toute la subversion dont elle est ici capable. Puis elle fait le tour de la pièce à la lueur de son téléphone, parcourant le dos des livres oubliés par les invités d'un été et gondolés par l'humidité ambiante – best-sellers anglo-saxons, quelques polars et un incongru exemplaire du premier tome de *L'Homme sans qualités*, qu'elle attrape avant de se souvenir que c'est elle qui l'a laissé là. Que croyait-elle alors ? Qu'il allait pouvoir lentement modifier l'atmosphère autour de lui, clef de voûte d'un nouvel univers dont peu à peu les Crichton et Connelly – qu'elle se refuse à lire, comme si cela la préservait de quelque chose – seraient éradiqués ? Que la perméabilité serait possible entre le monde qui était le sien et celui des Signorelli ? Las ! Le dernier volume d'une décalogie contant les mésaventures de divorcées californiennes semble indiquer que la littérature de la Mitteleuropa a perdu le combat, et Suzanne avec elle. Elle emporte le livre, comme pour finalement l'arracher à ce biotope qui ne sera jamais le sien. Dans la chambre, Paolo ronfle légèrement. Le bruit des réfrigérateurs est désormais couvert par celui de la boîte de nuit de l'hôtel voisin. *Tonight's gonna be a good night*, braille un chanteur optimiste, repris par le micro du DJ qui sert de monsieur Loyal. C'est parti pour trois semaines.

Le Cuba de la Méditerranée

Vu d'avion, ça ressemble tout de même sinon furieusement, du moins tranquillement, à la famille idéale. Les voilà serrés dans leur Audi, le père bras à la fenêtre, la mère tenant ses cheveux pour se protéger de l'air du soir qui s'engouffre dans l'habitacle – la mode des foulards de soie ne subsiste que sur la tête des actrices roulant dans les salles obscures –, se tournant parfois pour calmer les trois garçonnets qui chahutent à l'arrière, alors que la voiture gravit la route qui serpente jusqu'à Castiadas.

Suzanne reconnaît au loin ce qui reste des immenses bâtiments de la colonie pénitentiaire, aperçus la veille sur les photographies sépia scannées par un amateur d'histoire locale, et qu'elle a insisté pour visiter ce soir, échappant pour quelques heures à l'inéluctable, à la torpeur et à la tension qui bientôt teinteront – *empégueront*, dirait sa mère – leurs vacances. En arrière-plan, les contreforts terrassés de grosses pierres sont couverts de minuscules parcelles sur lesquelles poussent des arbres fruitiers tourmentés par le vent, une fertilité comme contredite par la présence des figuiers de Barbarie qui grimpent sur les murets, dressant leurs épines vers le ciel, absorbant l'eau que les légumes des potagers n'ont pas eu le temps de boire. Au beau milieu du carrefour qui semble organiser des pistes venues de nulle part et allant nulle part, a été érigée une station-service. À droite, la silhouette de la petite église San Basilide se détache sur le ciel encore bleu, comme plantée là par erreur. Paolo se gare sur le parking vide, au sommet du plateau. Fin du travelling. Les aînés sortent excités, Beppe demande qu'on le rassure à nouveau, les prisonniers ont tous été libérés, lui répète-t-on, et ils étaient ici très heureux.

C'est en tout cas ce que souhaitait Eugenio Cicognani, le premier directeur de ce qui fut la plus grande colonie pénitentiaire agricole d'Italie. Ici, pas de petits ânes blancs ni de célébrités du crime : Cicognani avait débarqué sur la côte avec trente condamnés à mort et sept gardiens, avant de cheminer à travers les marais jusqu'au lieu perdu où il avait prévu d'installer l'institution, avec pour double mission de remettre en état un territoire ravagé par le paludisme, et de réinsérer les détenus – Suzanne a bien appris sa leçon. Cette réinsertion devait être facilitée par l'enseignement de règles sociales – enseignement dont Suzanne se demande bien comment il était dispensé –, mais aussi par l'accès à une éducation sommaire et à l'un de ces emplois manuels qu'on trouve dans toutes les prisons.

Certes, les marais avaient bien été asséchés par la plantation d'eucalyptus importés d'Australie ; leurs feuilles argentées bruissent toujours dans l'air du soir que fend à présent la famille Signorelli à pied. Les hommes étaient peu à peu venus à bout de l'hostilité des lieux, des milliers d'hectares produisaient céréales, olives, agrumes et amandes, toutes sortes d'animaux et même du charbon, vendus à Cagliari pour payer les salaires des gardiens, mais aussi des détenus. Seule la culture des mûriers à soie avait échoué, à cause de la chaleur contre laquelle les eucalyptus ne peuvent rien. Suzanne le constate en regrettant le choix de cette robe en soie dont elle a pensé qu'elle plairait à Paolo, les auréoles de transpiration envahissant ses aisselles. En ce qui concernait le bien-être et la réussite sociale dans la colonie, les résultats étaient moins probants : une partie des prisonniers étaient morts la première année, puis, quand les lieux avaient été prêts à recevoir les détenus de droit commun, des hommes qui n'avaient pas prévu, eux, de mourir mais plutôt de se réinsérer selon les plans assez précis de Cicognani, on s'était aperçu que la prison restait une prison, avec ses cellules d'isolement sans lumière, ses paillasses à même le sol humide, ses semaines au pain et à l'eau et autres punitions. En 1952, quand la colonie avait enfin fermé ses portes, elle avait la réputation d'être un enfer sur terre.

Suzanne lit patiemment les rébarbatifs panneaux explicatifs dont les fautes d'orthographe ont été corrigées au stylo par les touristes tatillons, et en donne une version simplifiée à ses enfants, comme un oiseau prépare la becquée. Si elle peine à leur faire comprendre qu'ils visitent les lieux d'une utopie sociale, ils comprennent en revanche très bien ce qu'était une cellule d'isolement, dans laquelle la maigre lumière d'une ampoule permet aujourd'hui de lire des graffitis désespérés – écrits avec du sang d'après Giorgio. Difficile de savoir quand finit la présentation historique et quand commence l'installation d'art contemporain, puisque celle-ci investit les cellules et que l'artiste a disposé chaînes, boulets et planches de bois servant de lits, dont on ne comprend pas bien ce qui les différencie des artefacts ayant réellement appartenu aux lieux. À l'invitation de la guide, une belle brune d'une cinquantaine d'années – que diable fait-elle ici ? –, Suzanne se penche pour entrer dans chaque cellule. Ça lui rappelle un peu le couvent San Marco mais en plus petit et sans les fresques de Fra Angelico. Bon, ça ressemble à une prison, conclut-elle.

Paolo s'est adossé à un micocoulier dans la cour principale, entre deux bâtiments dont la pellicule de peinture rose, badigeonnée un jour en urgence pour égayer les lieux, pèle comme une peau après un coup de soleil ; il en profite pour fumer l'une de ces rares cigarettes qu'il risque à proximité de sa femme, qui, depuis qu'elle a elle-même arrêté de fumer, se montre soucieuse de la santé de son mari et de sa durée en ce monde – pour des raisons que Paolo pressent à juste titre comme intéressées : Suzanne n'a pas envie de vieillir seule, en plus de trouver la tentation injuste. Elle entraîne les enfants dans la dernière cellule, tapissée de dessins réalisés par les patients d'une institution psychiatrique, dont un cartel précise qu'ils ont travaillé sur la notion d'enfermement – au cas où le spectateur n'ait pas encore saisi le thème général ou ait oublié d'établir le parallèle entre l'état de prisonnier et celui de malade mental.

Paolo a accepté cette visite absurde de la colonie peut-être par inertie, peut-être parce qu'il sait déjà qu'il va avoir besoin, dans les jours à venir, de l'indulgence de sa femme. Il a posé comme condition – et comme excuse auprès de Marta, qui a pincé les narines à la mention de leur absence dès le deuxième soir – un dîner à l'auberge qu'il fréquentait enfant. Au début du XXe siècle, c'était encore un relais de poste où l'on changeait de mules tout en prenant son dîner, avant que l'automobile ne vienne ruiner cette belle économie et enrichir les Signorelli, et qu'avec la viande des mules on fasse des saucissons qui pendent au plafond. Pendent-ils encore, d'ailleurs ? Paolo voudrait bien aller le vérifier en famille. Tandis qu'ils traversent à pied le carrefour, à la faible lueur du lampadaire municipal – Giorgio surgit de l'obscurité pour effrayer ses frères, hurlements dans la nuit –, Paolo raconte le western de son enfance, la route qui n'était pas goudronnée et la famille entrant dans ce saloon mexicain avec son bois sombre, ses bouteilles et les fameux saucissons, son aubergiste moustachu en tablier blanc, sa femme qui se signait à chaque opportunité, et leur gamine qui traînait toujours, assise au pied d'une table, à jouer avec un chat malingre. Une gamine étrange, plus âgée que les enfants Signorelli et qui leur faisait tout à la fois peur et pitié, parce qu'elle était vêtue de haillons, parce qu'une adolescente n'aurait pas dû rester sous une table avec un chat, ou parce qu'ils étaient tout ce qu'elle ne serait jamais. C'était leur seul rituel, jusqu'à ce qu'un jour la fille ait disparu : on l'avait envoyée dans un hôpital de Cagliari. Elle était malade, malade pour la vie, avait précisé l'aubergiste, et on s'était souvenu de l'attitude de l'enfant, et on avait déduit qu'elle souffrait d'une maladie mentale incurable. Il ne faut jamais oublier la chance que vous avez d'être nés qui vous êtes, ajoute Paolo à l'intention de ses trois fils, répétant sans trop y croire les phrases qu'on lui a répétées quarante ans plus tôt, quand ils se garaient sur le plateau pour venir dîner à l'auberge. Comme si l'on naissait qui on est, pense brièvement Suzanne, pourtant attendrie – il est si rare que Paolo se laisse aller aux souvenirs, à croire parfois qu'il est arrivé au monde un beau matin déjà formé, sa cuillère en argent enfoncée dans la bouche. Elle imagine Ercole et Marta jouant la comédie des touristes se prenant de passion pour l'auberge, au point d'y revenir chaque saison ; on s'amusait de manger si mal une fois dans l'été, et l'endroit est suffisamment pittoresque pour que Marta ait pu en faire quelque chose de drôle une fois rentrée à Milan, moquant les demeurés de l'arrière-pays.

C'est une famille beaucoup plus chaotique – mais pour Suzanne encore idéale, puisque ce chaos-là est attendu, ce chaos qu'elle n'a, enfant, jamais connu – qui pousse le rideau de perles de bois englué de mouches de l'auberge : le petit dernier qui hurle qu'il veut manger tout de suite, les deux autres qui se battent, le père qui soupire. Et la mère qui sourit et d'un coup d'œil cherche la meilleure table, si possible pas juste en dessous d'un de ces saucissons – ils pendent encore –, ni dans un courant d'air, pas trop près des toilettes mais pas trop loin de la sortie non plus en cas de caprice sonore… Bref, la mère qui déploie l'ensemble de ses capacités sensibles et intellectuelles pour choisir où s'asseoir dans une auberge vide qui pue le rance. Paolo salue le patron qui n'a pas l'air de le reconnaître et les voilà installés, dans les cris de Beppe qui désormais réclame un hamburger avec des frites. Non, ni hamburger ni saucisson, ce soir c'est plat unique, annonce le moustachu – Suzanne enfourne des gressins dans le gosier de Beppe pour limiter les hurlements –, *malloreddus alla campidanese*, spécialité locale de pâtes à la saucisse de porc, tant pis pour les ânes. Giorgio tente d'enlever les graines de fenouil une à une, Paolo hausse le ton, Suzanne se réjouit – c'est une chose de choyer ses enfants, une autre de les gâter, et il serait bien que parfois Paolo leur donne quelques limites –, avant de comprendre que son mari craint seulement que Giorgio n'effleure les manches de sa chemise bleu clair avec sa fourchette pleine de saucisse. Elle tamponne d'une serviette de papier humectée la sauce qui a atterri sur les genoux de Taddeo. La sainte famille nombreuse en action, nimbée par le lustre sous l'obscurité des poutres, c'est ce que voit la guide trilingue lorsqu'elle entre dans la salle. Le genre de vision qui fait réfléchir à deux fois avant d'intervenir, tant ça a l'air de fonctionner très bien et tout seul. Mais la guide a vu Suzanne tenter de mener sa caravane de cellule en cellule, elle l'a vue s'abstraire dans les panneaux explicatifs pendant que le mari fumait sous un micocoulier : elle en a conclu que la femme s'ennuyait et elle-même s'ennuie trop pour laisser passer l'occasion.

Elle s'installe à la table voisine, ce qui, compte tenu de l'absence de clients, revient à s'inviter avec eux.

Suzanne en est d'abord surprise puis sourit poliment ; on lui a appris à respecter les détenteurs du savoir et les millions n'ont pas effacé ce respect. Paolo sourit aussi : lui, on lui a appris à sourire à tout le monde et à réfléchir ensuite au degré de condescendance à ajouter. La femme leur souhaite un bon appétit, ils ont presque terminé, disent-ils en repoussant les assiettes comme s'ils avaient été pris en flagrant délit de nourritures terrestres, Suzanne se tourne vers Paolo pour refermer le cercle familial mais l'autre insiste, elle leur demande ce qu'ils font là et, après avoir descendu un verre de l'épais vin rouge que les collines s'obstinent à produire même sans détenus, elle propose de s'asseoir quelques minutes avec eux. Elle se présente – Giulia –, la place est faite, les miettes écartées, les enfants dotés d'esquimaux et de consoles, enfin la paix.

En les regardant d'une façon que Suzanne juge un peu directe, Giulia leur explique rapidement qu'elle ne reçoit que des touristes russes peu intéressés par la prison, encore moins par son accrochage, mais qui s'y arrêtent parce qu'il y a un partenariat avec un hôtel du coin – à savoir que le patron de ce dernier est le frère du maire. Ce partenariat s'étend probablement à quelque ville du fond de la Sibérie dont on envoie les habitants dans cet hôtel, puisque rien, jamais, n'est laissé au hasard. Les pauvres, ils sont toujours déçus en arrivant, mais la barrière de la langue permet à la conservatrice, puisque c'est ainsi qu'elle se présente, d'échapper à leur vindicte. Peut-être ont-ils l'impression de vivre une expérience pittoresque dans une région où les activités touristiques se limitent à la plage. Et aussi belle soit une plage, il est parfois des journées avec nuages ou érythème solaire et il faut bien trouver de quoi s'occuper ailleurs. Suzanne le sait, c'est à la faveur de brûlures de méduse qu'elle a découvert la seule curiosité historique de la région, la grotte dédiée à Tanit où cette divinité punique aurait daigné apparaître et sur le sol de laquelle s'amoncelaient porte-bonheur et autres ex-voto, photos signées, briquets, élastiques à cheveux et même un préservatif non usagé, qui n'avait a priori pas grand-chose à faire dans un lieu dédié à la déesse de la fertilité, à moins que, justement, il ne s'agît de renoncer cérémonieusement à la contraception. Paolo avait râlé au moment de payer les billets d'entrée, dont la recette servait selon lui à maintenir en vie le vieillard en débardeur, autoproclamé gardien du site et qui lisait des journaux périmés sur un fauteuil pliant à l'entrée de la grotte, en se plaignant de la chaleur étouffante, avant d'empocher leurs pièces de monnaie. Suzanne avait souri au vieillard, elle n'avait rien déposé dans la grotte mais elle était tombée enceinte peu de temps après, l'ardeur de son mari ayant largement compensé leur manque de piété.

Revenons sous les saucissons, où Giulia éclate de rire à l'idée que Suzanne ait voulu voir son exposition, comme cette dernière le prétend : Giulia n'y est pour rien, on lui alloue un budget ridicule pour ouvrir les lieux qui tombent en ruine. Tout ce qu'elle achète, ce sont des bouts de bois et des litres de ciment, le reste est imposé par les édiles locaux plaçant tel ou tel de leurs amis artistes, et qui appellent le tout « résidence » en le faisant financer par leurs communes – et il se trouve toujours dans l'affaire des notables pour alléger au passage leur fardeau fiscal. C'est que la zone est un peu sinistrée. Au moment du fameux plan régional de renaissance sarde, on a construit sur les parcelles de petites maisons individuelles. La colonie pénitentiaire venait de fermer ses portes, il fallait trouver autre chose pour la subsistance de la région. Les eucalyptus arrêtaient le vent, mais ils assuraient aussi l'isolement et l'individualisme des paysans assignés à chaque lopin de terre avec maisonnette : il n'était pas question pour le gouvernement, à la fin des années 1960, d'encourager la moindre possibilité de coopération. Parce que la coopération, quand on est pauvre, ça finit toujours par signifier protestation. Et protestation, quand on est pauvre, ça finit toujours par signifier rébellions, manifestations, puis, tout simplement, la révolution. Giulia leur demande s'ils savent que Feltrinelli, l'éditeur milliardaire milanais d'extrême gauche, mort clandestin en 1972 dans l'explosion d'un pylône électrique qu'il avait probablement lui-même déclenchée, était venu à plusieurs reprises à Cagliari, entre 1967 et 1969, pour y étudier la possibilité de faire de la Sardaigne « le Cuba de la Méditerranée » ? L'idée farfelue, nourrie par les voyages de Feltrinelli en Bolivie et sa rencontre avec Régis Debray, avait fait sourire jusqu'aux dirigeants communistes locaux ; elle fait aussi rire Paolo aux éclats, qui demande au passage qui est ce Debray, et Suzanne, pour ne pas risquer de froisser la guide et ses convictions, donne une réponse laconique : un type de gauche avec une moustache. D'autres avaient vu dans ces ambitions sardes une menace, alors que les plasticages de préfectures et autres actes se multipliaient, et tout avait été fait pour éviter que la terre natale d'Antonio Gramsci puisse demeurer fertile aux idées communistes – Suzanne est contente d'en avoir appris un peu plus sur la courte vie de Gramsci, ça pourra servir à la conversation. Résultat, poursuit Giulia, les paysans individualistes avaient mené le projet plus loin encore, et fini par abandonner leurs plantations peu rentables pour louer les parcelles à des Sardes ou à des Italiens du continent souhaitant s'offrir une bicoque à la campagne, pas trop loin de la mer. Paolo tente une boutade : les colonies agricoles travaillées par des hommes libres n'avaient donc jamais reproduit le miracle agronome de la colonie pénitentiaire, avec ses paysans enchaînés ? La faute à la DC, la Démocratie chrétienne, qui a pourri ce pays en s'accrochant au pouvoir à n'importe quel prix, répond Giulia, la DC qui a fait des pâtres sardes ces petits-bourgeois matérialistes.

Suzanne trouve cette tirade un peu caricaturale – son grand écart social a modéré ses opinions politiques – et elle jette des coups d'œil furtifs vers Paolo. Si elle prend soin de lui inculquer des idées qu'elle qualifie de progressistes, et dont elle se persuade qu'elle en fait une condition à leur union, elle ne peut pas pour autant ignorer la tradition familiale et les millions cachés à Lugano. Elle n'a pas tellement envie de discuter politique ici et maintenant, et oriente la conversation vers des sujets plus consensuels. Giulia avoue s'acquitter de ses missions professionnelles uniquement pour s'occuper de ses parents âgés, qui tenaient encore récemment la droguerie du village. Elle-même n'a rien de mieux à faire à Cagliari, où elle gérait pour sa part une galerie d'artisanat local à bout de souffle, du genre oursins en céramique et tissages de jute. Elle verra bien où tout ça la mènera, dit-elle en fixant Suzanne.

Le patron est venu offrir les cafés : il connaît bien Giulia, à défaut de se souvenir des Signorelli. Paolo évoque ses étés d'enfance et fait remarquer à l'homme qu'il n'a guère changé, sinon la couleur de sa moustache devenue blanche – rires, comme si vieillir était drôle. Lorsque l'homme s'éloigne, Paolo raconte rapidement, la villa sur la côte, Milan, les vacances. Giulia reconnaît avoir peut-être présumé un peu vite qu'ils partageaient les mêmes opinions, alors qu'il est évident que les familles qui viennent en vacances ici sont plutôt exactement à l'opposé sur l'échiquier. Suzanne est vexée, elle aimerait faire l'arbre généalogique politique de sa famille de pauvres, mais ce n'est pas le moment. Elle se contente de sourire, d'un sourire qu'elle veut significatif, de ces sourires muets qu'elle adresse partout depuis qu'elle a mis les pieds dans une vie qui n'aurait jamais dû être la sienne.

Paolo, pour changer de sujet et alors que les enfants sont partis jouer avec le chat, se penche vers Giulia : il n'a pas osé demander des nouvelles de l'adolescente qui vivait ici, ça lui dit quelque chose ? Giulia fait tourner sa tasse de café avant de le boire d'une traite. La fille est morte, il y a bien vingt ans maintenant. Une histoire tragique, la mère y a laissé la tête à défaut de la vie, vous avez peut-être entendu parler du scandale de Salto di Quirra ? Paolo désigne du doigt les enfants qui reviennent à table : ce n'est pas le moment. Giulia s'excuse, bien entendu, ce n'est pas le moment, trinquons à l'avenir ! lance-t-elle en levant le petit verre de *mirto* glacé que d'habitude Suzanne refuse – liqueur violet foncé, trop calorique – mais qu'elle se force cette fois à avaler à son tour. Comme s'il suffisait de boire à l'avenir pour escamoter le passé. Puis on se salue, la guide glisse sa carte à Suzanne, si elle peut lui être utile à quoi que ce soit, lui indiquer par exemple les curiosités culturelles de la région, ce serait vite fait, d'ailleurs, mais c'est avec plaisir. Les enfants attendent déjà dans la voiture.

Paolo accélère devant l'auberge dont la sombre silhouette se découpe dans la nuit désormais presque noire. En dépit de ses tirades pro-communistes, il trouve la conservatrice charmante, et d'ailleurs il le dit, elle était charmante, cette Giulia, on se demande vraiment ce qu'elle fabrique ici. Et Suzanne, elle, se demande pourquoi, la veille, son mari n'a pas fait le moindre commentaire sur Nini, autrement spectaculaire, qu'ils venaient aussi de rencontrer. Elle n'a pas envie de penser à Nini et pourtant elle ne fait que ça, elle n'a pas envie de se demander ce qui s'est passé quand Paolo avait trois ans, mais même ça elle n'y pense que pour se distraire de Nini.

Paolo qui va trop vite dans les virages pense lui aussi à Nini, plus exactement au corps de Nini tel qu'il l'a entièrement découvert ou presque, dans sa robe en crochet. Si seulement il avait tout découvert, il saurait que

Nini est tatouée autour du pubis d'une espèce de lotus à ramifications mandalesques qui a un peu bavé sur les bords – à défaut de *tradizionale*, le tatouage est local, lui aussi, et précède cette vie dans laquelle Nini porte des émeraudes aux doigts. Et cet affreux tatouage refroidirait peut-être, oh, légèrement, l'enthousiasme de Paolo. Pour l'instant, ce qui le ralentit, c'est une harde de sangliers qui a surgi devant les phares, le couple parental et un, deux, trois jusqu'à neuf marcassins, tandis que Suzanne hurle que s'il continue à cette allure, Paolo va fabriquer lui-même la saucisse pour les pâtes, et tuer sa famille avec. Paolo redémarre lentement. Les silhouettes brunes s'enfoncent dans la broussaille éclairée par les phares.

Lorsque les enfants sont couchés, les bouches fermées et les fourmis écartées, Paolo se tourne vers sa femme. Il remonte la chemise de nuit blanche sur ses jambes blanches, tandis qu'elle repense à leur soirée à Castiadas, pour chasser les questions et s'abandonner aux mains conjugales. Si Paolo savait que sa femme rêve de colonies pénitentiaires pour se laisser aller à ses caresses, peut-être rabattrait-il la chemise de nuit et se tournerait-il de son côté du lit. Heureusement, de l'autre, on ne sait finalement pas grand-chose. Paolo fait l'amour à Suzanne – l'acte est en effet unilatéral et transitif, bien que ça ne déplaise ni à l'un, ni à l'autre. Ils jouissent tous deux, Paolo étouffant de sa main la bouche de sa femme, au cas où – pas pour les fourmis, cette fois, mais pour ces cris qu'il lui arrive de pousser. Les réfrigérateurs ont beau faire du bruit, ses parents ne dorment pas loin.

De l'impact du dérèglement climatique sur la vie de couple

Casseroles, portes, robinets ouverts à fond et éclaboussures sur l'inox, la journée commence avec tout le bruitage d'un milieu de matinée quand la vie a repris sans vous. Pourtant, il est tôt. La lueur que filtrent les volets est encore froide, une lueur de six, sept heures – exactement six heures quarante-huit sur le téléphone qu'attrape Suzanne. Marcella arrive à six heures trente pour profiter de la fraîcheur, dit-elle, et comme si elle s'arrêtait quand il fait trop chaud. Paolo dort toujours mais pas Beppe, qui ouvre doucement la porte – a-t-il appris à faire attention, lui aussi ? – et vient se blottir contre sa mère. Suzanne chérit ces instants où son dernier fils se comporte comme le bébé qu'il n'est plus. Depuis sa naissance, elle prend la pilule, qui régule crises de soupirs et de larmes à défaut de les supprimer tout à fait. Qui régule peut-être aussi le reste, les enthousiasmes, les ardeurs, les envies – mais ça, personne n'ose le déplorer, ça arrange tout le monde. Que faire des envies d'une femme dont les journées sont remplies par le soin de ses enfants ? Pour l'instant, Suzanne n'en a qu'une, d'envie, celle de dormir. Ce qui est bien la dernière chose qu'on attend d'elle. Elle finit par se lever pour donner à Beppe le petit déjeuner qu'il réclame, chut, tu vas réveiller ton père.

Sous prétexte de nager, Marta est déjà partie réserver un emplacement pour son transat. Ses vacances lui imposent de se lever à six heures pour maintenir son premier rang. Les *bagnini*, les garçons de plage qu'elle appelle par leur prénom – peu lui importe de les confondre –, n'arriveront qu'à huit heures pour manœuvrer des diables, inscrivant la trace de leur chorégraphie dans le sable fraîchement damé par des tracteurs, attention aux lis sauvages. Sur les diables ils empilent sièges et parasols, entreposés pendant la nuit dans un cabanon au bord du chemin, aux côtés de montagnes de jouets en plastique – la plage étant chaque soir rendue à un semblant de naturel. Ercole et Marta les attendent, assis sur des sièges pliants qu'ils ont descendus eux-mêmes, marquant leur territoire, pour être sûrs de garder l'excellent emplacement qu'ils ont choisi – personne entre eux et l'horizon – et qui signifie aussi qu'ils appartiennent à la race des seigneurs qui se lèvent tôt, l'ordre et le mérite, plutôt qu'à celle des parvenus qui s'achètent des esclaves – c'est-à-dire un bataillon de domestiques philippines que les propriétaires du lotissement envoient installer des sièges plus tôt encore, dès l'aube, suant au bord d'une eau dans laquelle elles ne se baignent jamais. Chapeau de tissu à large bord enfoncé sur la tête, vêtues de manches longues et de pantalons – « elles ont peur de bronzer à six heures du matin, comme si elles n'étaient pas déjà toutes brunes ! » rit Marta –, les Philippines traînent à bout de bras les lourds transats métalliques et les parasols qu'elles peinent à enfoncer dans le sable ; bientôt, il faudra aussi qu'elles veillent à ne pas déranger les nids de tortues. C'est que l'un des occupants des maisons qu'elles servent, et dont les noms sont gravés dans les tubes métalliques qui supportent les ombrelles rayées, pourrait décider de venir se baigner avant le petit déjeuner et l'arrivée des *bagnini*. Il pourrait ensuite décider de s'allonger et de vouloir de l'ombre, même quand il n'y a pas encore de soleil. Alors, le matin, Suzanne a pris l'habitude de rester sur la terrasse de la villa, essayant de retenir le calme qui règne encore, troublé seulement par le flash blanc de la queue d'un lapin qui détale ou les cris ronds des huppes fasciées qui se dandinent sur le sol desséché, agitant d'avant en arrière leur crête bicolore, comme le minuscule clavier d'un minuscule piano qui jouerait quelque rengaine moqueuse.

Mais ce matin les huppes sont déjà parties, elles aussi, chassées par l'animation du petit déjeuner que prépare Suzanne, ignorant Marcella qui voudrait s'en occuper. Suzanne a toujours insisté pour ne pas avoir besoin d'aide, comme on appelle pudiquement ici l'emploi de domestiques. Après tout, sa mère vit avec un carré caoutchouteux gaufré jaune à la main, son petit pan de mur à elle, un objet transitionnel qui répond au nom mystérieux de *chamex*, version un jour moderniste, voire futuriste, de la peau de chamois et dont l'avènement de la microfibre a dû sonner le glas partout ailleurs que chez les Valeyre, où Anne continue de l'utiliser pour laver absolument tout, depuis la vaisselle jusqu'aux pieds terreux de son mari lorsqu'il rentre du jardin. Anne Valeyre n'a jamais été aidée pour s'occuper de son ménage. Question d'argent, d'honneur et peut-être aussi de la culpabilité qu'elle ressent à être au monde. Dans l'héritage parental, Suzanne n'a pas pris le meilleur, mais il faut dire qu'il n'y avait pas grand-chose à prendre. À Londres, elle a fini par accepter les services bi-hebdomadaires d'une femme de ménage, pour couper court aux critiques de Paolo – n'était-il pas celui qui payait le prix du manque d'entrain de sa femme en fin de journée ? Elle le soupçonne surtout d'avoir eu honte de ce qui pouvait passer pour une faute de standing. Alors elle range avant l'arrivée de la femme de ménage et, en vacances, essaie de seconder Marcella. Cette dernière a décidé de balayer les chambres, réveillant les aînés qui débarquent, les yeux ensommeillés et une console à la main. Aucun des deux ne répond quand leur mère les salue.

Quand est-ce que ça a commencé ? La première fois, elle y a vu une victoire : elle avait inculqué à ses enfants l'indifférence à l'amour maternel, cette chose toxique dont Suzanne n'a jamais réussi à se défaire. Ils ne se sentaient pas obligés de l'aimer ou de la contenter. Oh, Anne Valeyre ne demandait rien, bien sûr, on ne lui avait jamais appris à attendre quoi que ce fût de l'existence, mais c'était dans le fait même qu'elle ne demandât rien que Suzanne enfant lisait un besoin. Comme chez ces bébés animaux, dont les yeux seuls suffisent à provoquer chez le spectateur l'envie de sortir illico un biberon. Suzanne ne répond plus aux demandes silencieuses de sa mère et les animaux peuplent aujourd'hui son téléphone, au bonheur des algorithmes : l'un de ses fils regarde une fois un bébé opossum et voilà que des vidéos d'opossums envahissent son fil d'actualité – c'est laid, les opossums, mais il faut croire que cette génération a épuisé les chatons et les lapereaux. Et cette laideur n'empêche pas Suzanne de frémir de compassion du matin au soir devant des images tournées dans des zoos, pendant que grandissent chez elle d'innocents bourreaux.

Un cri retentit : Giorgio vient de se rendre compte que personne n'a acheté le chocolat qu'il a exigé la veille, il refuse de toucher au produit générique de l'épicerie du village. Taddeo embraye, tandis que Beppe, lui, réclame les biscuits qu'il mange à Londres. Quand Suzanne leur demande de cesser, Giorgio jette la boîte à terre, de la poudre de chocolat se répand partout sur la terracotta. Suzanne suffoque à moitié en poussant des cris d'orfraie, mais enfin, Giorgio, ça va pas bien ? tandis que son fils la regarde, droit dans les yeux, et que Taddeo répète « *Mais enfin, Giorgio, ça va pas bien ?* ». Beppe éclate de rire. Suzanne hésite sur la marche à suivre – hurler, punir, éclater en sanglots ? L'arrivée de Marcella, une balayette à la main, interrompt la scène. Sans un mot, Suzanne range la boîte de chocolat dans le placard, s'empare de la console et quitte la pièce.

Dans la chambre conjugale, elle cache la console dans un placard, fait tomber un trousseau de clés et voilà qu'enfin Paolo bouge. Pour le réveiller tout à fait, elle dispense les politesses d'usage, prétend à contrecœur avoir bien dormi, merci, et pour que la conversation ne dévie pas vers les enfants ou les moulinettes à légumes, elle lui demande abruptement ce qu'il s'est passé dans la voiture. Tandis qu'il se frotte les cheveux – encore bruns, brillants, drus, des cheveux de publicité, comme à peu près tout le reste de sa personne – en se demandant ce qu'il a bien pu dire pendant le trajet du retour – elle ne veut quand même pas parler des sangliers qu'ils n'ont pas écrasés ? –, elle insiste : que s'est-il passé quand il était enfant, et dont Salvatore a voulu parler ? Elle sourit, fronce nez, sourcils, bouche, comme si sa curiosité n'était qu'un caprice de femme-enfant amoureuse. Elle ne sait pas que Paolo ne la voit pas vraiment, qu'il a envie de tout sauf de se réveiller dans la maison de ses parents avec sa femme qui le mitraille de questions. Il craignait qu'elle lui parle de Nini, il en a peut-être même envie parce qu'il a déjà envie de parler d'elle, même avec sa femme, et voilà que Suzanne cherche à savoir ce qu'il s'est passé dans la voiture avec Salvatore. S'il évoque ses propres interrogations, ce sera comme lâcher un fox-terrier derrière un renard : Suzanne remuera ciel, terre et toute la famille Signorelli pour obtenir la vérité. Et pourquoi pas ? demanderait-elle. Mais parce que si on a caché quelque chose à Paolo lui-même, c'est que c'est important. Taire des choses importantes, c'est le b.a.-ba des affaires, tel que son père le lui a inculqué. Bien sûr, Paolo s'adonne à la transparence, les temps ont changé. Il n'est pas pour autant complètement idiot. Il sait bien qu'il s'est passé quelque chose de suffisamment grave quand il était enfant pour qu'on choisisse de le lui taire, et il sait bien qu'on ne fait pas fortune pendant et après la guerre sans dissimuler de petits arrangements d'un côté ou de l'autre. Et il ne veut surtout pas le retour des cauchemars.

Ses épaules nues adossées contre le mur, il a regagné dignité et contrôle de soi. Non, il n'a pas compris de quoi Salvatore voulait parler, rien de grave en tout cas, pourquoi s'inquiète-t-elle ? « Tu me connais, quand même ? » C'est précisément ce qui inquiète Suzanne. Elle le connaît. Elle connaît ces froideurs soudaines, cette absence d'émotions, dont elle a depuis longtemps cessé de se plaindre. Elle s'est bien, parfois, posé quelques questions. Elle a vraisemblablement choisi de ne pas trop réfléchir, mais peut-on lui en vouloir ? Un mari intelligent, beau, richissime et fou d'elle, ça lui semblait déjà beaucoup. Il ne lui a jamais rien raconté qui démente les photos accrochées dans l'appartement milanais, lui souriant entre ses trois grandes sœurs, une enfance aussi dorée que les ornements sculptés qui encadrent les photos, dorée jusque dans leurs mèches claircies par des soleils d'autres latitudes, un déhanché confiant alors que l'aînée pose une main protectrice sur son épaule encore ronde, un sourire de maître du monde – après tout, il n'en connaît pas d'autre, c'est ainsi que sourient les hommes autour de lui.

Ce sourire qu'il a décidé ce matin d'emmener immédiatement sur la terrasse, laissant sa femme à ses interrogations et en premier lieu celle de savoir si elle doit fouiller dans son portefeuille. Mais ça n'aurait pas beaucoup de pertinence pour éclairer un événement vieux de quarante ans. Et Suzanne commence à avoir un peu peur de trouver. Elle ne fouille pas. À la place, elle court derrière Paolo pour lui raconter ce qu'il s'est passé au petit déjeuner. Paolo éclate de rire : enfant, il détestait lui aussi le chocolat du village. Suzanne lui demande si c'est vraiment tout ce qu'il retient de l'incident, et Paolo lui demande si elle qualifie vraiment cette histoire de chocolat renversé d'incident. Suzanne insiste, parle autorité, valeur des choses – « et sens de la vie, pendant que tu y es ? » demande son mari, sarcastique. Suzanne n'ose pas répondre que oui, c'est à ça qu'elle pense car elle aperçoit Marta en train de revenir de la plage.

Au lieu de réfléchir au sens de la vie, la mère de famille procède avec agressivité à l'application de crèmes solaires, que les garçons acceptent de mauvaise grâce : elle ne pourrait pas plutôt acheter des sprays, ça collerait moins ? L'opération se fait au fond du jardin, pour complaire à Marta qui supervise l'ensemble, elle qui a interdit l'application en intérieur – toujours cette histoire de terracotta. La belle-mère déplore à voix haute l'impact d'une telle pharmacopée sur la qualité de son eau de baignade. Suzanne jubile : elle a cette année fait l'acquisition d'onéreuses protections solaires bardées de logos certifiant le respect des océans et donc, en principe, de la mer Méditerranée. Tyrrhénienne, si l'on veut être précis, rétorque Marta avant de torpiller sa belle-fille en l'attaquant avec ses propres armes : vous qui êtes *concernée par l'environnement*, ne trouvez-vous pas ironique de produire autant de plastique, d'aluminium et de gaz pour protéger vos enfants de rayons solaires rendus plus nocifs encore par la production même de ces contenants ? En tout cas, pas étonnant qu'ils soient tous d'un blanc maladif ! Suzanne pousse les enfants vers la plage.

Contrairement à ce que disent Marta et Ercole, au premier rang, on n'y voit pas que l'horizon : on y est sans cesse dérangé par les promeneurs qui longent la côte pour gagner les plages publiques entourant celle du lotissement : un étrange assortiment de familles de Russes à la peau trop pâle et d'Italiens en short de bain affichant les couleurs de la Sardaigne, quatre têtes de Maures sur fond blanc, deux sur chaque fesse, les deux traits rouges se croisant au niveau de leur anus, et tout ça pile au niveau des yeux de Suzanne allongée. Partout des armées d'enfants équipés de râteaux et de pelles s'appliquent à bâtir un monde siliceux à l'obsolescence programmée, se rêvant pour deux mois architectes, plutôt qu'infirmières ou pompiers le reste de l'année scolaire. Taddeo et Giorgio, décidément doués pour un art de la guerre que leur mère ne leur a pas inculqué, postent à grand bruit sur les murailles de leur fort de petits soldats de plastique vert, de vrais G.I.s hérités de Paolo et qu'ils ont dénichés dans le garage de la villa, au milieu d'un bric-à-brac d'accessoires de plage oubliés là chaque été, planches à voile, table de ping-pong sans filet et babyfoot cassé, masques et tubas aux joints tous défaillants, ballons crevés et pistolets à eau décolorés, sans parler de ces jouets gonflables dégonflés, comme si chaque été muait et abandonnait sa dépouille chez les Signorelli.

Un seul enfant se contente de sa main pour aplatir consciencieusement le sable dans lequel il creuse ensuite des cratères ; c'est sur la Lune que Beppe tente de s'enfuir. Bien sûr, Suzanne sait que sur toutes les plages se battent des enfants, avec ou sans soldats, et que sur toutes les plages il en est qui rêvent d'ailleurs en aplatissant le sable, en écoutant le bruit du vent, des vagues ou des mouettes. Mais ces enfants-là qui guerroient ou rêvassent sont précisément les siens, et il y a quelques minutes encore, l'aîné la défiait pour une histoire de chocolat. Son anxiété n'a aucun mal à opérer l'amalgame insidieux entre ce refus d'autorité et d'innombrables guerres mondiales à venir, dont elle, Suzanne, sera responsable, elle qui s'est crue capable d'éduquer ses enfants au point d'y consacrer son existence.

Elle se lève du transat et, comme chaque fois, manque de tomber en arrière, les jambes coincées dans le complexe assemblage d'inox et de toile. Elle emmène les trois garçons sur les rochers qui bornent leur crique : à défaut d'y trouver le moindre crabe, ils disposent d'une vue plongeante sur les plages voisines, des grands croissants de sable où s'agitent des grappes bronzées au rythme des basses délivrées par les enceintes géantes des hôtels, bordés d'une eau étale où les baigneurs s'agglutinent. Tandis que Taddeo se déhanche pour accompagner la musique, Giorgio demande pourquoi les pauvres dansent à la plage. Suzanne se raidit et lui demande où il a appris à parler comme ça, Giorgio répond que c'est lui qui a posé une question. Suzanne hésite encore sur la marche à suivre, pas facile de faire preuve d'autorité en bikini. Elle décide d'en parler à Paolo pour qu'il en parle à Marta. C'est sa belle-mère, elle en est sûre, qui, par sa seule indifférence, a inculqué à ses enfants la conscience qu'ils ont de leur supériorité sociale. Pour Marta, les plages voisines n'existent tout simplement pas, comme n'existent pour elle ni misère du monde ni catastrophes écologiques – en dépit des commentaires ironiques qu'elle vient de servir à Suzanne au sujet des crèmes solaires, pour le simple plaisir de la coincer –, comme n'ont finalement pas existé les turpitudes d'Ercole qu'elle a eues sous le nez tout au long de leur vie conjugale. Tout autant que ce qui ne se dit pas, ce qui ne se voit pas n'existe pas.

Les enfants, eux, ont bien vu arriver le jeune homme entièrement tatoué qui traverse la plage huit fois par jour une glacière au bout du bras. Il crie en continu : « cocco, cocco bello, cocco, cocco fresco ! » en suspendant tous les doubles *c*. De temps en temps il s'arrête, adopte le déhanché du *David* de Michel-Ange, une main au repos sur la banane qui ceinture ses attaches iliaques, ses yeux bleus perdus dans l'horizon, et attend le chaland. Suzanne, à qui on a toute son enfance refusé les chouchous emballés dans du papier cristal, Suzanne qui aurait pourtant, enfin, toutes les raisons du monde de refuser quelque chose à ses enfants, Suzanne consent à l'achat d'un petit sachet contenant des morceaux de noix de coco flottant dans un fond d'eau – souvenir de poissons rouges gagnés par d'autres dans les fêtes foraines. Quand le jeune homme se tourne vers Suzanne qui lui tend un billet, elle croit lire quelque chose dans son regard, un sous-entendu, une insistance peut-être, mais quoi ? Suzanne serait déçue de savoir qu'en entendant la mère de famille parler français à ses enfants, le vendeur a pensé au PSG : il s'interroge sur le mercato en cours, il est question que le joueur phare du Cagliari Calcio aille finir sur un banc du Parc des Princes la saison prochaine. Suzanne emporte vers son transat un léger trouble.

Que fait donc papa ? demande-t-elle aux enfants, avec ce ton des questions qui ne s'adressent pas vraiment aux enfants, lesquels ne sauraient avoir la réponse, mais bien à l'absent qu'on fustige devant sa propre descendance. C'est Marta qui répond, Marta qui vient d'arriver et fait pivoter son transat pour rattraper la course du soleil. Paolo golfe, est-elle ravie d'annoncer elle-même à Suzanne, sans pour autant préciser avec qui il est parti jouer. Paolo n'a jamais pratiqué le golf. À croire qu'il se rattrape après ces années passées loin de la sociabilité mondaine estivale. La veille, alors que le van ralentissait pour emprunter la bifurcation menant au lotissement, ils ont aperçu une oasis verdoyante cramponnée à la colline qui, il y a quatre ans, évoquait plutôt l'aridité d'un dos d'éléphant. Les vitres teintées n'ont pas suffi à atténuer l'impression de phosphorescence artificielle émise par un gazon qui n'avait rien à faire là. Suzanne s'est demandé combien de temps encore il serait toléré que la quantité d'eau nécessaire à la satisfaction des besoins d'une collectivité de douze mille habitants, soit cinq mille mètres cubes – elle a vérifié pendant que la voiture roulait –, finisse autour de dix-huit petits trous de 10,8 cm de diamètre, harmonieusement disposés « entre maquis méditerranéen et sentiers iodés », selon l'argumentaire du projet vendu au complexe hôtelier responsable de cette addition par un architecte star, spécialisé en golfs comme d'autres le sont en palais de justice. Et tout ça au beau milieu de la belle zone de protection.

Suzanne n'a bien sûr pas énoncé la question à voix haute, Paolo et Salvatore lui auraient ri au nez. Et son mari aurait peut-être rétorqué que c'était seulement quatre mille fois plus d'eau qu'il en fallait pour produire le coton de la robe de Suzanne. Quatre mille robes ou nourrir une commune ? Ce genre de discussions les occupe depuis quelque temps, comme si leurs incohérences pouvaient se mesurer, comme si la réalité se décomposait en un nombre de golfs, de robes, de communes, comme si chaque humain n'était empêtré dans un réseau unique de besoins et d'habitudes, chacun avec sa façon de faire face à l'angoisse d'un monde en perdition. Peut-être Paolo joue-t-il au golf comme d'autres jouaient du violoncelle sur le pont du *Titanic*, peut-être s'amuse-t-il sans arrière-pensée, difficile de le savoir vraiment, comme pour tout ce qui concerne Paolo.

Pour Suzanne, c'est plus clair, elle est personnellement vexée de ce départ inopiné, et agacée par la mention du golf outrancier – pourquoi ne pas s'en tenir à un simple tennis sur terre battue ? C'est à se demander si ses nouvelles préoccupations environnementales ne se nourrissent pas en partie du désir de faire des reproches à son mari. Et quoi de mieux pour ça qu'un domaine dans lequel on est sûre d'avoir toujours raison ? Il faudrait étudier l'impact du dérèglement climatique sur la vie de couple.

Le déjeuner familial est servi par Marcella sur la terrasse arrière – trop exposée. Beppe est au bord du malaise à cause de la chaleur, mais Marta ne veut pas que d'éventuels visiteurs ou des vacanciers en route vers la plage puissent apercevoir qui que ce soit en train de se nourrir – nous ne sommes pas des singes au zoo, en train de manger des cacahuètes. Les enfants ont décidé de parler français, prétextant que l'italien les fatigue, et Marta en déduit à voix haute – et en italien – que cela signifie que c'est elle, qui les fatigue. Paolo, lui, est fatigué par son golf matinal – avec Carlo, a-t-il dit à Suzanne, sans juger pertinent de préciser que Nini les accompagnait –, il perd patience. Ercole s'agace de voir son fils crier et enlève ses appareils auditifs. Marta, après avoir semé les graines de la dispute qui se profile mais n'aura pas le droit d'éclater, annonce alors qu'elle tient à alléger l'atmosphère, ce qui a pour effet immédiat de l'alourdir, d'autant plus qu'elle le fait en annonçant une surprise : elle a décidé de célébrer son soixante-quinzième anniversaire. Compte tenu de l'aspect imprévu des vacances, Suzanne n'a pas imaginé que Marta penserait à une fête au lieu de se contenter de recevoir le cadeau que chaque année elle lui expédie de Londres. Marcella non plus n'y a visiblement pas pensé, qui sert le café avec la mine la plus renfrognée que Suzanne lui ait jamais vue. Mais Marta n'a jamais eu l'intention de ne pas fêter son anniversaire, comme elle n'a jamais eu l'intention de ne pas venir en vacances en même temps que son fils et sa famille – seulement, elle n'a pas non plus jugé utile d'en informer les uns et les autres. De toute façon, si on prévient les gens trop tôt, ils sont moins impliqués.

Suzanne a l'impression que Paolo ne manifeste pas l'enthousiasme habituel : il aime pourtant les fêtes tout autant que faire plaisir à sa mère. Comme une ombre sur son visage, dans ses épaules penchées vers l'avant, une ombre qui n'a rien à voir avec les aubergines trop cuites dont se plaint Ercole. C'est que l'anniversaire de sa mère figure dans les souvenirs de Paolo, ceux dont il ne sait s'ils sont reconstruits. Décidément, tout le ramène à cet épisode qu'il tente d'enterrer. Il a fallu que Suzanne, effrayée par la chaleur, décide de voyager en juillet pour qu'on en arrive là. Marta, elle, a été un peu dérangée par les questions de Suzanne sur ce qui reste un désagréable souvenir. Elle a pensé qu'il était plus sage de mettre les pieds dans le plat : si elle ose faire à nouveau une fête, Paolo comprendra qu'il ne s'est vraiment rien passé de grave, et avec lui les protagonistes de cette soirée de juillet qui quarante ans après sont encore dans les parages, les Daveri ou les Putzu. Paolo choisit de se préoccuper uniquement du secret qui l'occupe à présent, le rendez-vous qu'il a obtenu avec Nini sans golf et sans Carlo, un rendez-vous qui l'excite et le terrifie – il y aura bien quelques conséquences, peut-être de nouveaux cauchemars, mais au moins, il saura pourquoi.

Suzanne envoie les enfants se reposer. Giorgio se trouve un peu grand pour la sieste mais Marta vient exceptionnellement au secours de sa belle-fille : dans la vie, il y a un temps pour tout – Marta dispose d'une pléiade d'assertions à tonalité définitives dans laquelle elle pioche au gré des besoins –, et ce temps-ci est réservée aux adultes. Elle trouve vulgaires les gens qui descendent sur la plage avant dix-sept heures et signalent ainsi qu'ils n'ont rien de mieux à faire chez eux. Mais faire quoi ? se demande Suzanne depuis sa première journée en Sardaigne. La grande maison traditionnelle n'offre aucune distraction, elle a été voulue ainsi. Contrairement à celles des voisins, ni *home cinema* ni piscine, il n'y a même pas de poste de télévision : on est ici pour être ailleurs. Marta prétend qu'elle lit mais Suzanne, en passant chercher son livre, l'entend ronfler doucement, Ercole s'est enfermé dans la pièce qui est restée son bureau. Il dort probablement, lui aussi, après avoir terminé les mots croisés abandonnés par sa femme. Giorgio et Taddeo traînent les pieds vers les chambres, perplexes – que font donc les adultes de ce temps qui leur est réservé ? –, tandis que Beppe réclame un dernier baiser. Marcella profite de ces heures silencieuses pour vaquer, briquer, écosser, repasser ou encaustiquer, et Suzanne doit apprendre à ignorer que quelqu'un travaille par cette chaleur.

Suzanne rejoint Paolo sur la terrasse pour un tête-à-tête mérité, à défaut de pouvoir l'entraîner dans la chambre conjugale où elle irait bien s'allonger. Elle a prévu de lui faire quelques remarques sur la pratique du golf en milieu sec, ou de soupirer en prévision de la fête à venir. En gros, de l'emmerder, et de se rappeler ainsi à lui. C'est vraisemblablement pour ça qu'il dort déjà, ses pieds en éventail dépassant d'un des hamacs. Des pieds parfaits, et Suzanne se demande parfois si ça aussi, ce n'est pas un truc de riches.

Où *L'Homme sans qualités* ne cesse de gondoler

Le lendemain matin, quand Paolo retourne golfer, Suzanne ne panique pas. Après tout, il a besoin de vacances, il a besoin d'amis, il a besoin de faire du sport. Suzanne ne se demande pas de quoi elle aurait besoin, elle, mais c'est peut-être mieux ainsi parce que ça ne changerait pas grand-chose à ce qui lui est proposé, à savoir surveiller la baignade de ses enfants.

Par-delà ses orteils peints et les promeneurs de bord de plage, elle contemple la vue, obéissant ainsi au Dr Mercer qui lui a demandé de se concentrer sur l'ici et maintenant. Beppe aplatit toujours la Lune dans le sable gris tandis que Giorgio et Taddeo flottent l'un sur une part de pizza dont la pointe a été croquée, l'autre sur un donut, vulgarités gastronomiques tolérées ici uniquement sous leur forme gigantesque et gonflable. Les chapeaux des nounous ponctuent le sable ; elles sont penchées sur des enfants brailleurs, remplissent des arrosoirs ou rincent des maillots souillés – la tyrannie n'attend pas le nombre des années. En arrière-plan, de petits pédalos sont manœuvrés en tous sens par des adolescents maladroits que Suzanne trouve trop près de ses propres fils, tandis qu'au large mouillent les yachts, au mépris des interdictions que quelques centaines d'euros suffisent à faire lever. La mode est au noir, comme si les oligarques auxquels ils appartiennent tenaient à choisir pour leurs bateaux la couleur du pétrole qui les a enrichis.

Le pétrole, il n'est d'ailleurs plus très loin. Trois mois plus tôt, à une centaine de kilomètres à la droite de Suzanne et sous des prétextes divers – étude des populations de posidonies ou des bancs de poissons –, des navires d'un autre genre ont sondé les profondeurs au moyen de bombes sismiques. Les frémissements de l'eau après l'explosion leur ont indiqué si le sous-sol était constitué de pierre et de sel ou d'huile noire. Si Ercole savait qu'à quelques kilomètres de la côte ouest de la Sardaigne, ce même bassin géologique du Sulcis qui avait enfanté le Carbonia des images de son enfance, et où il prévoyait d'installer ses raffineries, était également riche en pétrole, il serait bon pour l'arrêt cardiaque. De toute façon, magie des eaux territoriales, ces dernières ressortent de la ZEE, la Zone économique exclusive de l'Algérie, et non de l'Italie. Et l'Algérie n'a pas les moyens de ces prospections ; en revanche, la Turquie a été attirée par le magot, comme tant d'autres qui peuvent se le permettre – les Américains, par exemple, toujours à l'affût d'un filet d'or noir et qui estiment à cent cinquante millions de barils le potentiel maximum de la côte ouest de la Sardaigne, soit quatre fois plus que l'offshore algérien. Mais tout cela, pour l'instant, ni

Ercole ni Suzanne ne le savent, seuls quelques journalistes commencent à recouper leurs sources.

Pour en revenir aux yachts, ces gros cétacés luisants perturbent davantage encore la vue que les modèles blancs, ceux qui présentent l'avantage de ressembler à des ferries miniatures annonciateurs de rêves au long cours – au moins pour Suzanne qui, enfant, les regardait, rangés par tailles, dans les brochures posées sur la table à toile cirée de sa grand-mère Valeyre. Celle-ci s'était mis en tête de faire une croisière avant de mourir, pas sur le Rhin, comme Anne et Christian, mais une croisière en Méditerranée avec piscine, casino et arrêt à Malte. Elle s'était épargné la déception en mourant avant, et l'argent économisé pour la croisière avait fini dans la stèle en granit rose qui la surplombait désormais dans le cimetière de Vinargues.

Aux yachts sont intégrés des toboggans, sur lesquels glissent des corps parfaits qui touchent l'eau bleu sombre dans des cris de joie. Suzanne fait l'effort de ne pas penser à la profondeur à laquelle ils plongent. Suzanne a peur de l'eau comme tous ceux qui ne l'ont pas connue enfants, Suzanne a peur des fonds sous-marins comme de tout ce qui est tenu caché. Cela dit, elle a raison d'avoir peur : les sondes pétrolières pourraient au passage déclencher dans cette zone volcanique instable de belles marées noires, de la taille de celle qui a ravagé le golfe du Mexique, en plus de déranger durablement les algues, les poissons et même les baleines, puisque les navires de prospection ont pénétré dans le sanctuaire qui leur est dédié.

Suzanne se concentre sur l'arrière-plan, là où il n'y a plus que l'immensité de la mer, jusqu'à cette ligne d'horizon si droite et pourtant courbe en photographie. Peut-être que quelque part, au loin, sur un rêve flottant, des grands-mères flambent leurs économies : elle entend presque le « dring » des machines à sous. Heureusement que ses yeux – 10/10 chacun – ne décèlent pas davantage les réserves de pétrole que les embarcations surchargées qui tentent de franchir ces deux cents kilomètres séparant l'Algérie de cette côte sarde où, décidément, Giorgio et Taddeo vont trop loin sur leurs machins gonflables : Suzanne aurait du mal à ne pas faire le lien entre ces arrivées clandestines et les individus qui zigzaguent indéfiniment entre les transats, parfois à la queue leu leu ; elle aurait du mal à ne pas associer les marchandises qu'ils vendent et la laisse de déchets plastiques qui flotte le matin à la surface des eaux protégées, et elle ne supporterait pas l'amalgame entre ces gens sur leurs radeaux gonflables – à peine plus élaborés que les jouets sur lesquels voguent ses enfants – et tout ce plastique, partout, qui fait tourner le monde, mieux encore que les roulements des Signorelli. C'est finalement le même pétrole qui sert à fabriquer les uns et à faire rouler les autres, à financer les yachts et les guerres qui jettent les hommes à la mer.

Les vendeurs, pour attirer l'attention des corps alanguis, crient des mots aux accents plus ou moins lointains et parfois, sans logique aucune, comme on accepterait tout à coup une pastille à la menthe, l'un des vacanciers agite mollement un doigt pour se soumettre au jeu du marchandage. Tout en restant allongée, une cinquantenaire en string se fait présenter sur le sable une dizaine de sacs monogrammés, avant de décider qu'elle va plutôt se retourner et exposer son autre face au soleil, tandis que le vendeur refait sa pile de marchandise, la repose en équilibre sur sa tête ou ses bras, et repart en dissimulant sa frustration. Ici on appelle indistinctement les vendeurs des *Marrochini*, bien que Suzanne n'ait pas encore vu sur cette plage le moindre Marocain. En deux jours, à raison de huit passages par jour, elle a identifié le Sénégalais et le Camerounais francophones, qui l'ont entendue la veille parler aux enfants et viennent la saluer d'un tonitruant bonjour assorti d'une offre de draps de bain tissés à Bamako ou de lunettes *Ray Chan* – et elle se demande si le faussaire a délibérément choisi de faire ainsi allusion à la fois à Ray Charles et à Jackie Chan, auquel cas c'est un génie mal employé. Il y a les Nigérianes qui apitoient brièvement les occupants des transats avec leurs nouveau-nés dans le dos de leur boubou, quarante degrés sans ombre – mais l'apitoiement est limité, les plagistes concluant qu'ils doivent avoir l'habitude, en Afrique. Il y a le Pakistanais en qamis blanc, enturbanné de pashminas, qui marche vite pour faire flotter au vent ceux qu'il tient à bout de bras. Il y a le Bengali qui promène des doudounes de ski sur des portants métalliques, et que les vacancières essaient par-dessus leur maillot de bain, les pieds dans l'eau pour rester au frais. Il y a les Chinoises qui se font passer pour des masseuses tibétaines, exploitant mieux que les Nigérianes la vague culpabilité qui assaille parfois les plagistes, et s'agenouillent dans le sable en bout de transat pour masser les pieds ou les fessiers huilés. Et il y a deux Sardes, celui que Suzanne attend ce matin pour lui racheter des noix de coco et celui qui s'approche d'elle à l'instant, un gamin d'une douzaine d'années au plus, qui ne semble porter aucune marchandise ni dispenser aucun service, mais qui se penche et murmure à son oreille un mot qu'elle ne comprend pas. Le gamin la fixe de ses grands yeux noirs, il bat des cils comme si sa vie dépendait de ce que Suzanne va choisir de faire, et sa vie en dépend peut-être, mais Suzanne n'en sait rien, comme elle ne saura pas qu'il ne lui propose que du pecorino, parce que la dernière chose à laquelle elle pense sur cette plage, c'est à du fromage de brebis, que le père du gamin conserve dans une glacière dans sa voiture sur le parking le plus proche de la plage, et qu'il vend en toute illégalité. Les natifs de l'île ne sont pas toujours beaucoup mieux lotis que ceux qui la gagnent en radeau ou à la nage.

Sur un territoire à 90 % montagneux, l'élevage domine. Si les vaches y sont probablement aussi heureuses – ou malheureuses – qu'ailleurs, c'est un peu plus complexe en ce qui concerne les humains. L'exode rural est passé par là et les villageois ont quitté la montagne pour rejoindre les rares plaines où ils pouvaient faire pousser quelque chose, comme dans les colonies agricoles de Castiadas, puis ils ont choisi de travailler dans le tourisme. Qui voudrait s'échiner à élever trois vaches au milieu de nulle part quand il peut jardiner quatre mois dans un hôtel de la côte pour un salaire équivalent ?

Certaines fermes abandonnées ont été reconverties dans l'accueil de touristes, mais qui voudrait passer son été sur des plateaux où le thermomètre monte à quarante-cinq, alors qu'en contrebas, on nage dans l'eau turquoise ?

Les réfugiés ont par ailleurs un avantage indéniable aux yeux des Sardes : contrairement aux touristes, ils débarquent toute l'année. Aussi les habitants qui ont plutôt choisi de transformer leur ferme en camp de migrants sont-ils nombreux, afin de toucher à la place douze mois sur douze les subventions prévues par l'Union européenne. D'autres encore prennent l'argent sans héberger qui que ce soit, les systèmes d'entraide européens ayant ceci de particulier qu'ils sont toujours vulnérables au détournement le plus crasse, à croire parfois qu'ils sont pensés exprès. Ainsi de cette aide à l'implantation de panneaux photovoltaïques, qui viennent couvrir d'une carapace noire le squelette décharné de l'île, après que les mafieux ont allumé des incendies pour ratiboiser et leur faire de la place, exactement comme en Sicile – les criminels sont toujours au fait des dernières modes. C'est sur la vue de ces terres calcinées où s'accrochent quelques graminées, tels de faibles cheveux repoussant après une maladie, que s'ouvrent le matin les fenêtres des chambres où s'entassent une trentaine d'hommes, de femmes et d'enfants – quand ils ont des fenêtres à ouvrir, car bien souvent ils dorment dans des étables ou des bergeries plus ou moins aménagées. L'ancienne utilisation des lieux justifie aux yeux des propriétaires la difficulté qu'ils ont de distinguer les humains parqués là des animaux qu'ils élevaient, et surtout de les traiter différemment.

En attente d'éventuels papiers, les migrants se balancent à tour de rôle du matin au soir sur des chaises en plastique, tandis que quelques chèvres encore plus maigres qu'eux poussent des cris plaintifs entre les figuiers de Barbarie.

Il n'est pas envisageable de s'apitoyer sur chaque vendeur de plage : Marta l'a gentiment dit à Suzanne la première année, Marta qui en voyant Suzanne allongée est immédiatement partie nager. La septuagénaire entretient elle aussi par des longueurs quotidiennes son corps athlétique ; tout en déplorant la futilité de la chose, elle n'a jamais digéré que sa voisine Graziella Daveri, en plus d'avoir dix ans de moins qu'elle, se soit un jour dépliée en double page dans *Vogue*. Heureusement, elle ignore que Graziella s'est aussi dépliée à peu près dans tous les sens sous les doigts d'Ercole, il y a quarante années de cela. Marta porte pour l'occasion un bonnet de bain sur lequel un créateur s'est amusé à mouler des fleurs de caoutchouc, recréant à prix d'or le modèle bas de gamme que portait la grand-mère de Suzanne dans les années 1970 – Suzanne imagine que ces marguerites en forme de ventouses pourraient un jour plaquer sa belle-mère à un rocher. Peu de femmes ici nagent ; la plupart, enfoncées dans l'eau à mi-cuisses, se comportent exactement comme des tournesols plantés dans un champ : il ne s'agit pas tant de suivre le soleil que de lui offrir chaque parcelle de son corps, dos compris, pour un bronzage unifié et accentué par la réflexion de l'eau. Suzanne a mis quelque temps à comprendre le mécanisme, mais elle ne se résout toujours pas à se joindre aux conversations. Ce n'est pas qu'elle ait moins de choses à raconter : elle aussi a trois gosses et un mari, qui peut-être a lui aussi maintenant une maîtresse, elle aussi confie son corps à des esthéticiennes et au professeur de Pilates, son âme à son thérapeute, elle aussi connaît la cuisine japonaise et les bonnes années viticoles, pour assurer la conversation où qu'elle se trouve – enfin, où qu'elle soit amenée à se trouver dans le monde qui est le sien, car si on la débarquait demain dans une plantation du Honduras, il n'est pas certain que les millésimes suffisent, pas plus que ses lointains souvenirs de journaliste.

Mais tout de même, pour arriver là Suzanne ne s'est pas contentée, comme les Graziella et autres Marta, de pousser dans le terreau qui l'a vue naître et, s'il n'est pas question qu'elle ressasse ses souvenirs d'enfance gardoise, ou si elle n'a toujours pas repris sa lecture de *L'Homme sans qualités* qui jaunit au soleil sur le transat, elle a fait des études et elle a eu des ambitions. Discuter soins de peau et gymnastique ne ferait qu'entériner l'inutilité desdites études et ambitions. Mais elle ne peut pas pour autant aller nager à proximité de Marta – et, sans se l'avouer, elle rechigne à laisser sans surveillance son téléphone portable et sa montre dans son sac accroché au parasol. Paranoïa, dirait Marta, absurdité, préciserait Ercole, et en effet, personne sur cette plage ni dans ce village n'a intérêt à ce que les riches soient lésés. Héritage de ton enfance de pauvre, aurait dit Paolo il y a quelques années, quand ils en plaisantaient encore.

À l'heure de la sieste, Suzanne cette fois n'attend pas Paolo pour s'installer dans un hamac. Elle envoie valser ses sandales, maudit l'inconfort de la toile de jute, tire tant bien que mal sur le short qui s'obstine à lui entrer dans les fesses, et se plonge dans l'essai sur les Yanomamis qu'elle a acheté à Londres, peut-être inspirée par une photo sur la couverture montrant l'un de ces indigènes justement allongé dans un hamac de même facture – il est probable que son pagne à lui ait été étudié pour permettre le mouvement, plus que le short en lin de Suzanne. Lecture d'été, a-t-elle pensé, mais la voilà désolée de devoir se plonger dans le récit des misères infligées au peuple autochtone par les colons successifs. Le bruit des vagues et le jingle *Cocco, cocco bello, cocco, cocco fresco* qui continue de retentir au loin, à travers la mer de lauriers-roses qui sépare la villa de la plage, luttent avec la tragédie des Yanomamis pour la plonger dans la torpeur post prandiale. Hélas, le David tatoué qui vend ses noix de coco ne fait pas le poids face à l'exceptionnelle diversité du microbiote des Yanomamis ni à leur inquiétante résistance aux antibiotiques, qui présage des pandémies à venir. C'est en cauchemardant que Suzanne finit par s'assoupir.

Quelque synapse veille à ce qu'elle ne dorme pas trop longtemps, pour pouvoir être d'attaque avant les autres. Dans la chambre, Paolo est déjà parti, un texto la prévient qu'il est allé jouer au tennis. L'homme d'affaires est devenu champion multisports. Elle se douche. Son corps dans le miroir qui fait face à la baignoire, est-ce un corps qu'on trompe ? Sa peau semble encore plus pâle sous la marque naissante du bikini. Elle tente de regarder ce corps avec les yeux de Paolo qui aurait vu Nini nue. Elle se frictionne vigoureusement pour ne pas penser davantage puis en profite pour inspecter les poches des pantalons déposés sur le valet muet qui porte bien son nom. Elle a beau faire confiance à son mari, certes, elle sait qu'ici l'adultère est un bijou de famille comme un autre. Elle ne trouve qu'un ticket de vestiaire du club de golf.

Elle cherche une tenue qui puisse lui rendre un peu de la dignité qu'elle sent soudainement avoir perdue, feuillette jupes et chemisiers tous identiques. Quand a-t-elle adopté cet uniforme ? Il y a aussi les deux robes colorées pour les occasions, et c'est encore un uniforme. Elle choisit du bleu marine, assorti de chaussures plates : la nouvelle Suzanne doit être tout-terrain. Elle pense vaguement à Gerda Taro partant sur le front, Leica en bandoulière.

Dans le couloir, la porte du bureau d'Ercole est restée exceptionnellement ouverte. Suzanne est venue ici au moins six étés consécutifs, et elle n'a jamais vu l'intérieur de cette pièce. Rien de surprenant au premier abord, si ce n'est qu'elle a l'air tout droit sortie d'un décor des années 1950, voire antérieur, depuis la table en chêne jusqu'au sous-main en cuir, au porte-stylo et tampon-buvard en Bakélite, à la lampe en acier à globe d'opaline. À croire que depuis ce temps-là, le grand patron ne fait plus que semblant de travailler. Aucun ordinateur en vue, pourquoi donc râle-t-il au sujet de la Wi-Fi ? Ercole râle parce que sa femme râle, et que depuis plus de cinquante ans qu'ils sont mariés, entendre sa femme râler lui est insupportable, d'autant plus depuis qu'il n'a plus le confort des maîtresses ; qui voudrait d'un homme qui ne bande plus depuis longtemps, dénué de toute gentillesse et doté d'une conjointe héritière encore bien vivante – sans parler de ses trois enfants ? Il pourrait bien entendu se payer des prostituées pour l'écouter parler, mais Ercole a toujours fait la distinction entre les putes des autres et ses maîtresses qu'il couvrait de cadeaux. Question d'honneur, pense-t-il. Au mur, au-dessus du classeur à rideaux, une immense photographie noir et blanc représente un lieu inconnu de Suzanne. Un campanile surplombe une place vide qui pourrait être n'importe où en Italie, longtemps auparavant – dans une peinture de Piero della Francesca, par exemple – tandis qu'en lettres rondes on lit cette énigmatique légende : *Carbonia*. Au bruit des pas traînants au bout du couloir, Suzanne quitte les lieux en espérant que l'opération de la cataracte qui a tenu la famille en haleine au printemps n'a pas été un grand succès, et qu'Ercole qui approche n'a rien vu. Il a beau avoir quatre-vingt-cinq ans et ne jamais rien dire, il lui fait peur. Peut-être parce qu'il ne dit rien, peut-être parce que c'est le père de son mari, mais aussi, d'une certaine façon, encore l'employeur de ce dernier. Et on ne gagne pas autant d'argent impunément, même à une époque où l'argent coule à flots. Elle espère en vain : l'opération a été un succès et Ercole a pris l'habitude de compenser par son acuité visuelle ce qu'il n'entend plus ; il a vu Suzanne sortir de son bureau. Il se dit qu'il lui faudra insister plus tard et sans en avoir l'air, sur le caractère privé de cette pièce.

Plantée entre deux lauriers-roses, là où son téléphone capte le mieux, elle cherche *Carbonia*. Elle n'est pas déçue. Pourquoi donc une photo de Carbonia, par ailleurs dénuée de tout intérêt pictural, trône-t-elle face au bureau d'Ercole, qui n'a aucune attache en Sardaigne ? Il y a eu quelques ombres dans l'histoire des Signorelli, ou plutôt des faits qui se sont déroulés en pleine lumière mais qu'on tend désormais à garder dans l'ombre, et dont Paolo, c'est tout à son honneur, a préféré parler à sa femme avant de l'épouser. Après tout, rien d'anormal à la fameuse poignée de main de 1934 entre Giorgio Signorelli et Mussolini dans cette gare où, quarante ans plus tard, Paolo offrirait à Suzanne un café : son mari lui avait raconté l'histoire des trains rapides. Ce qui était peut-être un peu plus extraordinaire, c'était que Mussolini ait présenté Giorgio Signorelli à Hitler, lors de la venue de celui-ci à Rome, en 1938. Bien sûr le Führer, tout à sa découverte enthousiasmée de la ville des idéaux antiques et un peu noyé sous le nombre des industriels qui s'étaient succédé devant lui, n'avait aucun souvenir de cette poignée de main. Mais chez les Signorelli, on en avait longtemps parlé.

Ginevra, la sœur d'Ercole, adolescente à l'époque, n'avait jamais oublié ce temps où tout semblait possible, quand bien même les bombes tombaient en pluie drue sur son pays. Lorsque Paolo avait dix ans, elle l'avait emmené en pèlerinage à la villa Belmonte, dans le petit village de Giulino di Mezzegra, près de la frontière suisse. Elle avait demandé au chauffeur de les déposer devant le portail rouillé et ils s'étaient recueillis quelques minutes à l'endroit où le Duce et sa jolie Claretta avaient été exécutés, le 28 avril 1945. Elle lui avait montré la station-service où leurs corps avaient été ensuite pendus tête en bas à une grille, soumis à la haine du peuple italien trahi. Ensuite, Ginevra avait offert à son neveu une glace à la pistache au café du village, dont Paolo se souvenait plus que de la villa Belmonte et de la station-service. Paolo a aussi raconté à Suzanne comment Ercole, Ginevra et leur mère avaient passé la fin de la guerre de l'autre côté de la frontière, justement, le temps que la vindicte se calme et que les affaires reprennent, ces affaires un temps malmenées par les accointances des Signorelli comme par l'insistance des Alliés à bombarder les trains à haute vitesse, et plus ou moins tout ce qui roulait. Ça n'avait pas pris trop de temps, et le jeune Ercole était rentré de ce séjour suisse sans amertume, mais avec un goût prononcé pour le chocolat et le ski, ainsi que des liens indéfectibles avec le banquier de Lugano qui s'était occupé des affaires de la famille, pourvoyant aux besoins de la Signora Signorelli et de ses enfants.

Est-ce qu'Ercole, lui aussi, avait voué un culte à Mussolini, au point d'afficher la photo d'une ville fasciste dans son bureau ? Personne n'y venait sauf lui… Si, dans les débuts de leur histoire, Suzanne pouvait trouver à la fois choquantes mais aussi, il faut l'avouer, fascinantes les collusions des Signorelli avec le pouvoir fasciste – qui peut résister au poids de l'Histoire ? –, elle est désormais plus critique. Elle voudrait demander à Paolo ce que cette histoire de Carbonia signifie et ce qu'il en pense. Mais Paolo n'est pas là. Lors des dernières élections, elle s'est indignée de la résurgence de certaines de ces idées dans les mouvements nationalistes. Oui, les idées, bien sûr qu'il faut les combattre, mais on ne peut oublier avec quel argent on vit, et on ne peut pas nier d'où vient cet argent, lui a rétorqué Paolo. Suzanne aimerait bien, temporairement, oublier avec quel argent elle vit. Mais c'est difficile, quand on vit avec autant d'argent.

Le corps massif d'Ercole est affaissé à son bureau, sous la photo. Que diable cette idiote de belle-fille venue du sud de la France peut-elle savoir de Carbonia ? Rien, sûrement, et elle ne trouvera rien de plus en cherchant. Carbonia, qui n'est rien, est le symbole de ce qu'il n'a pas réussi à accomplir, comme le vide de la place est la mesure de tout ce qu'il voulait construire.

Il avait acheté la photographie quand il était adolescent, comme pour s'assurer de réaliser un jour son rêve d'enfance. En 1975, il avait enfin visité la ville. Certes, le campanile de l'église, copié sur celui de la basilique de l'Aquilée, avait quelque allure, mais, contrairement à la petite ville du nord de l'Italie, il n'y avait là ni pavements antiques, ni élévations romanes, ni traces du feu allumé par Attila et grâce auquel l'Aquilée pouvait se targuer d'avoir été la première ville d'Italie ravagée par les Huns. Carbonia n'avait qu'une histoire, et elle avait commencé en 1938, sur les images qu'Ercole avait vues au cinéma, enfant. Mussolini avait voulu éviter à la ville le sort de toutes les métropoles : Carbonia n'aurait pas de point faible ni de zone d'ombre, pas le moindre recoin pour abriter la délinquance. Résultat, elle était restée aussi vide que les paysages urbains de Giorgio De Chirico. L'échec de Carbonia était aussi monumental que son architecture fasciste. Ce qu'Ercole avait parcouru était un décor qui n'aurait dû exister qu'en noir et blanc.

Et c'était peut-être bon pour le charbon, mais le pétrole exigeait la munificence. Même l'abside de l'église était blanche et vide, au lieu des stucs ruisselants d'or auxquels il était habitué. Il s'y était quand même assis pour adresser une prière – à qui, ça faisait longtemps qu'il ne savait plus trop. En 1976, tout ce à quoi il pensait, désormais, c'était à Petrolia – comme Mussolini, Ercole avait plus d'imagination pour s'inventer un futur que pour nommer des villes ou des entreprises.

Mais tout ce qu'il a bâti, c'est cette maison où il se morfond avec Marta tout l'été pour avoir la paix. Et encore, après l'enlèvement de Paolo, elle n'avait plus voulu venir. Seulement, quitter subitement la Sardaigne aurait envoyé un message à tous ceux qui là-bas, à Milan, avaient organisé cette mascarade. Si ça n'avait tenu qu'à Ercole, les Signorelli n'auraient plus rien eu à faire avec tous ces consanguins sardes. Mais il avait fallu s'enfoncer dans le mensonge, prétendre n'avoir jamais voulu autre chose qu'une villa à la mer, qu'ils seraient mieux au sud qu'au nord déjà trop encombré de milliardaires. Il avait offert à Marta une plage, des amis, de l'eau turquoise que l'on protégerait des souillures, il venait de lui faire un fils, un fils qui pourrait s'occuper de l'expansion internationale des roulements à billes – plutôt que d'arroser les édiles locaux pour qu'ils le laissent usurper les bénéfices du pétrole. Il avait baratiné Marta : après tout, Paolo n'avait pas perdu l'ombre d'une phalange d'un petit doigt, il s'en tirait bien par rapport à tous ces fils d'industriels enfermés et torturés, c'était l'époque qui voulait ça, Ercole n'y pouvait rien, à quoi bon lancer des procédures inutiles ? Il n'avait pas jugé utile non plus de lui parler de Petrolia, puisque le message envoyé par les ravisseurs était clair : Petrolia n'existerait pas. Mais une fois convaincue de garder la maison, Marta l'avait surinvestie, comme un bernard-l'ermite habite la coquille qu'il se choisit, pas toujours à la bonne taille ni au bon endroit. Ce n'était pas l'immense villa, domestiques compris, à laquelle ils auraient pu prétendre, mais c'était l'empire sur lequel elle régnait une partie de l'année et Ercole avait admis qu'il lui devait bien ça. Ils avaient vendu la grande maison du lac de Côme, ne conservant que le chalet de Cortina en plus de leur appartement milanais. L'emprise immobilière d'Ercole sur le monde est finalement minuscule, inversement proportionnée à ses millions, c'est le prix qu'il a payé pour avoir la paix avec sa femme, à défaut de l'avoir avec sa conscience. Force est de constater que celle-ci ne l'embarrasse pas, mais bien sûr, s'embarrasser d'une conscience eût été totalement contre-productif.

Il ouvre machinalement le tiroir où, entre des boîtes de médicaments somnifères ou antiacides que Marta lui achète et qu'il ne prend pas, il garde le Beretta 90 qu'il s'est procuré cet été 1976 et qu'il soupèse de temps en temps. À l'aide du chiffon dont il nettoie d'ordinaire ses lunettes, il en frotte lentement l'acier.

Suzanne, plantée dans les lauriers-roses, a retrouvé en tâtonnant du bout des doigts sur son téléphone – Salsa du Quirro, Salto Querria… – le nom lâché par la conservatrice : Salto di Quirra. Elle parcourt quelques sites, s'assoit même par terre avant que les fourmis ne commencent à grimper sur ses jambes. Ce qu'elle découvre la pétrifie : un scandale à ciel ouvert, à quelques encablures de leur plage ? Si près qu'elle décide d'aller voir plutôt que de continuer à vivre sur Internet. Elle n'a pas oublié Giulia, la conservatrice, elle a seulement essayé de reprendre en main ses vacances, ou sa famille, ou les deux, et elle a échoué. La voix lui répond calmement, elle attendait son appel.

Des agneaux avec les yeux dans les oreilles

En temps ordinaire, Suzanne aurait laissé mille recommandations quant aux chapeaux à bien attacher, aux vagues potentielles, aux kidnappeurs ou aux enfants qui s'égarent dans les rochers, une cheville est vite foulée, mais il faut croire que plus rien n'est ordinaire. C'est à une Marta hébétée qu'elle donne quelques consignes rapides. Elle embrasse les enfants, se ravise, les couvre de crème puis prépare un goûter avant de leur conseiller de profiter de leur grand-mère. Ercole grommelle face à tant d'imprévu. Au moment de sortir du lotissement au volant de l'Audi, alors qu'elle agite le petit boîtier noir, Suzanne se demande ce qui est le plus urgent désormais : savoir ce qu'il s'est passé ? Savoir ce que fait Paolo ?

La vue sur la mer Tyrrhénienne turquoise à sa droite est magnifique mais Suzanne ne perd rien de sa détermination. Que fait-elle de plus que ses congénères de plage ? Elle appelle ses amis français de loin en loin, il ne lui semble plus parler que d'enfants et de vacances. Elle ne lit plus, n'écoute pas de musique, ne va pas au cinéma, ne sort que pour des spectacles convenus, dont elle n'aurait même pas regardé les affiches lorsqu'elle habitait à Paris. Elle visite consciencieusement les expositions de la Tate Modern et des trois galeries de l'East End suffisamment gentrifiées pour qu'elle n'ait pas honte de s'y faire déposer en taxi. En devenant riche, elle est devenue seule. C'est pour cette raison que les échappées de Paolo lui semblent tout à coup insupportables : il est toujours, lui, dans le monde, et il y est d'autant plus qu'il va désormais jusqu'à fuir les vacances familiales. Soudain, Suzanne est vexée. Devant chaque hôtel qu'elle dépasse, elle scrute les parkings, à la recherche de la voiture dans laquelle Nini aurait pu emmener Paolo, mais elle ne sait même pas quelle voiture Nini conduit, et des voitures, ici, il n'y a que ça. Elle résiste à la tentation de chercher les clubs de tennis : si vraiment ils sont en train de jouer, rien ne serait plus ridicule que son arrivée sur un court pour venir voir ce qu'il s'y passe.

En accélérant, elle pense à tous ces Hitchcock où l'on flirte avec le précipice, enfin, peut-être n'y en a-t-il qu'un, elle ne sait plus si Cary Grant voulait ou non tuer sa femme, c'est même peut-être le sujet du film que cette incertitude, ce serait donc *Soupçons*, et elle sourit, seule dans sa voiture, à cette idée que ses propres suspicions l'aient envoyée sur cette corniche. Après une bifurcation, la route devient chemin, Suzanne pense à la poussière qui va recouvrir l'Audi et que Salvatore Putzu devra nettoyer dès demain matin. Sur le petit parking où elle se gare, elle se sent tout à coup ridicule avec son appareil photo en bandoulière – quel touriste se balade encore ainsi ? Elle n'a même pas pris son maillot. Point de panneau ici pour protéger les galets et pourtant, lorsqu'elle arrive sur la grève, Suzanne est soufflée : une plage immense s'étale devant ses yeux, une de ces plages plates qui font rêver les touristes, peut-être moins Suzanne, qui a trop arpenté celle de l'Espiguette avec ses cousins – ses parents n'aimaient pas, on risquait d'aller trop loin et de se retrouver chez les nudistes. À l'Espiguette, il n'y a pas d'eau translucide et trop de monde pour en profiter. Ici, c'est presque vide, Suzanne n'a jamais vu ça en Sardaigne. Ce paradis préservé à trois quarts d'heure de là où elle vient chaque année ? Elle se cramponne à son appareil photo, contourne les familles installées là, des Sardes mais aussi quelques Français qui eux non plus n'en reviennent pas, à en croire le nombre de selfies qu'ils réalisent, tentant en vain de capturer l'immensité derrière eux. Elle enlève le cache de son appareil mais n'ose pas le porter au niveau de ses yeux.

La plage n'est ouverte au public que trois mois par an, mais elle est, comme Suzanne l'a lu parmi des avis de voyageurs, peu fréquentée. Quand les habitants du coin veulent se baigner, et c'est rare, ils vont plus loin, en dehors du *poligono* – le polygone, comme on appelle cette enclave militaire. Suzanne dans ses lauriers-roses a tout appris : Salto di Quirra est une zone utilisée par l'Otan et par Israël. Neuf mois sur douze, la plage sert à tester toutes sortes d'armes et de munitions que l'on cherche à lancer le plus loin possible sans que ça retombe sur la gueule de qui que ce soit. Et quand bien même ça retomberait, on paie assez cher en contrepartie : l'État italien engrange plus d'un million par jour grâce à la location de cet espace. On essaie des chars, on tire des fusées, on lance des missiles, par exemple des missiles français, ces Milan jetés sur toute la planète.

Jusqu'à cette après-midi Suzanne ignorait que la France fût le troisième exportateur mondial d'armes, elle ne savait pas grand-chose sinon qu'il y a bien de très grandes entreprises françaises qui s'en occupent, et qu'elles cultivent un secret digne des mystères d'Éleusis. Milan, elle a déjà relevé ce nom, elle qui a épousé un Milanais, mais elle ignorait que ces missiles étaient guidés par des infrarouges avec une précision d'un dixième de millième – un millième de quoi ? Elle ignorait qu'ils avaient tué et détruit aussi bien à Beyrouth qu'au fond des montagnes afghanes ou aux Malouines, mais aussi en Irak, en Syrie et en Libye, pour parler des gros consommateurs, sans oublier le Kenya, le Mexique ou autres nations plus périphériques dans le monde de l'armement. Ces missiles sont peu à peu remplacés par d'autres plus performants mais aussi plus chers, les « *Fire and forget* », qui n'ont plus besoin d'être guidés une fois le lancement effectué. Suzanne peine à imaginer les missiles se promener seuls à la recherche de leur cible. Le premier client de la France, avant les Saoudiens, c'est l'Égypte. Peu importe que le pays n'ait pas d'argent : le gouvernement français lui prête des sommes faramineuses pour qu'il puisse lui acheter ses armes. Un beau cercle vertueux. Et quand ce ne sont pas les Français, ce sont les Saoudiens qui font un chèque, prêts à tout pour que les Frères Musulmans ne reprennent pas le pouvoir au Caire. Suzanne a compris que les Américains vendaient aux pays respectables, et la France aux autres. Tant pis si ces pays se font la guerre entre eux, comme l'Inde et le Pakistan – après tout, on ne sait jamais qui va finir par se faire la guerre, n'est-ce pas ? Tant pis si les armes sont un jour utilisées contre des civils – encore l'Égypte, le massacre de Rabia-El-Adaouïa, plusieurs centaines de personnes tuées sur la place, Suzanne ne se souvient même pas de l'avoir lu dans le journal.

Quand est-elle devenue sourde aux bruits du monde ? Ne vaudrait-il pas mieux s'intéresser aux scandales qui concernent l'humanité entière plutôt qu'aux coucheries de Paolo ? Elle se concentre. Donc, pour être sûr qu'un Rafale vole et tire comme il faut, il vaut mieux l'essayer avant d'être au-dessus du Burundi. Alors ces missiles explosent sur la plage, et leurs fragments se dispersent un peu partout dans la nature. C'est discret, pense Suzanne en contemplant l'eau translucide et les collines derrière elle, avec les ruines de la tour espagnole de Salto di Quirra, et du vert à perte de vue. On entend même bêler les moutons. Elle ne discerne pas ces étranges zones de terre rouge, des taches pulvérulentes que certains habitants disent avoir vues, là où on aurait enseveli des déchets.

Un ballon vient ricocher aux pieds de Suzanne, restée interdite les mains sur son appareil. Sans chapeau elle a chaud, et le soleil de seize heures lui apparaît tout à coup pour ce qu'il est, le plus grand des réacteurs nucléaires. Elle prend enfin une photo du promontoire rocheux, là-bas à gauche, pour terminer ce geste qu'elle a commencé. La température la rappelle à l'ordre : enfants, crème, chapeau, hydratation, il va falloir bientôt rentrer. Mais avant, elle a rendez-vous. Suzanne envoie un message à Marta, à Paolo et même à Giorgio, pour prévenir de son probable retard. Elle aurait pu annoncer qu'elle partait pour trois heures, mais elle a préféré ne rien dire. J'ai rencontré des amis, se sent-elle obligée d'écrire, comme si elle en avait encore, comme s'ils pouvaient se trouver ici, comme si ce temps-là qu'elle s'octroie ne pouvait l'être que par convention sociale et par tranches renouvelables. Elle s'étonne de mentir tout à la fois machinalement et avec le minimum de délibération qu'impose la rédaction d'un texto. Elle embraye.

La voilà à l'entrée d'un village, ça commence par un giratoire comme ailleurs, orné de sculptures à la gloire de la gloire locale – grappe de raisin géante en plâtre, noir taureau furieux ou flamants roses en fer dans son Gard natal, et ici cet avion de chasse sur le départ. Ce qu'elle reconnaît immédiatement, c'est le cimetière devant lequel elle se gare, avec son portail en fer forgé dans un enclos de calcaire blond, ses allées à cyprès, ses photogéniques pendaisons d'arrosoirs, son jardinier qui s'éloigne en boitant, un balai à la main. Elle a toujours aimé se promener dans les cimetières, autre activité qu'elle a abandonnée faute de la partager, avec d'autant plus de regrets que son pays d'adoption a porté haut l'art funéraire, en inclinant les pierres tombales sous une mousse prometteuse. Quand elle avait emmené Giorgio en poussette dans les allées de Bunhill Field, avant de rejoindre Paolo à la sortie de son bureau de la City, elle avait eu beau expliquer à son mari qu'ils avaient vu la tombe de William Blake et celle de Daniel Defoe, mais aussi des oiseaux et des écureuils, il l'avait traitée de folle – promener un enfant dans un cimetière ? Suzanne a toujours été prête à se recueillir devant n'importe quelle tombe qui serait celle d'une autre famille, d'autres vies que la sienne. Mais c'est devant un mur qu'elle s'arrête, là où Giulia lui a donné rendez-vous. Un columbarium avec des portraits photographiques, chacun entouré de guirlandes de fleurs en plastique dégradé par le soleil. Des hommes en casquette, des femmes à permanentes couleur éternelle et des enfants aussi, qui rient peluche serrée contre leur pyjama, ou des bébés trop maquillés pour la photo mortuaire. Suzanne croise les bras, comme pour se protéger.

Giulia est arrivée, son corps brun dans une robe d'un violet vif. Elle la salue en français, sans accent – bonjour Suzanne – avant de préciser que c'est à peu près tout ce qu'elle sait dire, et lui propose une cigarette. Suzanne accepte par politesse – tout en se demandant comment on peut accepter, par politesse, quelque chose qu'on s'abstient de faire depuis dix ans pour sa propre santé. Elle avait oublié le plaisir de s'approcher d'un briquet allumé et d'inhaler. Elles restent quelques secondes ainsi, à fumer en silence. Le silence avec une quasi-inconnue, c'est étrange, mais le lieu le permet. Puis Giulia lui montre une plaque parmi les autres, *Rosanna*, lettres dorées sur marbre noir, sans photo, 1968-1995. « Elle était malade depuis toujours, alors on ne l'a pas autopsiée, en revanche, on l'a fait pour le corps des bergers que tu vois là – plaques grises – et on l'a fait pour certains des nouveau-nés, simplement morts d'être nés. C'est quand même quelque chose que de venir au monde pour y mourir immédiatement. » Suzanne se tait, le ton légèrement agressif appelle une suite et Giulia continue : « Ce qu'on ne voit pas, depuis la plage, depuis les rampes de lancement, depuis les satellites là-haut qui surveillent tout ça ou depuis les planètes sur lesquelles on envoie nos fusées, ce sont les nanoparticules qui pénètrent dans les molécules des humains et des animaux. Comme tu le sais – Suzanne ne le sait pas –, les missiles ne foncent pas vers leur cible par la force du Saint-Esprit, ils ont dans leur pointe de l'uranium, et surtout du thorium. Tu sais ce que c'est, le thorium ? Du dieu Thor, oui, c'est un Norvégien qui l'a découvert, il a dû trouver que ça donnait une idée de la puissance du truc. Quand il est libéré par une explosion et inhalé, le thorium est plus dangereux que l'uranium. » Giulia, d'un grand geste avec cliquetis de bracelets, embrasse les collines derrière le mur du cimetière : « La seule zone agricole au monde à exister dans un polygone militaire ! Voilà ce qu'on a réussi à faire, avec notre plan de renaissance. On a empoisonné des civils, des militaires, et nos terres pastorales millénaires, comme disent les guides touristiques. On a pris les millions de lires et les millions d'euros, à Rome, et bien sûr on n'a rien dit aux bergers du coin, ni aux parents de Rosanna et de tous ces enfants nés malformés. Pire encore, un général a déclaré à la télé devant des millions d'Italiens que tout ça, c'était à cause de la consanguinité, mais qu'on n'avait pas le droit de le dire, parce que les Sardes sont susceptibles. Aujourd'hui, il est mis en examen, parce que les militaires ont des mères et des pères qui n'ont plus supporté que leurs généraux leur racontent n'importe quoi : le cancer du pancréas et des poumons, quand on est jeune et qu'on ne fume pas, ça ne vient pas de la consanguinité. Quant aux animaux... J'ai rencontré un berger, là-haut, un type qui a cinquante ans, on dirait qu'il en a quatre-vingts ; entre deux quintes de toux, il m'a raconté comment c'était, au moment où tout ça était hors de contrôle : il n'osait plus se rendre dans son étable le matin, tellement il avait peur de ce qu'il allait trouver. Des monstruosités inédites à l'échelle de la planète, soit dit en passant. Des agneaux avec les yeux qui poussaient derrière la tête, dans les oreilles – ils avaient aussi les oreilles derrière la tête, hein. Consanguinité, mon cul. Les seuls êtres vivants qui ressemblent à ça, ce sont les enfants qui sont nés à Hiroshima, après la bombe. Ici les bombes étaient plus discrètes, mais elles tombaient tous les jours. Maintenant, ils prétendent n'utiliser le site que pour de la recherche. Seulement, pour chercher, ils continuent de tirer. Les aubergistes, ils sont partis à Castiadas parce qu'ils avaient récupéré l'affaire familiale, mais ils ne savaient pas que leur fille était empoisonnée et ils ne savaient pas qu'en faire, non plus, de cette enfant qui toussait comme une tuberculeuse, une fois qu'elle avait été trop grande pour rester à l'école élémentaire et incapable d'aller ailleurs. C'est trop tard, mais grâce à tout notre travail, on commence à parler d'eux, il y a même une télé américaine qui est venue filmer ici, dans le cimetière… »

Suzanne s'est adossée contre la grille d'un terrifiant cénotaphe Art déco. Elle sent soudainement le besoin de dire qu'elle aussi est journaliste, comme pour se placer du bon côté. Quand elle rencontre quelqu'un, avec ou sans Paolo, on parle toujours des Signorelli et elle oublie de dire ce qu'elle fait. Personne ne le lui demande jamais, d'ailleurs. Giulia veut savoir où elle travaille, mais Suzanne ne travaille plus et elle minimise ses études, ses piges, sa correspondance à Londres. Par habitude, mais aussi parce qu'elle redoute ce que l'autre pourrait lui demander. Giulia balaie sa réponse d'une main – cliquetis de bracelets : « Je suis sûre que tu fais ça très bien. Mais journaliste ou pas, tu as une conscience, non ? Que tu ignores ce qui se passe ici, d'accord, t'es pas la seule, mais les enfants du Yémen, les étudiants d'Égypte, les milliers d'innocents partout dans le monde qui meurent sous le feu d'armes que nous fabriquons… tu les vois, quand même ? » Suzanne, les mains sur les hanches : « Je sais bien, mais qu'est-ce que je peux y faire ? Je vote, je signe des pétitions… » Giulia la regarde de plus en plus étrangement, refait un geste. « *Basta*. Viens, on va discuter. Pas dans un cimetière, même si je vois mal ce qui serait plus approprié… »

À la terrasse de l'unique café de l'unique place du village, il n'y a que quelques vieux. Suzanne cherche à entendre le cancer et la mort prochaine dans les voix qui discutent, les gorges qui se raclent. Elle épie le serveur, un brun jovial tout ce qu'il y a de plus normal. Giulia commande deux demis, Suzanne regarde son téléphone. « Bon. On reprend, dit l'Italienne. J'ai l'impression que tu ne vois pas bien de quoi je parle. Ces armes, qui les fabrique ? » Suzanne réfléchit tout en commençant son demi. « La France ? » « Oui, bien sûr, la France, et tant d'autres ! Mais ici, en Italie ? Enfin, tu te fous de ma gueule ? » Giulia le dit avec tant d'étonnement que Suzanne ne s'offusque pas de sa grossièreté soudaine. Suzanne ne connaît rien aux armes italiennes, elle est désolée. « Mais, les Signorelli ? » « Quoi, les Signorelli ? » Giulia, lentement, méthodiquement, descend son demi. Elle essuie sa bouche d'un revers de main. « Voilà, ça va mieux. Les Signorelli… Suzanne, on dirait que tu ignores que l'entreprise Signorelli fabrique plusieurs pièces détachées qui sont vendues à des fabricants d'armes. En Italie et en France, d'ailleurs. C'est une part non négligeable, sinon tout à fait officielle, de votre activité. De vos revenus, donc. » Suzanne sursaute en entendant ce « vous ». Alors, on en est là, elle est accusée directement. À son tour, elle boit son demi. Bien entendu, elle ignorait tout de cette activité. Elle lutte entre la nécessité d'annoncer son innocence et la gêne de l'admettre. Elle entrevoit ce que cela dit de son mariage, de sa vie peut-être. « Mais, des pièces… Ce ne sont que des pièces, des roulements ? » « Suzanne ! » L'interrompt Giulia, agitant ses cheveux, haussant les épaules, remuant les mains, toute la gestuelle de l'indignation à l'italienne. « Des roulements, déjà, oui… Tu as déjà vu un char avancer sans roue ?

Et dans la roue, je ne t'apprends rien, on met désormais les pièces que vous fabriquez. »

Suzanne regarde autour d'elle, les vieux n'ont pas l'air d'écouter ce qui pourrait pourtant s'apparenter au spectacle de l'été dans cette ville où rien n'arrive, sinon des soldats que l'on ne voit guère et une mort lente que l'on ne voit pas. Giulia poursuit : « Mais il y a d'autres choses qui roulent bien sûr, il y a des pièces qui tournent dans une arme, comme les barillets, il y a aussi tout ce qui ne roule pas mais qu'on peut fabriquer avec le même acier. Suzanne, chaque année, les Signorelli engrangent des sommes colossales grâce à ces ventes. Je pense que ça se compte en millions... » Suzanne retrouve un reste d'orgueil, peut-être est-ce ce nom de Signorelli qui refuse de se laisser défaire, et elle les défend maintenant, comme si elle faisait vraiment partie de l'entité : « Tu *penses* ? insiste-t-elle, tu penses et tu n'es pas sûre ? Tu me dis des choses pareilles sans certitude, mais comment peux-tu savoir ? » Giulia repousse son verre maintenant, et grimace de dépit : « Suzanne, puisque tu es journaliste, tu sais bien qu'on peut tout apprendre, il suffit de demander aux bonnes personnes... Et les bonnes personnes, moi, depuis que j'essaie d'obtenir la vérité sur ce qui se passe dans le *Poligono*, je les ai trouvées. Et ces personnes, bien sûr, s'occupent d'armement, de secret-défense et de tous ces millions... »

Suzanne ne sait plus dans quel ordre traiter ces informations. Elle finit sa bière et regarde la femme en face d'elle. On dirait qu'elle boude maintenant, sa lèvre supérieure subitement gonflée, mâchoires serrées. Elle est encore plus belle que lorsqu'elle rit, pense Suzanne. C'est à elle de poser les questions : « Pourquoi donc as-tu fait ces recherches sur les Signorelli ? Et si vite, en plus ? » Giulia ne répond pas, hèle le serveur, commande un nouveau demi. Suzanne ne veut rien, elle explique qu'elle va devoir rentrer. Giulia soupire : « J'ai fait des recherches parce que j'étais intriguée par votre famille. Enfin, *ta* famille. Ou la famille de ton mari ? Je ne sais pas encore si ça revient au même. En tout cas, quand j'ai entendu parler d'industriels milanais, j'ai eu envie d'en savoir plus. Tu te souviens de ce que j'ai dit de Feltrinelli, qui voulait faire de la Sardaigne le Cuba de la Méditerranée… Tout ce qui s'est joué dans ce Milan des années 1970, tu penses bien qu'un homme comme ton beau-père était au courant, les grèves dans les usines, les manifestations, les répressions… Le moins qu'on puisse dire, c'est que ce n'était pas un gauchiste, Ercole Signorelli. Et puis maintenant, toi aussi, tu m'intéresses. Tu incarnes tout ce que je déteste, ceux qui savent regarder ailleurs pour pouvoir continuer, et pourtant, tu m'es très sympathique, *simpaticissima.* »

Le serveur interrompt cette tirade d'un demi posé sur la table. Suzanne regarde ailleurs. Mais elle le fait toujours quand on lui dit que c'est elle, le sujet de l'histoire. Ce n'est pas faute d'avoir été au centre : elle était tout pour Anne et Christian. Mais bien sûr, ce tout, ce n'était rien. Ils l'avaient étouffée de nourriture, de mots, de l'avenir qu'ils avaient imaginé pour elle et qu'elle avait forcément trahi, jusqu'à ce qu'elle s'éloigne d'eux pour se tracer une destinée. Elle s'en était bien sortie, se disait-elle parfois, elle aurait pu choisir les addictions ou la pendaison un beau matin, et ça non plus, ils ne l'auraient pas imaginé. Mais ça avait laissé des traces, la certitude de ne jamais vraiment compter qui explique peut-être son rapport à l'argent d'un autre, qu'elle dépense comme si ce pouvoir et ces achats lui conféraient, à elle, sa valeur. Quant à la considération que Paolo a pour elle, elle croit qu'elle ne tient qu'à son statut de mère : parfois, en la regardant s'occuper des enfants, cet être apparemment dénué d'émotions fait une drôle de tête, peut-être ce qui s'approche le plus chez lui d'un bouleversement, et qui émeut Suzanne en retour. Elle est aussi surprise d'apprendre qu'on s'intéresse à elle qu'elle l'est qu'on puisse la tenir pour responsable de quoi que ce soit – quand ça ne concerne pas la façon dont elle s'occupe de ses enfants ou la destruction de la planète. Bien sûr, elle n'y pense pas quand Giulia lui fait cette déclaration de soudaine sympathie, elle se contente de rougir, de renverser le demi en donnant un grand coup de genou dans la table de fer-blanc, et de s'excuser. Giulia, elle, ne s'excuse pas. Elle la regarde faire, sourit, et pendant que le serveur éponge la bière, lui précise qu'elle est quand même perplexe : Suzanne l'intéresse, mais tout ce qu'elle a découvert en vingt-quatre heures sur les Signorelli l'intéresse aussi. Et elle se demande si c'est vraiment compatible. « Ton mari est forcément au courant, vous n'en parlez pas ? » Suzanne se fiche du détail des activités de Paolo, et on pense rarement à demander à son conjoint s'il approuve le commerce des armes – il va de soi pour elle qu'il est pacifiste, mais qu'en sait-elle en réalité ? Il a fait son service militaire, c'était obligatoire en Italie. Depuis, ils n'ont jamais discuté de l'opportunité de telle ou telle guerre. De quoi discutent-ils, d'ailleurs, sinon de systèmes éducatifs ou de la qualité des dorades chez les poissonniers londoniens ? Giulia ne l'a peut-être pas fait exprès, mais elle a posé les bonnes questions. Suzanne se lève, pressée maintenant par l'heure, insiste pour régler les consommations. Giulia ne dit rien, elle sait ne pas pousser son avantage. « Tu me rappelles, si tu veux ? On pourra parler d'autre chose. » Elles rejoignent leurs voitures garées devant le cimetière. Giulia s'approche d'un modèle sport qui détonne avec ce que la conservatrice a laissé comprendre de ses affinités politiques. Ce qui détonne aussi, c'est la réflexion que se permet Suzanne : « C'est une voiture de gauchiste, ça ? Et ça consomme combien, au passage ? » Giulia éclate de rire. Elle écrase soigneusement son mégot avant de l'enfermer dans une petite boîte de métal. « C'est une Fiat 124 Spider, 1966. Tu crois qu'il vaut mieux conserver une voiture vieille de cinquante ans qui consomme ses deux litres aux cent, ou acheter une voiture qu'on vient de produire en Allemagne, avec des composants débarqués en cargo du monde entier, avant de l'envoyer en Italie puis en Sardaigne, où elle brûlera à vue de nez six bons litres aux cent ? » Toujours la même compétition. Suzanne rit, avant de la saluer d'un geste de la main dont elle se demande immédiatement s'il n'est pas trop familier – ne dirait-on pas qu'elle congédie une domestique ? Elle s'enferme dans l'Audi et démarre brutalement.

Deuxième partie

Marineland

Suzanne prend la route qui coupe l'intérieur des terres. C'est donc pour en arriver là qu'elle a quitté la vie soigneusement préparée pour elle par ses parents ? Et d'abord, pourquoi retourne-t-elle suer sur cette plage, où elle garde l'ombre d'un parasol portant le nom des autres ? Paolo, lui, quand il n'est pas au golf, au tennis ou Dieu sait où, nage, se repose et joue avec les enfants. Mais elle ? Ses seuls échanges avec sa progéniture se résument à leur donner des ordres, les réprimander, au mieux tenter de les consoler. Et encore, la plupart des ordres et des réprimandes qu'elle relaie sans jamais être sûre qu'ils soient justes sont ceux des autres, les institutrices, pédiatres, entraîneurs sportifs ou grands-parents. En vain : elle a engendré des monstres, qui enchaînent caprices et réflexions de rois du monde. Tout ça, elle l'a fait avec un argent sale – et l'argent du fascisme et des ventes d'armes, ça commence à faire très sale.

La route s'assombrit par endroits, le soleil tombe ici en quelques secondes derrière les montagnes, et lorsque la voiture débouche enfin sur la côte ensoleillée, c'est comme si Suzanne rejoignait une autre journée, qui aurait continué sans elle ; pendant qu'elle visitait des plages nucléaires et des cimetières, ici on bronzait, on nageait, on souriait, on médisait, on continuait ses petites transactions. Elle conduit maintenant trop vite, pour rattraper la vie en cours et peut-être effacer cette après-midi. Mais il ne sert à rien de foncer, ici le temps s'est arrêté et Marcella la prévient que *i signori Signorelli* sont encore sur la plage.

En son absence, on en profite enfin pour s'amuser. Les enfants ne se sont pas noyés et semblent même heureux ; Beppe joue pour la première fois aux raquettes et Suzanne se demande si la coordination des mouvements de son fils évoque l'autisme, la précocité intellectuelle ou une dyspraxie dont il faudra parler au généraliste. Marta commence à prendre goût à son rôle de grand-mère, qui a été salué comme tout ce qui est nouveau ici – aujourd'hui elle s'occupe des petits-enfants, demain elle inaugurera un drap de bain. *Che bella Nonna !* Debout à regarder tourner les femmes au soleil de dix-neuf heures, le meilleur atout pour un bronzage doré, Suzanne regrette la précipitation de son retour. Pour retrouver tout ça ? Où est passée la jeune étudiante – un peu – engagée qu'elle a un jour été ? Et surtout, où est passé Paolo ?

Elle a vérifié d'un coup d'œil qu'il n'était pas en train de discuter sous le parasol des Daveri, mais Carlo et Nini, eux, ne descendent jamais sur cette plage, trop familiale et hostile aux secondes unions tant qu'elles n'ont pas produit leurs fruits, à savoir une salve de rejetons que les enfants du premier lit gâtent ou boudent.

Suzanne ne voit pas Paolo nager au loin comme un désespéré entre deux bouées, Paolo qui revient du tête-à-tête qu'il a obtenu avec Nini dans un des cafés du village fréquentés uniquement par les touristes ; s'ils sont chacun restés sur leur banquette chocolat, bercés par la musique lounge créée exprès pour ce genre d'endroit, le caractère chaleureux de leur discussion et les regards échangés ne laissent que peu de doutes quant à la suite de leur relation. Reste à savoir comment parvenir à emmener la jeune femme dans une chambre d'hôtel à l'insu des Signorelli et des Daveri, bref, à l'insu de la moitié de Milan. Reste à savoir aussi comment Paolo va gérer tout cela sans remous. Son père le lui a toujours dit et au fond il a peut-être raison : jamais les accidents de la vie domestique ne doivent s'immiscer dans la mécanique millimétrée, mais fragile, des roulements Signorelli. Un héritier, ça ne divorce pas, c'est stable, stable comme un titre boursier qui donne envie aux actionnaires. Bien sûr, la stabilité est plus facile à garantir lorsqu'il ne se passe rien. Paolo allonge les bras, bat des jambes : il ne s'est donc jusque-là jamais rien passé dans sa vie ?

Suzanne, pour fuir le bonheur que ses enfants manifestent sans elle, marche. Elle est arrivée sur la gauche de la plage, là où se concentrent les occupants qui ne résident pas dans le lotissement et n'ont accès ni aux transats ni aux parasols. Ils y étalent leurs serviettes bord à bord, écoutent de la musique et sortent des tranches de pastèque ou quelques bières de leurs glacières, comme on le ferait à Palavas-les-Flots. Les ventres bedonnants recouvrent en partie les slips de bain, quand les corps ne sont pas ostensiblement musclés, c'est la mode depuis quelques années. Suzanne remarque qu'ici les morphologies sont plus variées. Les femmes portent de minuscules bikinis ornés de strass et de paillettes ; autour de leur cou pend leur narcissique et imperméable modernité, sous la forme de cordes de couleur au bout desquelles se balancent les téléphones dont elles mitraillent leur progéniture, ou le plus souvent elles-mêmes, la mer en arrière-plan. Pour profiter de la lumière du couchant, certaines prennent la pose dans les rochers ou n'hésitent pas à enfin se mouiller, se cambrant sur le sable humide à la manière d'otaries attendant les sardines dans un Marineland, tandis que leur conjoint, accroupi, en appui sur ses genoux, les encourage à vive voix : « *Bella, bella, ancora !* » On dirait qu'ils sont en train de déféquer. Il est vrai qu'ils n'ont pas de transats pour s'allonger.

C'est tout ça qu'elle a fui en quittant Vinargues, et pourtant, Suzanne se sent perdue en terrain étranger loin de son biotope. Et ce n'est pas ici qu'elle va trouver Paolo, alors elle marche encore, longeant les plages des hôtels de luxe et leurs affreux parasols en rafia, identiques de Ravenne à Bodrum. Puis elle a tout à coup peur de marcher ainsi, peur de n'avoir jamais de raison de s'arrêter alors qu'il faut bien rentrer. Elle contourne les transats et à nouveau les serviettes, supportant les regards levés vers elle. Ses enfants font maintenant une partie de volley-ball. Lorsque le vendeur de pashminas s'approche, elle a une seconde d'hésitation, la seconde qui suffit pour qu'il dépose l'énorme bagage militaire qu'il porte sur le dos et commence à déballer des sacs poubelles bleu électrique, qu'il dénoue un à un avant d'étaler leur contenu sur le transat. La première fois que Suzanne est venue en Sardaigne, Marta a insisté : il faut acheter pour s'assurer la paix le reste de la saison. C'est aussi une façon de contribuer à l'économie locale. Suzanne a désapprouvé : c'est contribuer à l'exploitation de l'homme par l'homme tout autant qu'à une forme d'évasion fiscale, les biens vendus sur la plage échappant à toute législation. Quant à la paix, une fois que les vendeurs ont compris qu'on était bonne cliente, ils ne vous lâchent plus. Mais Suzanne avait beau désapprouver, elle voulait s'assurer la paix à la maison – à défaut de sauver celle de la plage, du pays ou du monde – et elle avait cédé, achetant aux enfants bracelets avec leur prénom ou seaux en plastique, ce qu'elle avait trouvé de moins cher.

Aujourd'hui, elle n'a pas grand-chose à faire de la paix avec les Signorelli, ce sont même eux qui la menacent par leurs activités. Quand son mari ne vend pas des armes, il drague une Sarde de quinze ans de moins que lui. Elle ne va pas s'empêcher de faire ce qu'elle veut, pense-t-elle en adressant au vendeur le plus beau de ses sourires, un sourire qu'elle veut égalitaire et compréhensif. Fini la condescendance. Elle touche les étoffes en imaginant les animaux qui ont porté la laine dont elles sont tissées, quelque part sur le toit du monde. Le vendeur, une trentaine d'années, aux yeux cerclés de petites lunettes rondes, assure en anglais que les chèvres sont népalaises et leur cachemire, de la plus haute qualité. Elle en profite pour l'interroger, lui, elle connaît les mécanismes et elle est suffisamment informée pour poser les bonnes questions. Il s'appelle Ahmed, il est pakistanais, il travaille l'hiver dans les champs de coton autour de Peschawar, l'été en Sardaigne. Elle n'ose pas lui demander s'il a un visa ou s'il passe illégalement la frontière chaque année. Sa femme est enceinte de leur premier enfant, hélas son MBA en finance ne lui a pas permis de trouver d'emploi dans son pays. Il espère donc qu'Imran Khan sera élu Premier ministre aux législatives du mois d'août, et qu'il sortira le Pakistan de la crise économique dans laquelle il s'enfonce. Tout ce que Suzanne sait désormais de la politique pakistanaise relève plutôt des tabloïds : Imran Khan, en plus d'avoir été un joueur de cricket extrêmement populaire, a été marié à Jemima Goldsmith, que Suzanne a croisée dans des dîners de charité londoniens, de ces soirées au cours desquelles toutes ses convictions politiques semblent s'absenter, tandis qu'elle s'empare des codes d'un monde qui n'est pas le sien et dans lequel, pourtant, elle évolue quelques heures avec agilité. N'était-il en effet pas improbable que la fille de Christian Valeyre croisât un jour celle de Jimmy Goldsmith ? Goldsmith, on parlait encore de lui quand Suzanne terminait ses études, aventurier de Wall Street spécialisé dans les raids boursiers avant que ceux-ci ne deviennent à la mode, mais aussi magnat de la presse et fondateur de douteux partis politiques.

Pour l'instant, tout en pensant à Jemima Goldsmith sur les épaules de laquelle elle imagine cette étole grège particulièrement tentante – Ahmed refuse de dire combien, il lui fera à la fin un prix global, ce qui sous-entend habilement l'achat de plusieurs pashminas –, Suzanne lui demande où il loge. Il reste évasif, à Cagliari. Elle insiste, il esquive : en ville, c'est très pratique. Ahmed a assez parlé de lui, il voudrait maintenant que Suzanne se concentre sur la marchandise ; elle hésite, mais le bonnet de bain de Marta se rapproche du rivage et elle n'a aucune envie que sa belle-mère la voie dépenser de l'argent qu'elle l'encourage pourtant par ailleurs à dépenser – voilà le genre de contradiction qui agite Suzanne depuis qu'elle a épousé un héritier. Elle choisit donc deux étoles de la même insaisissable couleur, sort ses billets après avoir convenu que c'est un très bon prix si on le compare avec son équivalent londonien – mais jamais, à Londres, Suzanne n'achèterait ce genre de textile, qu'on serre autour de son cou dans un bus brinquebalant sur une cordillère ou pour se protéger du froid vespéral de quelque désert. Cinquante euros les cent grammes de rêve, et toujours ça de pris aux Signorelli, se console-t-elle en tendant les billets à Ahmed, qui les range soigneusement au fond de la banane dissimulée dans un pli de son qamis, avant de replier tout aussi minutieusement l'ensemble et de remettre sur son dos ce sac dont il lui explique en souriant qu'il pèse trente kilos. Il s'éloigne comme si de rien n'était. Il se demande tout de même pourquoi la Française s'est ainsi intéressée à ses conditions de vie ; il a été prudent de mentir. S'il a bien un MBA et une femme, il n'a pas pu concevoir le moindre enfant avec cette dernière, pas plus qu'il ne travaille encore dans les champs de coton, car il est arrivé illégalement deux ans auparavant et il ne se risquera pas aux voyages transfrontaliers, pas tant qu'il pourra gagner de l'argent ici. L'hiver, qui heureusement est court en bord de mer, il a prévu de rejoindre une des fermes de l'arrière-pays, où son employeur lui a promis – à tort – qu'il y avait du travail. Il a inventé des détails inutiles, mais s'inventer des histoires n'est pas le privilège de ceux qui n'ont rien d'autre à faire.

Suzanne a l'impression d'avoir, sinon sauvé le monde, au moins quelque peu compensé les méfaits des Signorelli en adressant la parole à un Pakistanais – les missiles tombent aussi sur son pays –, sans parler des cinquante euros. Elle reprend lentement conscience de son environnement, des corps et des visages allongés autour d'elle, de Beppe qui de nouveau aplatit le sable et de Giorgio et Taddeo qui crient, de Marta dont le corps brun ruisselle alors qu'elle revient s'asseoir, elle avance en veillant à croiser légèrement les jambes, parce que même les façons de sortir de l'eau sont des marqueurs sociaux. Suzanne, avec son Pakistanais, a de nouveau quitté temporairement ce monde-ci, dont toute la dimension illusoire l'assaille maintenant. Trop de lumière, trop de couleurs, trop de plastique, elle ne sait pas, elle voudrait être au frais, à l'ombre, ailleurs. Elle se lève pour aller se baigner. Marta, elle, s'allonge et assène : « Ils sont ici pour vendre, pas pour parler. »

Carlo avance au bras de Graziella, sa mère, incapable de descendre seule sur une plage, question de standing. Il hèle Suzanne, obligée de saluer en retour. On discute golf, Suzanne se plaint de l'ajout intempestif du tennis, si ça continue elle ne verra plus son mari. Le crâne plissé de Carlos se plisse davantage encore, le tennis, ça, il n'était visiblement pas au courant et ça ne lui fait pas plaisir. Pour éviter d'entendre ce qu'elle ne veut pas entendre, Suzanne précise à l'intention de Graziella Daveri qu'elle n'a jamais aimé le tennis, comme si on en doutait, et comme si l'autre ne s'en fichait pas éperdument. Paolo a vu le petit groupe sur la plage et s'est dépêché de sortir de l'eau, arrivant juste à temps pour comprendre ce qu'il se passe. Vraiment pas de chance, ça s'annonce mal, l'adultère. Il les emberlificote : justement, il vient de quitter Anastasia – Suzanne se demande pourquoi il s'entête à appeler la fille par le prénom que celle-ci a choisi d'oublier, cette attention la gêne, on dirait l'une de ces affectations d'amoureux. Il l'a croisée au village où il cherchait des journaux, après avoir échoué à trouver un partenaire au club. Hélas, Anastasia ne joue pas au tennis, comme Carlo doit le savoir – Carlo feint de rire –, et elle s'est contentée de ramener Paolo en voiture. Compte tenu de la situation, chacun choisit d'accepter cette explication. On se salue, et on retourne sous son parasol.

Sotto voce, et pendant que Marta présente ses petits-fils à Graziella, Suzanne interroge Paolo. On ne fait pas de scène sur la plage, mais tout de même, ce golf à outrance et maintenant le tennis, et Carlo qui n'a pas l'air bien au courant, il se passe quoi, au juste ? Tu avais rendez-vous avec elle ? Paolo nie mais il y met peu d'énergie, un simple non de la tête puisqu'il sait, au fond, qu'il est coupable, bien qu'il n'ait pas encore fait grand-chose. Suzanne faiblit : pourrait-elle vraiment lui reprocher d'avoir pris un café ? Ne faisait-elle pas la même chose, à boire un demi dans les montagnes avec Giulia, sous prétexte d'avoir rencontré des amis imaginaires ? Embarrassée, elle attaque de biais : elle a visité le polygone militaire. Et elle est sûre que les Signorelli, chaque jour, vendent de quoi faire tourner les barillets et rouler les chars qui parcourent la planète, sur terre et dans les airs. Est-ce pour cette raison qu'ils ont fait construire ici ? Paolo est surpris de cette irruption, mais il est revenu sur un terrain moins glissant que celui de l'adultère : pourquoi nier ? Bien sûr que les Signorelli fournissent des pièces à toutes sortes d'entreprises, oui. Quant au *poligono*, bien sûr aussi qu'il connaît son existence, elle n'est d'ailleurs cachée à personne, bien que ce soit par hasard que les Signorelli se soient installés à proximité. Mais il n'allait quand même pas y emmener Suzanne en promenade romantique, si ? « Pourquoi pas ? rétorque Suzanne, parce que c'est plein de déchets toxiques ? Ou parce que tu y emmènes déjà Nini, entre deux de vos activités sportives ? » Elle sait pertinemment que cette question n'a aucun sens, et qu'elle dessert ses accusations, mais elle n'est pas habituée à la confrontation, tout se bouscule avec en arrière-plan ces étangs puants où sont plantés les flamants. Les scènes de ménage n'ont rien à faire en décor extérieur. Paolo soupire : « Ça suffit avec Anastasia, d'accord ? » Suzanne revient alors aux armes : « Tu contribues à un commerce qui apporte au monde les guerres et la misère ? » « Arrête de dramatiser », module Paolo tout en gardant un œil sur sa mère, il est sûr que Marta a entendu des bribes de leur conversation, mais s'il demande maintenant à sa femme de parler moins fort, ce sera l'explosion. « Si on ne fournit pas les pièces, c'est d'autres qui le feront… » Suzanne, maintenant *mezza voce* : « Tu es prêt à tuer des enfants ? » Paolo s'étouffe *poco forte* : « Tu ne crois pas que t'exagères un peu, là ? Et si tu veux être aussi caricaturale, je te rappelle que c'est à ce prix que tes enfants sont millionnaires. » Suzanne crie tout en chuchotant ou l'inverse : « Mais je ne veux pas que mes enfants soient millionnaires ! Tu as vu ce qu'ils sont en train de devenir ? Ils sont gâtés et gonflés de mépris, gonflés comme ces affreuses bouées que ta mère leur a achetées ! » Paolo est redescendu d'un ton maintenant, ce qui signifie pour lui raison, autorité, fin de la conversation. « Ça suffit. Je vais me baigner. » Et il rejoint pour la rassurer sa mère au sourcil levé.

Suzanne en profite pour remonter vers la villa. Elle se dispense de rinçage et dépose sur les carreaux de terre vernissée quelques grains de ce sable qui obsède Marta et Marcella. Elle tire satisfaction des traces invisibles qu'elle laisse sur son passage, avant de conclure qu'elle est tombée bien bas. Que va-t-elle faire ? La maison semble désormais aussi pleine de secrets mal dissimulés et de mensonges mal ficelés que de jeux cassés et abandonnés. Un événement vieux de quarante ans, une photo d'une place désolée, des rendez-vous discrets et maintenant des armes. Combien et depuis quand ? Et ensuite ? Vont-ils arrêter parce qu'elle le leur demandera ? C'est une chose de s'insurger pour un golf, une autre de demander aux Signorelli de renoncer à une partie des revenus avec lesquels ils vivent tous. Mais si ses enfants étaient un jour mobilisés, ou si la guerre frappait à sa porte, elle s'en voudrait, bien sûr, d'avoir laissé produire toutes ces pièces d'acier. Elle n'a aucune preuve de la responsabilité de Paolo dans ces choix stratégiques et elle ne va pas relayer les propos de Giulia, Ercole serait capable de l'attaquer en diffamation, il l'a fait pour moins que ça. Mener sa propre enquête serait plus intéressant que de faire les poches de son mari. Quant à Nini, Carlo est probablement en train de l'interroger ; à eux deux, croit naïvement Suzanne en train de précipiter son mari dans les bras d'une autre, Carlo et elle sauront rendre cette histoire impossible, ou du moins suffisamment désagréable pour que ses protagonistes se demandent si elle vaut la peine d'être vécue.

Divine Comédie

L'agitation des préparatifs de la fête vient masquer le refroidissement de l'ambiance entre Paolo et Suzanne. Chaque guerre a ses trêves, et comme des soldats ennemis qui disputent parfois une partie de cartes, parce qu'il faut bien que la vie continue, ils ont réussi à dîner et à dormir côte à côte. Suzanne a su éviter une scène supplémentaire en s'abstrayant chez les Yomomamis au moment où Paolo étirait son bâillement du soir.

Paolo retient désormais son souffle. Il sait qu'il ne peut plus revenir en arrière. On ne dit pas à la femme à qui on a donné rendez-vous dans une chambre d'hôtel qu'on a des regrets et qu'on préférerait passer l'après-midi en famille. Ça n'empêche pas de le penser. Paolo doute, mais ce doute précipite l'avènement de son passage à l'acte, comme on juge préférable d'achever un animal en souffrance. Ou peut-être que l'accomplissement de son désir lui semble la seule consolation à la hauteur de la tristesse imprévue qui l'étreint. Suzanne ne dit rien, le lendemain, quand il annonce qu'il part au golf – lâchement, devant ses parents et les enfants. Suzanne ne dit rien et ça n'arrange rien.

Maintenant qu'il roule à son tour sur la corniche, il se sent plus léger. Il fait beau et chaud, le décor en tout cas est irréprochable, tout comme la chambre de l'hôtel où il a réservé sous le nom de Marcello Alighieri. *Vanitas vanitatum* : si son père était Rock, le jeune Paolo, lui, avait décidé qu'il ressemblait à Mastroianni, visage carré, cheveux bruns, yeux noirs et cette large bouche qui peut à la fois se pincer légèrement vers le bas et sourire jusqu'aux oreilles. Il n'a pas pu s'empêcher de raconter ça à Nini, sans être sûr que Marcello lui évoque autre chose qu'un acteur de l'âge de son grand-père. Quant à Alighieri, il ne trouve plus cette soudaine inspiration dantesque très inspirée – d'abord parce qu'il lui semble tout à coup qu'il y a trop de cercles infernaux à franchir dans *La Divine Comédie*, ensuite parce que Nini n'a pas émis le moindre petit rire de connivence quand il lui a fait part de cette invention. Il sait pourtant que ce n'est pas la culture de la jeune femme qu'il vient retrouver dans cette chambre d'hôtel. Mais aussi, comment donc s'inventer un pseudonyme ? Il a pensé à toutes sortes de noms courants en Italie, il les a trouvés trop communs pour lui. Il tire le lourd rideau occultant, puis change d'avis : à quoi bon avoir payé le supplément vue sur mer ? Il s'assoit sur le lit puis se relève, tape la couette pour masquer la trace de ses deux fesses, et se met au bureau. Il résiste à la tentation de consulter son téléphone, afin qu'elle ne le surprenne pas ainsi, guettant peut-être de ses nouvelles. Il regarde sa montre, trois fois. Enfin, la porte s'ouvre.

Nini n'a pas tiré le rideau, elle non plus. D'un geste gracieux et dénué de la moindre hésitation, elle a passé par-dessus sa tête l'improbable col roulé sans manches qui moulait sa poitrine, maintenant nue et à quelques centimètres du visage de Paolo, toujours assis à son bureau. D'une main posée dans ses cheveux, elle approche sa tête hésitante de son torse et elle plaque les lèvres de Paolo contre son sein, Paolo qui perd déjà pied dans des visions de madones. Tout son corps s'anime dans un même mouvement, il embrasse un à un ces seins fermes et menus, il a le temps de constater que tout lui semble naturel – il craignait sa propre réaction face à un corps dont il n'a pas l'habitude, lui qui est fidèle depuis quinze ans. Ses mains parcourent le long dos nu et son sexe tente de se dresser sous ses vêtements. Même ses pieds s'arc-boutent tandis que Nini a réussi à faire glisser à terre la jupe sous laquelle elle ne porte rien non plus. Ercole aurait trouvé ça vulgaire, mais les temps changent ; plus tard, Paolo moquera la préméditation de ce geste, et elle lui demandera ce qu'il avait prévu au juste de faire d'autre dans une chambre d'hôtel, alors il ne répondra pas. Pour l'instant, Paolo la laisse faire, il la laisse faire pendant les deux heures qu'ils passent dans cette chambre. Deux heures, ça permet même de discuter au milieu, suffisamment pour échanger des bêtises d'une petite voix sortie de nulle part, comme si le sexe transformait les êtres alternativement en bêtes sauvages puis en chatons de calendriers. Et dans tout ça, rien de surprenant, tellement peu surprenant que de ça, maintenant, Paolo est surpris et il a presque envie d'en faire part à Nini, de lui dire que c'est quand même fou, qu'on puisse passer si facilement d'un lit à un autre. Bien sûr, ce qu'il ressent se mêle à ce qu'il a ressenti quand il a rencontré Suzanne, mais aussi les autres avant elle, et c'est ça le plus étonnant, comme s'il ne faisait qu'ajouter un maillon à une longue chaîne. Est-ce que ça valait la peine de s'abstenir pendant quinze ans pour que tout soit toujours aussi familier, quinze ans à attendre pour venir raviver ce qu'il a ressenti alors, et est-ce qu'il y a autre chose qui mérite d'être vécu que ce sentiment de renouvellement, de régénération, même ? Paolo est au bord du *rebirth* et de l'expérience mystique, pas trop animal triste pour le moment, mais ça viendra dès qu'il sera installé au volant, quand Nini aura avec assurance gagné sa propre voiture et qu'elle lui aura adressé un petit signe de la main d'une désinvolture qui lui creuse le ventre à lui. Il commence à se demander ce qui va bien pouvoir suivre, sinon un sacré bordel.

Dans la villa, Suzanne, par intuition ou par simple lassitude, a abandonné la sieste pour partir se baigner. Marta ne lève même plus un sourcil à cette annonce, elle complote avec Marcella, un plan de table à la main.

Sur la plage, le paysage a changé. Les lieux sont désertés à l'exception des plus endurcis des bronzeurs, qui semblent endormis en proie à quelque insolation ou simplement morts, tant ils sont immobiles. Quelques vendeurs se reposent entre les rochers, faute de clients qui entre treize et quinze heures n'ont même plus la force de marchander ni de se faire masser. Une longue silhouette noire est repliée en position fœtale sur l'un des transats des Signorelli. Le parasol est en berne pour éviter l'envol en cas de coup de vent, et l'homme s'est protégé du soleil sous l'un des chapeaux de paille qu'il porte d'habitude en équilibre, empilés les uns sur les autres au sommet de sa tête, et qu'on n'a jamais vu personne acheter. Suzanne hésite sur la marche à suivre. Le réveiller ? Comment ? Doit-elle s'allonger sur le second transat comme si de rien n'était ? Plusieurs de ces corps noirs sont allongés sur les sièges, dans des positions qui les distinguent immédiatement des vacanciers – prêts à bondir à l'arrivée de ces derniers, comme le fait maintenant le jeune homme aux chapeaux qui a entendu Suzanne tenter de s'asseoir discrètement. Il s'excuse plusieurs fois en italien puis en anglais, avant de s'éloigner vers les rochers où il ne dormira pas non plus, puisque c'est à ce moment-là que les *carabinieri* débarquent sur la plage.

Les vendeurs sur les rochers sifflent comme des marmottes, ceux qui sont sur les transats détalent comme des lapins. Suzanne se retourne pour voir les deux policiers arriver en courant, hautes chaussettes blanches montées sur les mollets musclés, bermudas d'uniforme et les mêmes lunettes aviateur que Salvatore, décidément un modèle populaire cette année. Sur la plage, les uniformes italiens ont l'air de costumes d'opérette, assemblage de boutons dorés, de galons et de pattes d'épaules inutiles. Les policiers ont garé leurs motos le plus près possible de la mini-dune, maudissant la zone protégée, et ils peinent à se déplacer dans le sable, toute leur énergie étant mobilisée pour souffler dans leurs sifflets. Dans la zone des rochers, les grands corps dégingandés et leurs brinquebalants empilages de chapeaux ou de bouées à tête de canard s'éparpillent dans tous les sens pour confondre les *carabinieri*, qui abandonnent rapidement la partie. Quelques minutes plus tard, ils regagnent bredouilles leurs motos, emplissant l'air iodé des fumées d'échappement, tandis qu'au son de cette pétarade de départ les vendeurs ressortent peu à peu d'entre les rochers, comme des crabes après le passage d'une épuisette. Suzanne se demande si Ahmed se repose à l'ombre, lui aussi, puis elle se résout à ouvrir *L'Homme sans qualités*. Lorsque Robert Musil a fini de décrire dans toute sa complexité météorologique la belle journée d'août 1913 par laquelle commence le roman, elle ne supporte déjà plus la chaleur ambiante. L'eau est à peine plus fraîche que la température de son corps, elle s'applique à effectuer les mouvements les plus réguliers possibles, suivant ainsi les conseils du coach indiqué par la clinique où elle a accouché, un homme sans enfants qui a veillé d'abord au rétablissement de son périnée puis à l'entretien général de sa personne, afin qu'elle puisse ensuite aborder la ménopause dans les meilleures dispositions. À défaut de vivre, elle mourra en pleine forme.

Quand elle sort de l'eau, la plage commence à se remplir de nouveau. Il y a même Paolo qui amène les garçons, il a troqué le maillot à toucans pour un bleu lavande et elle admire un instant malgré elle l'image harmonieuse de l'homme et de leurs trois fils avançant confiants sur le sable, d'autant plus souriants que Paolo semble savourer l'initiative qu'il a prise. Il n'a trouvé que ça pour faire face à l'éventuelle culpabilité, qu'il ne ressent pas encore mais dont il a peur qu'elle lui saute à la gorge : en rentrant, il s'est jeté sur les garçons, a proposé des jeux sur la plage. Et ça fonctionne, au moins auprès de sa femme : Suzanne n'en a tellement pas l'habitude qu'elle est prête à s'émerveiller que Paolo amène, pour une fois, ses propres enfants sur la plage. C'est pour ce genre d'image qu'elle endure tout le reste, pour ce genre d'image rêvée depuis l'enfance qu'elle peut mettre à distance la colère et les doutes qui l'assaillent maintenant, le golf ou le tennis ; elle ne peut retenir un grand signe de la main. Elle se dépêche tout de même de les rejoindre pour vérifier que les enfants ont bien goûté – non, Paolo a promis une glace – et qu'ils sont couverts de crème solaire – non, Paolo trouve que le soleil est assez bas pour les en dispenser. Elle enduit consciencieusement les corps récalcitrants. Paolo la regarde comme si elle était folle, elle se demande si elle l'est. Elle appuie davantage encore sur les bras de ses fils qui hurlent – c'était tellement mieux sans elle. Cette fois, Beppe est encore conciliant et elle l'embrasse en retour, entraînant la moquerie des aînés. Faisant fi des menaces maternelles – si vous continuez, vous n'aurez pas de glace –, Paolo hèle le vendeur qui a miraculeusement fait son apparition en même temps que les enfants sur la plage, un Napolitain, cette fois. Suzanne regarde ses enfants ingérer d'énormes cornets avant d'aller consciencieusement se frotter dans l'eau pour enlever le chocolat qui leur a coulé sur le ventre, et au passage, la crème solaire. Paolo est déjà parti nager, fin de l'intermède *picture perfect*. Cette image dans laquelle Suzanne, elle, se complaît, au point de s'être attendue à ce que son mari l'entraîne par la main dans ces gerbes joyeuses des jeunes amoureux, qui s'ébrouent dans l'eau comme dans l'existence, puis qu'il lui propose ensuite de dîner en tête à tête au restaurant de l'hôtel voisin – l'imagination de Suzanne va jusqu'au réveil le lendemain matin, ébouriffés et gentiment fatigués par leur nuit.

Marta s'installe, préoccupée de menus à établir et de nouvelles règles à édicter. Elle a remarqué la fuite soudaine de Paolo et l'attitude de Suzanne, Ariane abandonnée sur son rivage. La matriarche tente le tout pour le tout et hèle une masseuse qui chemine lentement, vêtue de blanc de la tête aux pieds, peut-être pour raviver le fantasme infirmier auprès des bedonnants vacanciers. Marta veut offrir un massage à sa belle-fille, ça la détendra. Suzanne refuse au point de se trouver malpolie envers la jeune femme qui attend, sa capeline de coton blanc ombrant son visage, Marta insiste et tout le monde sait que c'est elle la plus forte. Avec le ton qu'elle emploierait sur son lit de mort, Suzanne supplie Marta de surveiller les enfants, et s'allonge sur le ventre, visage face au sable, tandis que la jeune femme s'agenouille à hauteur du transat.

Les costumes du petit personnel

Joyce Santos a un prénom et un nom, que personne ne prend jamais la peine de lui demander. Sa chemise et son pantalon blanc composent le modèle « nurse » acheté à un Chinois qui vend des uniformes pour immigrés dans une arrière-boutique de Cagliari. Cagliari où elle dort le soir, entassée dans un appartement avec dix Philippines employées dans la région à peu près aux mêmes tâches qu'elle. Contrairement aux clandestins secourus sur les rafiots qui prennent l'eau et qu'on envoie dans des fermes abandonnées, les travailleurs des plages ont en effet pour eux de dormir en ville dans des chambres, sans aération, certes, et où grouillent des cafards gigantesques, mais à proximité de l'arrêt de car qui, tous les matins, après une heure et quarante minutes de corniche et de lacets, déverse sa cargaison de saisonniers devant la supérette, où ils vont acheter des bouteilles d'eau pour la journée. Joyce met trois bouteilles dans son sac à dos, enfile son chapeau à large rabat, marche encore trente minutes et la voilà partie pieds nus sur le sable, à errer entre les transats jusqu'à ce qu'une main se lève pour lui demander d'approcher.

Elle travaille surtout sur la plage, les femmes ayant souvent la flemme de monter jusque dans leur villa, ou parce qu'elles ont envie que tout le monde voie qu'elles se paient une masseuse. Joyce Santos s'en contrefiche. Elle ne déteste qu'une chose, masser les hommes. Ses doigts fins aux ongles carrés coupés court doivent se glisser agilement entre les poils sans jamais tirer, sous peine de récolter un hurlement du propriétaire. Et si un client massé sur la plage se met à crier, c'est fini pour vous. Ils sont la plupart du temps difformes et il est difficile de distinguer les muscles des organes.

Joyce n'est pas dégoûtée par le corps encore ferme de Suzanne, d'autant plus ferme que celle-ci est extrêmement tendue. Joyce, Ahmed et les autres travaillent douze heures durant pour gagner les euros qu'ils remettront en partie à leur logeur et employeur en rentrant tard le soir. Le dimanche, elle reste dans l'appartement dont elle ne sort que pour la messe et le déjeuner entre Philippines, dans un parc de Cagliari. Tout ce qu'elle partage avec ses clientes amollies sur la plage, c'est d'aller à l'église catholique le dimanche ; et puis, aussi, d'avoir des enfants – trois, que sa mère élève aux Philippines. Après la messe, elle téléphone à Quezon City, au nord de Manille, et son père lui donne des nouvelles de la famille. Elle téléphone rarement à son mari. Il est domestique au Liban mais ses employeurs hésitent à fuir le pays en crise pour la France ; il ne sait pas s'ils l'emmèneront avec eux. Joyce est là depuis trois ans maintenant, après une année passée à Florence. Elle s'est mieux débrouillée que la plupart de ses colocataires en décidant d'exercer une profession d'ordinaire réservée aux Thaïlandaises. Les autres Philippines sont employées à domicile, mais Joyce se sent libre de planifier ses journées. Enfin, c'est relatif. Pour les massages, elle n'a bien entendu reçu aucune formation. Mais les Thaïlandaises non plus. On dira que c'est instinctif. Elle a regardé comment elles faisaient et elle a, comme elles, fait imprimer un diplôme bidon d'une université bidon. Les clientes sont suffisamment satisfaites pour en redemander. À ce propos, on dirait bien que le dos de la Française se relâche un peu. Joyce, toujours à genoux, félicite et encourage le corps amolli de Suzanne de quelques mots d'anglais : « *Very good, Madam, very good, you are relaxing now.* » Avec tout ça, Joyce a économisé assez pour réussir à rentrer une fois chez elle un Noël, en plus d'envoyer tous les mois de quoi faire vivre trois enfants et deux grands-parents. Elle ne rêve que d'une chose, les faire venir tous les cinq. Mais ses parents disent qu'ils sont trop vieux pour ça. Et si les enfants viennent seuls, qui s'occupera d'eux ? Pour le reste, elle aime lire des romans policiers pendant le trajet en car, alors que les passagers sont presque tous malades. D'ailleurs, ils ne savent pas lire. Joyce, elle, lit et parle quatre langues, le tagalog, l'espagnol, l'anglais et maintenant l'italien, soit plus que sa cliente allongée ou que Marta, puisque l'Italienne a appris le français au lycée à Milan et l'anglais dans le monde.

Marta l'aime beaucoup, la petite Philippine de la plage. Elle se demande comment elle pourrait utiliser ses services à la villa sans froisser Marcella. Marcella est raciste et très méfiante envers la concurrence, mais elle commence à se faire vieille et il faudrait penser à la succession. Une Philippine aurait pour avantage de n'avoir aucune attache locale, ni mari vieillissant ni fils dépendant à nourrir et blanchir. Puisqu'on ne rajeunit pas, il faudra une employée de maison à temps plein. La fille est jeune, elle les accompagnera jusqu'au bout. Marta demande à la Philippine si elle ne voudrait pas se faire un peu d'argent en plus, le soir même. Joyce Santos s'assoit sur ses talons, ce qui signifie qu'elle réfléchit. À quoi sert d'être à son compte si on n'accepte pas, justement, les extras de cette sorte ? Ça consiste en quoi ? Simplement servir des canapés, du prosecco, seconder Marcella, la domestique de la famille. Et pour le car du retour ? Marta n'a pas pensé à ça, mais Marta n'a jamais laissé une contingence se dresser en travers de son chemin. Eh bien, vous logerez dans le cabanon au fond du jardin, il y a un lit – normalement c'est pour les invités, précise-t-elle pour ne pas que la jeune femme imagine qu'on laisse les domestiques dormir dans le charmant bungalow destiné aux amis de passage, certes sans climatisation mais avec moustiquaires intégrées aux fenêtres et literie milanaise. Joyce acquiesce. Marta sourit de son plus beau sourire, se redresse entièrement sur son séant en croisant élégamment les jambes, et demande à Suzanne, maintenant que le massage est terminé, de bien vouloir indiquer à la jeune femme le chemin vers la maison où Marcella prendra le relais. Suzanne sursaute et se retourne, fin de la relaxation. Elle panique : où est Paolo, qu'elle a entendu se sécher et disparaître, tandis qu'elle était immobilisée, la tête tournée du mauvais côté ? Elle n'a pas osé lui demander devant sa mère et une inconnue – et des dizaines de paires d'oreilles attentives autour d'eux – où il allait ni ce qu'il allait faire. Les disparitions de son mari lui creusent le ventre. Elle non plus n'est pas habituée à l'adultère, et pourtant, elle pressent avec acuité ce qu'il se passe, comme si elle l'avait toujours connu.

Joyce a assez observé la plage pour savoir que Suzanne déteste sa belle-mère, et vice versa, et pour comprendre pourquoi. Elle vit en Sardaigne depuis suffisamment longtemps pour deviner quel accueil va lui faire la bonne de la maison ; Marta a été très habile en envoyant Suzanne présenter la nouvelle, au lieu de s'y coller. *Marcella*. Une Philippine, elle aussi ? Probablement que non, sinon elle aurait d'elle-même proposé des compatriotes pour la seconder. C'est plutôt le genre de famille à employer une Sarde. Joyce aussi sait ce que signifie « nouveaux riches », et ceux-là n'en sont pas. Être aimable avec les petites gens est pour eux une question d'éducation, et ils pensent que la réciproque est vraie. Ils croient s'attacher par leurs attentions la fidélité de ceux qu'ils emploient. Bien sûr, ça existe, c'est humain de s'attacher, et c'est vrai que ça fonctionne dans les deux sens. Cependant, c'est loin d'être systématique. Il vaut mieux que les employeurs ne sachent jamais ce que pensent d'eux leurs employés – en général, les employés savent à peu près ce que pensent d'eux leurs employeurs, ne serait-ce que parce que ces derniers, eux, ont le droit de le dire. S'ils vous traitent comme du bétail invisible, les nouveaux riches ont en revanche pour eux de payer correctement. Ça fait partie de leur gestion du système : plus ils vous paient, plus ils croient vous posséder. Un jour, ils comprendront que ça ne sert à rien et qu'un minimum suffit à vous acheter, quand on n'a que le minimum pour vivre. Les autres le savent depuis longtemps, et ceux-là sur la plage ne vont pas faire exception. Joyce n'a pas pensé à discuter salaire. Première erreur, il va falloir être vigilante. Mais Suzanne lui a demandé son prénom, ce que les autres ne pensent jamais à faire. Ils ne parlent d'elles que comme des « Filippinos », au masculin et au pluriel quoi qu'il arrive. Joyce, c'est joli, ça évoque la joie. Et une fois qu'elle a dit ça à la jeune femme, Suzanne a détourné le regard, gênée par son propre commentaire, comme si elle imaginait que Joyce n'avait pas le loisir de s'adonner à la joie. Celle-ci la rassure d'un sourire timide et va plus loin : elle lui demande comment elle s'appelle, elle, alors qu'elle a entendu Marta crier suffisamment de fois de son accent traînant, *Sousaaaannnna*. Tout en croyant dépasser le cadre convenu des échanges entre maîtres et serviteurs, elles mettent ainsi en place un code social qui ressemble à celui qui prévalait entre les peuples autochtones d'Amérique et les pisteurs européens. Suzanne est heureuse de voir son propre effort ainsi récompensé : en voilà au moins une qui sera correctement traitée dans cette famille ; si l'on ajoute son intervention auprès d'Ahmed la veille et le vendeur qu'elle n'a pas dérangé du transat sur lequel il se reposait, ça compense un peu les dommages causés par l'entreprise Signorelli. Est-ce que le Dr Mercer apprécierait cette tentative de contrecarrer le *fatum* par l'action ?

Soulagement, quand elles arrivent dans le jardin, Paolo est là, en train de lutter contre un barnum avec

Efisio, le mari de Marcella et occasionnel homme à tout faire ; il y a aussi Salvatore et même Ercole, qui a consenti à aider en donnant des directives. Ça pousse contre du plastique et ça rit, la belle camaraderie masculine. Suzanne d'abord soulagée de voir son mari ici, et non ailleurs, a vite fait de s'agacer : un barnum, maintenant ! Pour des gens qui refusent de construire une piscine sous prétexte que ça fait nouveau riche…

Marcella est à la cuisine en train de confectionner les mini-hamburgers réclamés par Marta. À la limite, des mini-pizzas, mais des hamburgers ? Et l'employée se revoit quarante ans auparavant, en train d'étaler sur de petits rectangles de pain de mie les œufs de quelque poisson probablement disparu depuis, veillant à alterner rouge, noir, comme sur la photo que Marta avait tenu à découper dans un magazine pour lui montrer le résultat voulu, ce que Marcella avait trouvé particulièrement humiliant. À propos d'humiliation, en voilà une bonne avec la Philippine qu'on lui présente. Elle comprend immédiatement ce qui se joue en la voyant avancer timidement dans l'allée. Pourquoi serait-elle là, avec son nez aplati, son air chafouin et ses mains inutiles, trop petites, sinon pour la seconder ? C'est-à-dire pour la gêner et pour s'attirer toute la reconnaissance à sa place. Eh bien, elle va lui donner des choses à faire. Elle la salue poliment, en sarde. Joyce répond, en sarde. Coriace, avec ça. Marcella l'envoie illico nettoyer les excréments de chauve-souris sur la terrasse du bas, où se trouve l'entrée officielle mais par laquelle on n'entre jamais. Ça lui apprendra à se déguiser en infirmière.

Suzanne, gênée, part chercher ses enfants sur la plage, leur crie de sortir immédiatement de ces vagues, puis, quand ils la supplient, les rejoint pour jouer avec eux. Elle les soulève dans les vagues, elle fait la locomotive du train auquel ils s'accrochent, leurs petites mains à tour de rôle autour de sa taille, et enfin elle leur parle en français, dans sa langue et leur langue plutôt que dans cet italien dont elle ne maîtrisera jamais le roulement de « r ».

Quand elle regagne la terrasse, Joyce y nettoie soigneusement le dessous des fauteuils en rotin – la Sarde n'est pas à court d'idées pour l'occuper. Paolo installe des ampoules dans un arbre. Chacun doit maintenant vaquer à mille occupations pour que la fête soit réussie, c'est-à-dire qu'elle se déroule comme Marta le souhaite. Même les enfants sont mis à contribution et Suzanne sait que c'est elle qui devra superviser la confection des menus que Marta leur demande. C'est tellement charmant, ces enfantines écritures multicolores sur les papiers découpés aux ciseaux crantés, ça fait vacances, et tant pis si c'est une femme de quarante ans qui les a faits. Joyce rejoint Marcella dans la cuisine, personne ne sait ce qu'elles peuvent se dire ni en quelle langue.

Voilà Graziella Daveri qui sonne : prise au dépourvu, Marta a demandé à sa voisine si elle pouvait lui emprunter une tenue pour sa *Filippinos*, qui ne peut tout de même pas passer les petits fours en tenue d'infirmière de plage. À la place, elle sera déguisée en soubrette française. Joyce ne dit rien, mais elle a lu assez de romans policiers pour imaginer rapidement qu'elle pourrait être la victime désignée du crime qui ne manquera pas de se dérouler pendant la garden-party. Celle qui n'aurait pas dû se trouver là et qui est morte sans motif, ce qui est d'autant plus injuste que la Sarde, elle, conserve sa longue robe noire. Non pas que Joyce aimerait être vêtue en Sarde traditionnelle, mais elle aimerait bien voir la matrone moustachue en tenue de soubrette. Il faut savoir rire, sinon on en meurt, de cette vie qu'ils vous font à coups d'uniformes ridicules et de nettoyages d'excréments de chauve-souris.

On envoie la jeune femme se changer dans une salle de bains attenante au garage, où personne ne met semble-t-il jamais les pieds. Elle entrouvre silencieusement les placards, essaie un écœurant déodorant à la vanille tournée, regarde ce qu'elle pourrait emporter pour compenser la tenue de soubrette qu'elle vient d'enfiler et qui lui donne l'air d'être sa fille aînée, qui n'a que neuf ans. Rien d'intéressant ; elle ne va quand même pas leur voler du papier-toilette. La jupe est trop large, elle farfouille jusqu'à dénicher une épingle de nourrice. Ils pensent probablement que toutes les Philippines font la même taille. Le chemisier plisse au niveau de sa poitrine, qu'elle a plate. Et il faut ajouter par-dessus tout ça un tablier blanc bordé d'un volant, trop petit pour la protéger de quoi que ce soit. De toute façon, d'ici ce soir, la Sarde l'aura envoyée récurer quelque auge à cochons, et il faudra encore se changer. Ils ont intérêt à bien payer. Au moment où elle s'adresse un dernier regard, un regard qui signifie : « souviens-toi pour quoi tu fais ça », mais qui signifie aussi : « tu es quand même encore belle », une tête apparaît dans l'entrebâillement de la porte. C'est le plus jeune des enfants, celui dont elle a remarqué qu'il était toujours en retrait. Il la regarde, fasciné par l'uniforme. Elle s'adresse à lui en tagalog – *kamusta !* Bonjour. Il répond, amusé, en répétant, *kamusta.* Et il ajoute en anglais *you are very beautiful.* Elle sourit. Qu'est-ce qu'ils diraient, les autres, là-bas, s'ils entendaient ça ? *Thank you*, et elle le pousse gentiment de la main avant d'éteindre la salle de bains. Il file dans le garage, pendant que sa mère parcourt la maison en criant son nom, Beppe ! Il ne manque que lui pour coller du sable peint sur les menus.

Solstice et éclipses

C'est difficile à décrire, une fête, parce que rien ne ressemble à ce que les choses sont d'habitude. Les meubles sont déplacés, les fleurs coupées, les invités triés, costumés, coiffés et maquillés. Parlons maquillage, justement, alors qu'arrive la sensation de l'été, Tony Tonino, le MUA de Hollywood, qu'on s'arrache de maison en maison sur toute l'île depuis un mois. MUA, *Make-Up Artist*, un maquilleur, donc, a expliqué à Marta la voisine qui l'a amené, comme on apporterait une bougie parfumée à la maîtresse de maison. Je vous ai amené Tony. Ce détail, plutôt que tout le reste, renvoie inexorablement Marta à la fête de ses trente-cinq ans, en 1976. Mais ce soir-là, c'était Vidal Sassoon, celui qui a donné son nom à des salons et à des shampoings, qui avait honoré les lieux de sa présence. Le coiffeur avait tout de même une autre allure, avec ses cheveux gominés en une audacieuse vague, son foulard de soie turquoise serré autour de son cou bronzé, sa chemise orange en imprimé cachemire et son pantalon moulant blanc, une autre allure que cette espèce de Jésus polythéiste – à en croire les talismans et colifichets qui pendouillent sur son poitrail dénudé jusqu'au nombril – aux mèches décolorées, qui s'avance vers Marta, son pantalon de lin blanc trop long en accordéon sur... oui, l'homme porte des tongs pour l'anniversaire de Marta.

Ercole reste en retrait, avec cet air des époux blasés qui laissent leur femme se distraire avec ce que bon leur semble, coiffeurs ou bichons maltais, peu importe. La seule chose qui le remue un peu, lui, c'est l'arrivée de Nini – qui décidément ne fait pas les choses à moitié –, dans un mini-numéro à la Paco Rabanne qui renvoie les lumières des lampadaires de l'allée du jardin et des grands flambeaux installés un peu partout pour l'occasion. Quand elle se relève après s'être agenouillée pour saluer Beppe, les plaques de métal laissent des marques sur ses jambes, Ercole les regarde d'un œil expert. Paolo, lui, pense à une morsure et il pense à ses dents sur sa cuisse. Suzanne, qui a revêtu sa robe en soie, après avoir décliné la proposition de sa belle-mère de lui prêter quelque chose de sa propre garde-robe – elles font la même taille, se réjouit l'une et déplore l'autre –, Suzanne se demande si Nini ne transpire pas trop dans sa cotte de mailles. C'est vrai qu'il manque une paire de jambières, la fille a les cuisses à l'air. Au moins, Suzanne l'entendra approcher, Nini tintinnabule comme un arbre de Noël frôlé de trop près par un chat. Et cette image trahit ce que la jeune femme évoque à la mère de famille, à savoir le risque d'une catastrophe imminente.

Derrière la carrosserie de sa compagne suit Carlo, qui embrasse chaleureusement Suzanne – à ce stade, il cherche une alliée mais ne trouve qu'un regard critique. L'existence même de Carlo rappelle à Suzanne que leurs conjoints respectifs sont attirés l'un par l'autre. Il aurait dû, lui, s'épargner le pantalon blanc. Et si sa chemise hawaïenne est peut-être siglée, elle n'en demeure pas moins hideuse. Quand on a un ventre comme le sien, faut-il vraiment le recouvrir d'ananas ? Quant à sa mère, Graziella Daveri, elle porte un fourreau d'organza noir que Suzanne trouve un peu transparent pour son âge tandis que Marta, elle, le trouve scandaleusement transparent pour son âge. Ercole vérifie machinalement que les jambes de Graziella, qu'il a pourtant depuis vues quotidiennement dépasser d'un maillot de bain, ont le même impact que lors de cette soirée de 1976. Son souvenir de la fête tient peut-être autant à ces jambes extraordinaires qu'il avait alors découvertes dans une tunique scandaleusement courte, qu'aux événements qui s'étaient déroulés ensuite. Ces deux jambes seraient bientôt serrées autour de son cou – Graziella était souple, avec ça –, le soir même, dans le cabanon au fond du jardin. C'était la faute à ce pincement ressenti à voir en public l'endroit où le muscle de la cuisse se resserre pour permettre la jonction avec l'aine, et aussi la faute à la cambrure de ses fesses qui soulevait le tissu quand Graziella marchait – les deux courbes n'apparaissant jamais tout à fait, quelque tortionnaire misandre ayant bien fait les choses au moment d'assembler les étoffes –, et le regard d'Ercole, et presque de tous ceux qui étaient présents ce soir-là, glissait indéfiniment vers ce que promettait l'entrejambe entraperçu. Et quand il l'avait couchée sur le lit du cabanon, Ercole avait plongé la tête entre ses cuisses pour saisir ce qui depuis trois heures lui échappait, si bien que Graziella, qui avait suivi son voisin sans véritable raison autre que la nécessité de plaire et une vieille rivalité avec Marta, avait été agréablement surprise de jouir au bout de ces doigts et de cette langue, des organes chez Ercole pourtant d'ordinaire peu impliqués dans les choses du sexe, qu'il avait l'habitude de recevoir allongé les yeux au plafond ou debout la main sur la tête de filles agenouillées. À cause de ce qui avait suivi ensuite, et bien qu'elle n'y fût pour rien, Ercole avait développé une aversion pour Graziella. Il se répète depuis qu'elle n'est qu'une garce sans intérêt qui elle aussi flétrira – force est de constater qu'à soixante-cinq ans, elle est encore en forme.

Marta, elle, a revêtu une robe qu'elle a commandée depuis des mois pour ses soirées estivales et qui a été la première chose à laquelle elle ait pensé en avançant la date de leur séjour : elle allait pouvoir l'enfiler plus tôt que prévu. Ercole a oublié le nom de « Solstice » donné par le couturier et que Marta répète pourtant à qui veut bien l'entendre : il ne voit qu'une gigantesque boule de tulle blanc dont dépassent les mains et les jambes à partir du genou, comme la robe d'une mariée qui serait tombée dans l'eau ou qui aurait été parachutée d'un avion. Un chou-fleur. On a rarement vu moins flatteur, même dans sa gracieuse version italienne, *cavolfiore*. Cette robe, c'est l'un de ces échecs que connaissent parfois les femmes qui veulent porter quelque chose de spectaculaire. D'ailleurs, tout le monde se croit obligé de pousser des hurlements surpris, *stupenda !*, mais au fur et à mesure de la soirée, les langues se délient et il semble à Marta qu'on se moque. Ah ! Voilà notre Solstice !

Au cours d'une soirée, il s'en passe, des choses. Personne ne sait si Paolo couche avec Nini, ni Suzanne ni Carlo qui ont tous deux, pour des raisons diverses, tenté de ne pas trop réfléchir aux détails des emplois du temps, ni même Marta qui depuis qu'on lui a présenté Tony doute de sa capacité de comprendre le monde contemporain. Ce qui saute aux yeux, c'est que Paolo supporte mal de voir Nini rire autant aux blagues du MUA. Blagues est un bien grand mot, mais il est des gens comme ça, qui savent faire un moment comique de chacune de leurs saillies. Et bien sûr c'est exponentiel, une fois qu'on a commencé à rire, on trouve tout drôle. Après avoir détaillé quelques maquillages spectaculaires qu'il a réalisés pour des acteurs dont le nom ne dit rien à personne, sinon à Nini, et dans des films qu'elle seule semble avoir vus, Tony rit des problèmes de peau ou des rides des unes ou des autres des actrices qu'il « sublime », c'est lui qui le dit. Tony raconte les caprices de telle ou telle et amuse les femmes qui aimeraient avoir les moyens des mêmes caprices. Tony ne raconte pas la gifle qu'il a reçue de la part de telle ou telle star, quand il a essayé de profiter de leur position assise face au miroir pour toucher autre chose que la peau de leur visage. Il ne raconte pas non plus l'air de souffrance des petites mains, des stagiaires, de toutes ces filles qui tournent autour du cinéma, cet air qu'il n'a pas réussi à ignorer quand il les a pressées entre deux portes à voyant lumineux rouge. Stop. Mais la lumière, ça ne fait pas de bruit. Il y a bien quelques rumeurs, ou plutôt, puisqu'il ne s'en cache pas vraiment, des commentaires. Tony a les mains baladeuses, ce qui, depuis quelque temps, passe moins bien qu'auparavant. Ce à quoi Tony répond que pour une fois qu'un MUA n'est pas uniquement une pédale, on ne peut pas tout avoir. Au moins, il ne fait pas de discriminations : il touche les hommes autant que les femmes, et vice versa ! dit-il en éclatant de rire.

Carlo, qui jusque-là avait quelques doutes, se désole d'apprendre que le maquilleur n'est pas gay. Les mains baladeuses ont déjà fait quelques excursions le long du dos de Nini, à la recherche d'un interstice dans son armure métallique, et à défaut, se sont concentrées sur les bras de la jeune femme, que Tony presse régulièrement comme si elle risquait de s'envoler, pense Paolo, c'est d'ailleurs exactement ce qu'il ressent, lui. Elle risque de s'envoler. Elle ne lui a rien donné comme gage du contraire et il a beau tomber amoureux, il n'est pas complètement demeuré : les filles comme Nini, ça finit par s'envoler. Celles qui restent, ce sont les Suzanne de ce monde, Suzanne qui ce soir en rajoute dans son rôle de maîtresse de maison alors qu'elle n'est ici maîtresse de rien, ni de personne, Suzanne qui vérifie auprès de Marcella et de la *Filippinos* que tout va bien, comme si Marta n'avait pas déjà assuré les arrières. Suzanne parle aux domestiques parce qu'elle ne sait pas à qui parler et Paolo n'a pas envie que ça se voie. Il prend donc sa femme par le bras et la présente à un vieil ami de la famille, Mario, qui lui a appris à faire du catamaran. C'est au prix de ces petites surveillances de chaque instant qu'une fête est réussie, Marta le sait qui ne cesse de vérifier qu'Ercole sourit, en tout cas suffisamment pour ne pas plomber l'ambiance, comme il le faisait au début de leur mariage. Un jeune ténébreux, ça passe, mais un vieux con ronchon, beaucoup moins. Elle garde aussi un œil sur Nini et sur le maquilleur lubrique. Lui, Marta a cessé de le trouver drôle au moment où il a choisi de s'intéresser à la jeune femme plutôt qu'à elle-même. Faute de goût : ce n'est pas la Sarde en tenue de croisé qui risque de l'inviter chez elle… Pour ce qu'on en sait, Nini vient d'une famille de paysans du coin. Qu'est-ce qu'on en sait, d'ailleurs ? Et si on le lui demandait ? Marta fait une rapide estimation du ratio bénéfice/risque. Bénéfice : la jeune femme pourrait être rabaissée au rang de starlette avide d'ascension sociale. Le maquilleur en profiterait peut-être, mais ça n'irait pas bien loin et il cesserait de la regarder comme si elle avait inventé le fond de teint. Et Paolo, que Marta surveille aussi du coin de son autre œil, se calmerait un peu, alors que là, on le sent à deux doigts de la crise publique de jalousie. Risque : Nini ne vient peut-être pas d'une famille de ploucs mais d'une grande famille sarde, enfin, d'une famille de Romains ou de Milanais installés ici, et alors il faudrait s'incliner. Autre risque : que son extraction soit si basse qu'elle vienne ternir la maîtresse de maison elle-même, qui l'aurait invitée sans vérifier son pedigree. Voilà ce qui passe en quelques secondes dans la tête de Marta. Voilà ce qui l'occupe depuis qu'elle s'est mariée à un héritier immensément riche. C'est comme un ciel changeant au gré d'un vent tourbillonnant, ça ne s'arrête jamais, c'est épuisant, pense-t-elle parfois, épuisant, et pourtant jamais personne ne vous prend en pitié.

Le Solstice s'est mis en branle avec détermination – quand Marta a pris sa décision, elle agit – et la voilà qui pose sa main baguée sur le bras nu de Nini, elle a le temps de voir ses propres taches brunes sur sa peau qui commence à tirer entre les phalanges, posée sur le bras de la jeune femme, un bras à la consistance et à la couleur parfaitement uniformes, ce qui renforce encore sa détermination : dites-moi Nini, nous en savons finalement si peu sur vous ! Et cette question sous-entend déjà tout ce qui pourrait être caché et Nini ne s'y trompe pas, qui se raidit légèrement. Elle voudrait que l'autre retire sa main agrippée comme une serre, Marta va sentir son pouls s'accélérer dans son avant-bras. Elle savait bien que la question viendrait, elle finit toujours par venir, quelles que soient la modernité des robes et la taille des émeraudes. On ne lui demandera pas ce qu'elle compte faire dans la vie, on estime qu'être la maîtresse d'un divorcé doté de trois gosses est une activité suffisante, mais on voudra savoir ce que font ses parents. Ça fait partie du scénario. Scénario ou pas, Nini n'a pas envie d'être traitée comme ça par ces dégénérés fin de race. Elle répond qu'il n'y a rien à répondre. C'est bien sûr trop tard, l'autre est lancée. Et d'où venez-vous ? Vous ne parlez jamais de vos parents ! Marta sait très bien que si l'on tait ses parents, quand on est née ici où l'on ne parle jamais que de sa famille et où tout se sait, c'est qu'il y a quelque chose qu'on ne veut pas dire.

Nini vient de Castiadas. Son père tient l'auberge du village. Marta se raidit un peu. Ce n'est pas la lie, mais tant qu'à faire, elle aurait préféré que le père soit employé municipal ou boulanger, quelque chose de plus anonyme et de moins vulgaire qui lui aurait donné l'impression de tendre une main charitable à la jeune femme. Le maquilleur s'exclame : merveilleux, une auberge ! Marta le toise. Décidément, il ne comprend rien. Qui l'a amené, déjà ? Suzanne aussi a entendu. Castiadas ? Personne n'a parlé de Nini lors de leur étrange soirée à l'auberge. Et pourquoi Paolo aurait-il voulu traîner sa famille rencontrer les parents de la jeune femme ? Pour rester assis là, sans rien dire, à les observer servir les Signorelli à table ? C'est tordu. Il est plus probable que Paolo n'en ait rien su. Paolo, regardons-le au moment où Nini raconte son histoire, Paolo n'est pas blanc comme un linge car il est tout de même remarquablement bronzé, mais il est indéniablement perturbé, il tourne son verre dans sa main comme s'il cherchait à s'échapper, d'ici, de lui-même.

La soirée remue ses souvenirs fragiles, ces détails qui prennent de plus en plus de place maintenant que le décor est le même. Depuis deux heures, il se demande si la fête qui s'est tenue quarante ans auparavant ressemblait à ça parce que, finalement, ce qui ressemble le plus à une fête, c'est une autre fête. Y avait-il un barnum ? Quelle robe portait sa mère ? Marcella était-elle déjà en noir ? Que faisait donc son père ? Comme si l'on pouvait, avec les didascalies de la scène, tenter de la recréer. Il y avait probablement déjà des flambeaux se reflétant dans les coupes en cristal, du patchouli se mêlant aux volutes des cigares et au fumet du *porcheddu*, le cochon de lait qu'Efisio Putzu avait fait tourner à la broche toute l'après-midi, il y avait de la musique, peut-être un orchestre local recruté pour l'occasion, alors que ce soir Marta a décrété vouloir entendre le bruit de la mer – les orchestres locaux, ça n'existe plus, et elle n'allait quand même pas faire venir un DJ, bien qu'on entende celui-ci, dans l'hôtel d'à côté, plus que le ressac des vagues, *Tonight's gonna be a good night.* Est-ce que l'orchestre avait couvert les cris d'un enfant de trois ans qu'on emmenait par le chemin de derrière ? Est-ce qu'il avait seulement crié ? Voilà à quoi pense Paolo quand il entend Nini parler de l'auberge de Castiadas, et il sursaute.

Il n'y a pas la place dans cette histoire pour une Nini de vingt-huit ans ; les aubergistes n'avaient qu'une fille, morte vingt ans auparavant. La mère dont se souvenait Paolo était alors déjà âgée, et elle n'aurait pas pu enfanter une bonne dizaine d'années plus tard. Pourquoi donc Nini avait-elle eu besoin de raconter une absurdité pareille ? Et puisqu'elle ne peut pas être la fille des aubergistes, qui est-elle, alors ? Faut-il confronter Carlo ? Il l'a trouvée où ? Déjà qu'il est devenu bien terne en dépit de ses chemises hawaïennes… L'avait-il toujours été ? Paolo ne s'en souciait pas à l'époque, il voulait seulement jouer aux soldats sur le sable. Peut-être faut-il que Carlo soit terne pour que Paolo s'autorise à avoir envie de lui piquer, non, disons, de lui emprunter sa compagne, bien que ça le gêne aussi, ça, que Nini soit au côté du bedonnant et terne Carlo ; difficile de penser à ce corps qu'il connaît désormais, à la souplesse de sa peau et à la sensation de ses cheveux courts et drus sous ses doigts, à ses soupirs ou au rythme de ses mouvements, et d'y associer Carlo, difficile aussi de croire qu'elle est amoureuse. Mais sinon, elle ne serait là que pour les émeraudes ? Et alors, que ferait-elle de l'héritier des Signorelli, sinon une bouchée, une très luxueuse bouchée ? Paolo s'éloigne vers la plage, il a besoin de respirer.

Nini, elle, vient de s'éclipser, probablement pour aller à la salle de bains refaire un peu cette façade qui vient de se craqueler ; Marta sourit à ses invités en regardant s'éloigner les petites plaques métalliques de celle qui n'est désormais plus qu'une fille d'aubergistes. Dans la salle de bains, avant de se repoudrer, la jeune femme avale un cachet sorti de sa minuscule pochette. Elle est bien de Castiadas, mais elle est la fille de la Strabica, comme on l'appelle là-bas, un endroit où, dans les années 1970, on ne pouvait pas toujours faire corriger le strabisme de ses enfants. La mère de Nini s'est ainsi retrouvée affublée d'un surnom tout droit sorti d'un film néoréaliste. Et quand elle a dû répondre de son identité à Carlo Daveri, ignorant ou méprisant encore les enjeux à venir, Nini n'a pas été très prudente. Après tout, ça fait des années qu'elle s'invente des identités. D'abord, Anastasia. C'est vrai que son prénom de naissance, Margherita, ça faisait trop pizza. Un jour, quand elle avait neuf ans, une grande voiture noire s'était arrêtée au village, et tandis que le chauffeur demandait où l'on pouvait trouver de l'essence, une femme était sortie du véhicule pour se planter là, au milieu de la place, et regarder autour d'elle sans un mot, contemplant avec le même mépris les bâtiments de la colonie pénitentiaire et les badauds qui bavaient, avant de s'engouffrer à nouveau dans l'habitacle. Margherita avait appris plus tard que c'était une Russe répondant au prénom d'Anastasia – on lui avait peut-être à elle aussi inventé un prénom, quand il avait fallu construire la légende de la Russe qui était venue à Castiadas. C'était de ce jour-là que Margherita datait son rapport maladif à l'argent, dont il lui en fallait toujours plus, pour qu'elle aussi un jour dans son immense voiture puisse s'arrêter au centre d'un village et poser au sol une chaussure de cuir crème avec une bride croisée sur la cheville, et de fins talons, les plus hauts possible. Elle serait désormais Anastasia.

Quand elle a rencontré Carlo, elle a compris qu'elle accédait à un autre univers, un univers dans lequel la pute russe n'est pas vraiment un fantasme mais une réalité qu'il convient, si possible, d'éviter, un univers où l'on donne en revanche du diminutif à tout bout de champ, quelque chose qui évoque le petit animal fragile qu'un homme pourrait protéger. Elle lui a expliqué qu'elle préférait qu'on l'appelle Nini. Elle ne pouvait quand même pas lui parler de la Strabica, mais il était tout aussi impensable de s'inventer descendre de notables, espèce inconnue à Castiadas. Sans raison, elle a pensé à la fille des aubergistes, celle qu'on avait un jour envoyée à l'hôpital sans retour, quand Nini était encore toute petite. Et puis, elle a deviné que ce qui plaisait à Carlo, c'est aussi qu'elle soit une fille du coin à qui il pouvait sortir le grand jeu à peu de frais – bien que l'émeraude ait tout de même coûté un bon nombre de milliers d'euros aux Daveri. Et Carlo, à sa façon, plaît à Nini. Bien sûr, l'argent entre en ligne de compte, mais pourquoi serait-il plus méprisable d'aimer l'argent plutôt qu'une paire de larges épaules ? Il s'agit toujours d'être rassurée, non ? Et à défaut d'épaules, Carlo Daveri a, en plus de son compte en banque, un ventre conséquent et la stature d'un avocat d'affaires milanais, qui a déjà trois enfants et qu'il ne risque pas de lui en demander, à elle. Ce n'est pas un mauvais choix, elle ne sait pas pour combien de temps, mais pour l'instant elle ne veut pas le perdre.

Assise sur le rebord de l'une des baignoires des Signorelli, contemplant le reflet diffracté de sa robe dans la glace, les triangles lumineux jouant sur les murs, Nini se demande pourquoi diable elle est allée usurper l'identité d'une folle morte à vingt ans ? Ce qui complique un peu les choses dans cette histoire, c'est bien sûr Paolo Signorelli. Nini est attirée par Paolo, elle le serait peut-être sans ses millions, mais est-ce que cela signifie quelque chose ? Peut-on vraiment dissocier Paolo de tout ce qui a permis qu'il devienne lui-même ? C'est exactement la question que s'était posée Suzanne, une décennie plus tôt. Que faire de cette attraction ? Quitter Carlo pour Paolo ? Ce serait un cran au-dessus de la tromperie, mais ce serait aussi bien plus compliqué. Si les Daveri ont plus ou moins accepté son existence, c'est que le mariage de Carlo et de Monica n'était plus vraiment fringant quand elle a fait irruption quelques mois auparavant. Paolo, lui, est encore très marié, à une belle femme qui n'a pas l'air d'une idiote, bien qu'elle manque indéniablement de confiance en elle. Et puis, s'enticher d'un riche divorcé, ça passe, mais au deuxième, on commence à s'interroger sur les motifs de la jeune femme qui les collectionne. Cela ne changerait évidemment rien à la situation mais ce serait moins agréable. Elle chasse le comprimé avec un grand verre d'eau, retouche son rouge à lèvres, et tapote les petits carrés métalliques de sa robe pour se donner du courage.

Dans le couloir, elle échange un regard avec la *Filippinnos* qui passe par là. Jamais. Ne jamais se retrouver à les servir, même si c'est une autre façon de profiter d'eux. Quand elle rejoint la terrasse, le maquilleur vient vers elle. Elle cherche Carlo des yeux, mais Carlo n'est pas là. Cela dit, on n'est jamais trop prudent, alors elle éconduit quand même le chevelu et ondule plus loin, sa robe réfléchissant les regards qui s'attardent.

Suzanne, elle, cherche Paolo, qui cherche le calme. Il a emprunté le lattis exotique et enlevé ses mocassins qu'il tient à la main, le sable est encore tiède de la chaleur emmagasinée mais il sera bientôt frais, presque froid pour quelques heures, avec cette facilité qu'a la silice de passer d'une température à l'autre. En acceptant le joug des éléments, les choses les moins organiques sont finalement capables d'une grande flexibilité, que n'a pas le corps de Paolo, par exemple, qui frissonne dans l'air du soir. Suzanne, renseignée par Salvatore qui a vu son mari s'éloigner, regrette de n'avoir pas étrenné son pashmina. Elle hésite à s'approcher, Paolo contemple la mer qui à cette heure-ci n'est plus qu'un gouffre, un trou noir qui aurait absorbé jusqu'à la lueur de la lune, invisible ce soir. On ne distingue plus que les rochers, leur masse grise comme une colonie d'éléphants de mer, pense Suzanne qui, depuis une dizaine d'années, regarde beaucoup trop de documentaires animaliers. Que fait-il là ? Son mari s'adonne rarement à la contemplation. Des rires déchirent la nuit, à gauche, vers la plage de l'hôtel : des jeunes du lotissement qui descendent le soir fumer et boire en cachette de leurs parents et de leurs bonnes. Suzanne se réveille : est-ce que Paolo aurait rendez-vous ? Est-ce que les petits carrés métalliques vont scintiller dans la nuit ? Elle accélère le pas, elle court dans le sable, elle n'ose pas crier dans le vide de la nuit et de la mer, comme si sa voix angoissée n'avait pas sa place ici, mais seuls les rires et les musiques lointaines.

Paolo se retourne enfin et elle ne sait pas s'il est soulagé ou déçu, il faut dire qu'il ne le sait pas lui-même. Elle lui prend le bras, il se laisse faire. Tu as rendez-vous ? Paolo est pris de court. Il n'a pas rendez-vous mais il pourrait, et sa femme l'a deviné. Qu'est-ce qu'il croyait ? Il croyait, comme tout le monde, que l'amour, la passion, quel que soit le nom qu'on donne à ce qui est en train de le perdre, en tout cas c'est l'impression qu'il a, il croyait que ça ne se voyait pas comme le nez au milieu de la figure. Il ne peut quand même pas expliquer à Suzanne combien le fait que Nini lui ment le perturbe – alors qu'ils mentent tous deux au reste du monde depuis quelques jours –, qu'il serait prêt à conduire jusqu'à l'auberge, là, tout de suite, et à demander des explications au patron : il y a peut-être une explication à cette stupide histoire de dates, n'est-ce pas ? Il sait bien que non, il voudrait que Suzanne le sache aussi et qu'elle le console. Il se déteste. C'est donc ça, l'adultère.

1976 – L'enlèvement

Ça ne tenait pas à grand-chose : Ercole aurait pu lever la tête au bon moment, et apercevoir la fille qui traînait le petit Paolo derrière elle – une cousine du jardinier embauchée pour l'occasion, bien trop décolletée pour une domestique. Mais ce soir de juillet 1976, il était trop préoccupé par le corps galbé de Graziella Daveri, dans le cabanon du fond du jardin. De toute façon, aurait-il seulement réagi ? Il aurait plus probablement imaginé quelque promenade nocturne. Ce soir-là, Ercole avait semble-t-il décidé de ne rien voir, rien de cette toile d'araignée patiemment tissée autour d'eux, rien non plus des imprévus qui auraient pu l'alerter. Quand Ercole n'était pas en train de travailler, il rêvait de Petrolia qui bientôt pousserait sur le terreau sarde, si corruptible à défaut d'être fertile, il rêvait de vitesse au volant ou de corps souples sur le sien, il n'avait pas le temps pour l'observation.

C'était la première année que les maisons, fraîchement construites, étaient habitables et pourtant tous les amis de Signorelli étaient déjà là. Le 10 juillet, un nuage d'herbicide s'était échappé pendant vingt minutes d'un réacteur d'une usine chimique de la ville de Meda, pour se répandre sur la plaine lombarde. L'incident n'avait été signalé aux autorités que le 19 juillet, alors même que le nuage contenait de la TCDD, une dioxine apparentée à l'agent orange, qui venait de s'illustrer au Viêtnam. Peut-être avait-il fallu neuf jours aux dirigeants de Hoffmann-Laroche, propriétaire du site, pour en prononcer le nom complet, à savoir 2,3,7,8-tétrachlorodibenzo-*p*-dioxine – on la connaît aujourd'hui comme dioxine de Seveso, du nom de la commune qui a le plus souffert de l'accident, un nom dont on baptisera également la catastrophe, une directive européenne et de nombreux sites polluants. En tout cas, la population avait continué à vivre dans un milieu contaminé sans précaution particulière jusqu'à ce qu'on décide que la zone devait être évacuée, les maisons détruites et l'usine tout bonnement enterrée – mais ce n'était que fin juillet que les premiers habitants avaient quitté les lieux, avant que l'on ne s'occupe des villages voisins devant l'évidence d'une pollution plus large.

À une vingtaine de kilomètres de là, à Milan, Marta n'avait pas attendu l'élargissement. Elle avait estimé leur villa du lac de Côme trop proche de la catastrophe lombarde, ce qui montrait une meilleure compréhension des mécanismes de propagation des toxines dans l'air que celle dont semblaient alors faire preuve les dirigeants de l'usine incriminée. Tant pis si les travaux n'étaient pas tout à fait terminés : dès le 20 au matin, le temps de faire préparer leurs bagages, elle avait entraîné Ercole et les enfants dans un avion direction Cagliari, où les attendait Efisio Putzu. Comme il n'était pas question qu'elle se lamente seule en Sardaigne sur le sort des industries polluantes, elle avait convaincu tous leurs amis d'avancer eux aussi leur départ. Et pour motiver ses troupes, elle avait ajouté la promesse d'une énorme fête d'anniversaire.

C'est cette fête qui battait son plein quand Marta avait annoncé un feu d'artifice sur la plage. Pour Rosa, présentée aux Signorelli comme la cousine du jardinier embauché pour l'occasion, c'était le moment. Elle s'était éloignée de l'attroupement qui gravitait autour de Marta et avait gagné la terrasse où jouaient les enfants. Les fillettes plantaient des fléchettes dans une cible de liège. Salvatore, le fils des Putzu, était endormi sur un canapé et Paolo caché dans le hamac. La main de l'enfant pendait mollement, elle l'aurait cru mort si ses sandalettes n'avaient battu l'air chaud. Paolo avait sursauté puis lui avait souri, elle lui avait doucement caressé le bras. Et comme un animal amadoué, comme cette tortue dont il s'occupait du matin au soir, il l'avait suivie. Elle voulait lui montrer quelque chose et, de toute façon, Paolo aurait suivi au bout du monde cette fille qui avait joué avec lui toute la soirée, alors que ses sœurs l'ignoraient, que Carlo était resté chez les Daveri avec sa nounou et que Salvatore dormait depuis longtemps déjà. À ce moment-là, Paolo avait entendu sa mère crier, dernier rappel pour le feu d'artifice, il s'était tourné vers Rosa mais elle tenait fermement sa main, un sourire flottant sur ses lèvres – un sourire alcoolisé, elle avait dû prendre des forces, mais ça, Paolo ne pouvait pas le savoir – et elle lui avait promis que ce qu'elle allait lui montrer valait tous les feux d'artifice du monde. Ils avaient traversé l'arrière du jardin, l'inextricable enchevêtrement de genévriers à moitié morts, ils avaient longé la rangée de figuiers de Barbarie. Il faisait nuit noire alors que là-bas la terrasse blanche était éclairée, où ruisselaient les bougainvillées. Paolo aurait eu peur s'il n'avait été très excité par cette promenade nocturne, cette main chaude qui tirait la sienne, l'odeur sucrée qui le précédait. Dans le cabanon, Ercole, en entendant les appels de sa femme, a planté là Graziella Daveri. Il s'était recoiffé en humectant ses doigts, il a espéré qu'il ne sentait pas trop ce lourd parfum dont sa voisine s'était semble-t-il aspergée jusque sous sa culotte, et il a filé sur la plage rejoindre l'assemblée.

Rosa a installé Paolo à l'arrière de la voiture où un homme attendait. Paolo ne sait pas qui c'est, il est trop petit pour le voir dans le rétroviseur mais il n'a pas trouvé ça plus étrange que le reste. Sa vie est déjà parfois si étrange et de toute façon, il n'a que trois ans : il trouve normal tout ce qui lui arrive. À la barrière d'entrée du condominium, le conducteur a baissé sa vitre pour saluer le garde qui somnolait et lui expliquer qu'ils emmènent le fils des domestiques, qui est malade, pendant que ses parents terminent leur service. Paolo n'a pas entendu cette phrase, ou s'il l'a entendue, elle ne lui a rien fait. Son respect des adultes s'étend déjà bien au-delà du couple parental et il croit tout ce qu'ils disent. Si on lui explique qu'il est malade, il l'est. Quant à être le fils des domestiques, pourquoi pas, il ne sait pas ce que c'est. Le garde serait bien incapable de distinguer Paolo Signorelli de Salvatore Putzu, un enfant de trois ans d'un autre, encore moins à l'arrière d'une voiture, la nuit. La voiture prend à gauche, vers la route de la corniche.

À la façon dont Rosa se comporte depuis qu'ils sont dans la voiture, au silence qu'elle a opposé quand il a demandé où on allait, Paolo a compris que quelque chose avait changé. Il n'ose ni pleurer, ni crier. Trois ans, et déjà bien élevé. Il fait attention à ce que ses sandalettes ne cognent pas l'arrière du siège du conducteur, pour ne pas salir, comme Marta le lui demande dans l'Alfetta. Mais cette voiture est plus petite que l'Alfetta. Elle sent moins bon et les sièges collent sous ses cuisses. Il a chaud, et personne n'ouvre la fenêtre. Le voyage ne dure pas très longtemps, ils se garent devant une maison et le type qui conduit enfile une cagoule. C'est à ce moment-là que Paolo a commencé à avoir peur. Il n'a pas pensé aux phalanges coupées, il n'a jamais entendu parler d'enlèvements, mais c'est comme s'il se souvenait tout à coup qu'un enfant n'a rien à faire loin de ses parents, la nuit. Ça n'existe pas, sauf dans les contes de fées. Et dans les contes de fées, l'enfant n'est seul la nuit sans ses parents que pour une seule chose : mourir. Bien sûr, il existe des chasseurs, des princes charmants et tout ce qui peut sauver les enfants des griffes des loups et des sorcières, mais tout ça s'éloigne pour Paolo quand il voit la cagoule. Et c'est d'ailleurs ce qui a enfin fait parler Rosa, elle lui demande s'il est obligé de faire ça et le type répond à Rosa de fermer sa gueule. Et l'enfant n'a pas compris non plus la phrase exacte – il ne parle pas cet italien-là – sinon que c'est méchant, et que la fille se tait. Pourquoi le jardinier porte-t-il une cagoule ? Paolo a enfin reconnu l'homme qui s'est occupé, la veille, de tailler les haies en prévision de la soirée, il l'a reconnu à ses espadrilles – des chaussures en tissu, Paolo n'en avait jamais vues auparavant. C'est cette cagoule sur un homme qu'il connaît qui terrifie l'enfant. Sergio, puisque c'est le nom sous lequel l'homme est connu, Sergio n'a pas pensé à ses chaussures, ou peut-être qu'il n'en a rien à foutre que le gamin le reconnaisse, ce n'est peut-être même pas pour lui qu'il a mis la cagoule, mais pour se donner le courage de mener à bout les conneries qu'il a commencées, et ça, il n'allait pas le dire à Rosa.

Il n'en peut plus de regarder cette fille toute la soirée dans sa robe noire, on aurait dit qu'elle servait ses nichons en même temps que les petits-fours, est-ce qu'on pouvait imaginer moins discret ? Sergio comprend pourquoi Marco, le cerveau de l'opération, l'a choisie – ils sont pas nés, les types qui peuvent résister à ça, Sergio a vu le père Signorelli lui-même reluquer la soubrette avant de se taper sa voisine dans le cabanon du jardin. Sergio a vu beaucoup de choses : c'est leur faute, à ces millionnaires, ils s'entourent de bras et de jambes pour faire le boulot et ils oublient qu'il y a des yeux, des cerveaux et des langues qui vont avec. Tout ce que la fille avait à faire, c'était se tromper de gosse et l'emmener discrètement sur le parking. Et Sergio, lui, devait faire semblant de ne pas se rendre compte qu'il emmenait le mauvais gosse à l'hôpital, puis les planquer dans le cabanon en attendant que Marco gère les transactions financières. Une mission facile. Oui, Marco s'est fait plaisir en choisissant une fille comme ça. Sergio, lui, n'en peut plus. Il a senti son odeur quand elle est entrée dans la voiture, ses mèches brunes à moitié décolorées envahissaient le rétroviseur, ce nez un peu retroussé semblait le provoquer, et maintenant il a une érection, une érection qui le gêne parce que ce n'est vraiment pas le moment. Et bien sûr, il aimerait que ce soit le moment, parce qu'il doit bien admettre que ce n'est jamais le moment, dans sa vie, de mettre ses mains sur les miches de filles comme ça. Alors à la place, il s'est mis à gueuler sur tout le monde, sur Rosa mais aussi sur le gamin qui demande d'une petite voix où on est, voilà que ça commence déjà, les emmerdes. Pour le coup, il a déconné, Marco. Sergio avait proposé d'enlever la mère : d'autres emmerdes en vue, mais au moins, les bonnes femmes, on sait comment ça marche. Elles peuvent se gérer à peu près seules si besoin, tandis qu'un gamin, ça risque de partir en vrille à tout moment. Sergio est bien placé pour le savoir, il en a déjà trois. Mais Marco n'en a pas, ce con, c'est pour ça qu'il a des idées pareilles. Il a vu que ça se faisait sur le continent, d'enlever des gosses de riches. Et Marco, même s'il prétend le contraire, est très impressionné par ce qui se fait sur le continent, y a qu'à voir sa dégaine avec ses jeans et ses tee-shirts. C'est bien parce que Sergio en a, des gosses, qu'il n'est pas très à l'aise avec ce plan. Si le gamin veut aller pisser, passe encore, mais s'il faut le distraire, jouer au foot ou Dieu sait quoi, il faudrait pas compter sur Sergio Notteri. Il le lui a d'ailleurs dit bien fort, va pisser, mais c'est tout ce que t'auras le droit de faire. Et cherche pas à t'échapper, c'est la mer cinquante mètres plus bas, tu sais compter jusqu'à cinquante ? Paolo n'a pas pensé à s'échapper, il n'a jamais pensé à désobéir à des adultes. De toute façon, il n'ose pas aller trop loin dans le noir. Il fait bien attention à ne pas mouiller ses chaussures. Si jamais il ne mourait pas, il se ferait gronder. Il ne sait pas compter jusqu'à cinquante.

On installe Paolo dans la chambre avec un lit, une chaise et une table de nuit, où il finit par s'endormir après avoir pleuré le plus silencieusement possible, tandis que les deux adultes veillent assis sur des chaises, devant un évier et un mur de placards, l'un rendu fou par le décolleté de l'autre. Sergio se demande s'il peut tenter quelque chose, une main au cul si Rosa se lève, mais peut-être que Marco se la réserve, ou peut-être qu'elle ira pleurnicher auprès de lui. Les relations entre les deux hommes sont un peu tendues depuis que Marco tient Sergio pour responsable de leur échec à faire exploser la préfecture de Cagliari. Un anonyme avait prévenu la police de la présence d'une bombe installée au fond d'une poubelle municipale par un groupuscule d'extrême gauche, affilié au Front de libération de la Sardaigne. Les flics n'avaient trouvé qu'un assemblage mal ficelé de poudres à usage agricole, imbibé d'un liquide peut-être inflammable et doté d'une mèche de chanvre – bref, de quoi remplir une poubelle, mais pas de quoi faire exploser une préfecture. Ils avaient tout de même arrêté, questionné et un peu amoché au passage Marco et Sergio, vingt-quatre ans tous deux. À leur sortie de garde à vue, Marco a accusé Sergio d'avoir mal préparé sa bombe mais aussi d'avoir bavassé, un soir, dans quelque bar. Ça lui apprendrait à faire confiance à un plouc des montages, aussi con que ses moutons. Sergio, lui, avait été plutôt fier d'entendre parler du duo improbable qu'il forme avec Marco comme d'un « groupuscule ». C'était déjà un début d'existence. Comme toujours dans ces alliances étranges dont naissent les groupuscules et ensuite les mouvements politiques, leurs motifs divergent : Sergio est un nationaliste qui pourrait virer à l'extrême droite, Marco tient autant à la Sardaigne qu'au communisme – au fond, deux héritiers du fascisme. Il semble à Marco qu'on ne peut pas à la fois être d'extrême gauche et agir seul dans son coin ; c'est d'ailleurs la seule raison pour laquelle il s'encombre de Sergio. Mais ce dernier n'a plus vraiment droit à l'erreur s'il veut éviter que l'autre moitié du groupuscule le plante là.

1976 – Côté cour

Pendant ce temps, les choses s'étaient déroulées de manière tout aussi chaotique à la villa. Marta n'avait remarqué la disparition de son fils qu'en rentrant du feu d'artifice. Elle l'avait fait chercher partout – mais la maison était vide. Perdue dans ses fantasmes de généreuse employeuse, elle avait tenu à ce que Marcella et Efisio se déplacent sur la plage et assistent au bouquet final. On n'avait trouvé que Salvatore, endormi sur un canapé. Puis on avait remarqué l'absence de la cousine du jardinier. Beatrice, onze ans et l'aînée des sœurs, était la dernière à avoir vu Paolo. Elle avait bien aperçu la jeune femme près des hamacs, mais puisqu'on avait embauché une baby-sitter pour l'occasion, elle ne s'était pas souciée davantage de son petit frère. Elle avait tout abandonné pour filer voir le feu d'artifice.

Marta avait commencé alors à crier : la fille avait volé son enfant, c'était sûr, cette cousine dont personne ne connaissait le nom, et Ercole avait répondu « ils ont dû aller se promener ». Et d'un ton qui l'avait irritée, Ercole avait insisté, il ne pouvait rien se passer, voyons, on était à la plage. La plage ! Comme si la proximité de la plage garantissait l'absence de risque. La fille aurait pu vouloir se baigner avec son fils, ou escalader les rochers, en pleine nuit… Ercole avait à nouveau prié sa femme de se calmer. Les invités, sentant l'imminence de quelque catastrophe domestique, avaient rassemblé étoles et pochettes avant de s'éloigner aussi vite que possible. Avec cette émulation de ceux qui lisent des romans policiers sur leur transat, c'est-à-dire ceux qui croient que la véritable issue ne saurait être tragique, parce qu'ils n'envisagent pas le tragique dans leur propre existence, Maurizio Daveri – qui n'a dans cette histoire, comme dans l'existence, d'autre rôle que celui de mari de Graziella – avait pensé au parking : ne manquait-il pas une voiture ? Efisio Putzu avait hésité puis avait fini par signaler la disparition soudaine de Sergio, le jardinier occasionnel qu'il se sentait coupable d'avoir présenté aux Signorelli. La voiture de ce dernier manquait également à l'appel ; il était probablement rentré chez lui sans prévenir, avait hasardé Efisio. Ils avaient attendu, avachis dans les fauteuils en rotin. Marta, dotée d'un instinct de survie au moins aussi fort que son instinct maternel, avait maintenant décidé de contrer le réel, avec détermination, et de trouver une explication plus satisfaisante que celle d'un *kidnapping*. Pourquoi donc enlèverait-on son fils ? Bien entendu, ils étaient riches, mais on n'était pas non plus chez les Agnelli… La fille avait emmené le petit se promener, c'était tout. Ercole tentait de rester calme. Quand Marta avait crié, il avait eu une soudaine envie de la frapper, comme si une gifle pouvait mettre fin au scénario absurde en train de se dérouler. Il pressentait quelque chose – le monde dans lequel il évoluait, lui, depuis sa naissance recelait parfois des événements aussi violents que tacitement enterrés, et ces événements se multipliaient depuis peu à Milan mais aussi en Sardaigne, où des mouvements indépendantistes plus ou moins affiliés à l'extrême gauche avaient récemment fait exploser des bâtiments administratifs et militaires. Pouvait-il y avoir un lien entre la disparition de son fils et ces événements ? Si oui, le visait-on simplement comme un industriel riche à millions, ou comme le futur patron de Petrolia ? Que fallait-il faire ? Il était rapidement devenu évident que la fille et Paolo n'étaient pas partis en simple promenade. Ercole était allé interroger le garde, à sa barrière, qui avait raconté ce qu'il avait vu. Marcella et Efisio étaient catégoriques, ils n'avaient jamais demandé à Sergio de ramener leur fils, qui n'était bien entendu pas malade et qui dormait toujours tranquillement sur la terrasse. On leur avait fait confiance, ne serait-ce que parce qu'il aurait été pour Marta bien trop compliqué de commencer à douter de ses domestiques.

Ercole n'avait pas été surpris quand le téléphone avait sonné, au milieu de la nuit. Une voix d'homme avait expliqué en italien qu'on exigeait la remise d'une somme exprimée en millions de lires. Beaucoup de millions de lires, mais finalement pas tant que ça, si on estimait que la vie d'un enfant était en jeu – ou au regard des fortunes brassées par Ercole. Soulagé, ce dernier avait répondu oui, il acceptait de déposer seul les billets dans un sac à l'intérieur de la statue de sainte Anne, sur la route de Cagliari, le surlendemain à cinq heures du matin. *Qu'au moins les bondieuseries servent à quelque chose*, avait précisé la voix. On laissait à Ercole le temps de rassembler l'argent ou de le sortir d'un coffre. L'enfant serait renvoyé sain et sauf à son domicile dans la journée qui suivrait. *Et la police, n'y pensez même pas, Signor Signorelli*, avait ajouté la voix : *ici, tout se sait.* Toute tentative en ce sens se solderait immédiatement *par la mutilation de quelque partie anatomique de l'héritier Signorelli, voire par sa destruction totale, morceau après morceau.* Ercole avait tiqué : l'héritier Signorelli, c'était lui. Il ne voyait pas comment son intégrité physique pouvait être menacée, puis il avait compris qu'il s'agissait de Paolo. Trois ans et déjà héritier… Il fallait faire davantage attention aux enfants. Quelques secondes après avoir raccroché, Ercole avait commencé à réfléchir.

C'était la somme qui le gênait, il était presque vexé qu'on lui demande si peu. Ça ne ressemblait pas à ce qu'on voyait à Milan. Est-ce que les rançons tenaient compte du PIB local ? Est-ce que les communistes, qui se cachaient sans doute derrière tout ça, étaient si peu intéressés par l'argent, qu'ils pensaient financer leur lutte armée avec trois billets ? On pourrait gentiment leur donner les lires, récupérer l'enfant, puis lancer la police aux trousses des ravisseurs et des billets, une police généreusement arrosée pour augmenter son efficacité. C'était risqué pour les lires, mais enfin, il n'y avait que des bras cassés sur cette île, ils n'iraient sûrement pas bien loin et Ercole retrouverait son argent. Question de principe – s'il cédait maintenant, on lui extorquerait davantage. Cela signifiait leur laisser Paolo jusqu'au surlendemain. Les ravisseurs avaient tout intérêt à respecter leur part du marché et à rendre son fils intact, mais est-ce que Marta accepterait ? Assis dans son bureau, Ercole contemplait la photo de Carbonia. Et si tout cela signifiait quelque chose d'autre, un avertissement pour qu'il arrête d'investir sur l'île ? Mais pourquoi ? Tout le monde se mettait au pétrole, d'une manière ou d'une autre, et la Sardaigne était depuis quelques années un lieu privilégié pour les entrepreneurs comme lui. S'il avait tenté de rester discret, ce n'était pas parce qu'il faisait quelque chose de mal, mais parce que les modalités n'étaient pas tout à fait transparentes. Mais qu'est-ce qui l'était ? Il fallait se donner le temps de réfléchir, sous peine d'aggraver la situation. En attendant, il fallait calmer l'armée des pleureuses autour de lui.

Il était sorti de son bureau en souriant. C'était une histoire absurde. Paolo avait eu un léger malaise, la fille et le jardinier l'avaient emmené à l'hôpital de Cagliari en urgence, ils l'avaient pris pour Salvatore et n'avaient donc pas jugé bon de prévenir les Signorelli. Ils n'avaient pas non plus prévenu les Putzu, qui étaient alors sur la plage. Et ils venaient de comprendre qu'ils avaient emmené le fils Signorelli par erreur. On irait le chercher le lendemain ou le surlendemain s'il était encore fatigué. *Cagliari ?* s'était étouffée Marta. Oui, tout le monde était absent et le gamin suffoquait, ils avaient foncé et bien sûr il n'y a rien de plus près que l'hôpital de Cagliari. Pays de demeurés, avait soufflé Marta. Efisio et Marcella n'avaient rien dit. Beatrice avait accepté le mensonge, les autres dormaient déjà.

Plus tard, Ercole avait dit la vérité à Marta, qui exigeait de se rendre immédiatement à l'hôpital. Elle s'était pliée sur son fauteuil comme un accordéon qui se serre, avec le même couinement modulé. Puis elle avait pleuré, en silence. Elle savait, au regard d'Ercole, qu'il allait décider seul de la marche à suivre. Avec cette habitude de tempérer chaque décision personnelle par une réflexion engageant l'avenir de l'entreprise, cette habitude renforcée à chaque génération depuis les ancêtres orfèvres à Venise, ce genre d'habitudes qui finissent par donner une force à laquelle personne ne peut résister sans qu'on sache plus trop d'où elle vient, exactement comme les dépressions se propagent elles aussi au fil des descendances. Quelque ancêtre Signorelli avait fait le choix de la force, plus utile pour les affaires. En retirant sa robe et en se retrouvant en sous-vêtements dans la lumière crue de sa salle de bains, Marta avait tout à coup contemplé la possibilité que quelque chose soit vraiment arrivé à Paolo, et elle avait éclaté en sanglots. Un peu calmée par un verre d'eau, la panacée familiale, elle avait recommencé à pleurer une fois dans la chambre, dans l'idée d'attendrir Ercole sans pour autant avoir l'air de lui demander de l'aide. En vain. Elle l'avait haï, puis elle s'était endormie, épuisée.

1976 – Côté jardin

Le matin, côté jardin, dans la petite maison isolée à flanc de montagne, ça ne s'arrange pas. Pour ne pas sombrer dans cette vision d'un enfant de trois ans qui s'ennuie en attendant la mort ou le salut – sans trop savoir sous quelle forme l'un ou l'autre pourrait se présenter – il faut suivre les disputes incessantes de Rosa et de Sergio, ainsi que les passages occasionnels de Marco. Sergio commence à fatiguer, sur tous les plans. Des chèvres sont apparues ce matin qui offrent une distraction à l'enfant, ouf, tandis qu'elles grimpent un peu partout, arrachent des herbes, se poussent du front et déchirent le silence étouffant de leurs bêlements idiots. Quand Paolo en se réveillant est sorti pour uriner de nouveau, il a découvert l'endroit. Il ne le connaît pas. Au loin, des plages et leurs rochers et même les parasols qui commencent à se déployer, comme de minuscules parachutes contre ce qui, à l'intérieur de Paolo, semble tomber depuis la veille, quelque chose qui lui creuse le ventre – les parasols, sans sa mère ou sa grand-mère allongées dessous, sont incongrus. C'est qu'il a faim, aussi. Il se met à pleurer. Puis il se calme. Ce qui le soulage sans qu'il en ait vraiment conscience, c'est qu'il n'est toujours pas mort. Il a dormi, il s'est réveillé et il n'est pas mort. Mais que fait-on des enfants qu'on enlève à leurs parents et qu'on ne tue pas ? Heureusement, il n'en a pas la moindre idée. Personne ne lui adresse la parole, il faut dire que les adultes ne se parlent pas non plus.

Sergio a oublié de prévoir la bouffe, il est obligé de téléphoner à Marco. Prise de risques et déconsidération maximales. Il en a déjà assez. Rosa est celle qui s'ennuie le plus, assise à surveiller l'enfant au milieu des chèvres qui déposent partout leurs innombrables petits excréments. Il faut dire que son intéressement dans l'affaire est surtout financier et que, pour l'instant, l'argent n'est toujours pas rentré. C'est son père qui l'a présentée à Marco, Marco qui s'était dit que ce serait bien d'avoir une femme dans l'opération, la fibre maternelle, tout ça et d'autant plus qu'elle lui plaisait beaucoup. Marco qui débarque en trombe, dérape sur les graviers avec sa petite moto de petit caïd, effrayant les chèvres à défaut d'impressionner Rosa. Marco gueule un coup pour la forme : alors, on l'appelle pour faire les commissions ? Il sait bien que n'importe qui au village pourrait reconnaître les deux autres, ils doivent rester planqués. Après, plus tard, il leur suffira de ne plus se pointer dans le coin, le temps qu'on oublie leurs têtes. Les Signorelli ne connaissent Sergio que sous ce nom, ils ignorent son vrai patronyme, Niccolo Mauro. Quant à Rosa… Ils en savent encore moins : une fille, ça peut se contenter d'un prénom, et ce prénom, ils se sont empressés de l'oublier. Ils ont l'habitude de donner des billets en échange de services, pas des fiches de paie. Et cette fois, ils donneront juste un peu plus de billets et ils fermeront leur gueule. Au moment où Marco remonte sur sa moto, Rosa arrive en courant : est-ce qu'il pourrait prendre un chapeau ? Le gosse ne veut pas rester dedans, on le comprend, mais il n'y a pas d'ombre, dehors. Marco gueule : on dit à sa famille qu'on va lui couper des doigts et ensuite, on lui achète un chapeau pour les coups de soleil ? Il démarre en trombe. Alors qu'il serpente sur la corniche, il pense encore à Rosa. Oui, cette fille heurte ses sensibilités politiques. Elle pourrait être utile, plus tard, elle finira bien par coucher avec des politiciens et des hommes d'affaires au-delà de l'île, mais elle n'a pas la moindre fibre patriotique.

Qui est ce Marco, à part un homme impulsif ? Il n'est qu'à le voir parcourir pour la première fois les rayons de la supérette du village avec la liste que lui a faite Rosa – comme un mari soumis chargé de faire les courses, rumine-t-il – pour deviner qu'il est nerveux et frustré. Il fonce avec son panier en plastique qu'il tient du bout des doigts, les doigts des poseurs de bombes ne sont pas faits pour tenir des anses de panier, merde à la fin. Puis le voilà en train de jurer, à voix haute cette fois, devant un public désintéressé de vieilles Sardes, concentrées sur l'épaisseur des tranches de jambon à la coupe. Marco s'offusque de l'arrivée jusqu'au fond de la Sardaigne de produits américains, des boîtes de tomates mises en conserve alors qu'elles poussent dans les champs voisins, sans parler de la supérette elle-même, qui va remplacer la moitié des commerces du village. Il refuse d'acheter ce que Rosa a demandé. Il finit par prendre à partie la caissière en lui montrant une montagne multicolore de jouets de plage. Ils sont fabriqués en Italie ? La caissière soupire. Aucune idée, elle n'est pas payée pour connaître la provenance des marchandises, encore moins pour y réfléchir. Mais Marco sait que tout ce plastique qui envahit les rayons n'est pas plus italien que le pétrole dont il provient, en dépit des forages de la compagnie Agip, dont le chien noir à six pattes crache du feu sur fond jaune dans toutes les stations-services d'Italie. En dépit aussi de la grande raffinerie qui s'est installée voilà presque quinze ans près de Cagliari et où l'on exploite son propre père. C'est qu'il y a des Italiens qui s'enrichissent avec ce commerce, bien entendu, des Italiens comme Signorelli avec ses roulements à billes, Signorelli à qui ça ne suffit pas, voilà qu'il veut prendre le contrôle des raffineries. Ce pétrole que la Sardaigne ne fera que transformer, comme une esclave chargée de maquiller une putain royale, un pétrole qu'elle n'aura pourtant jamais, trop beau pour elle – l'ENI, l'*Ente Nazionale Idrocarburi*, qui absorbera plus tard l'Agip, vient d'installer une plateforme au large de la Sicile, mais on ne peut pas se leurrer : du pétrole, ici, il n'y en a pas. En tout cas, c'est ce qu'on croit en 1976, on n'a pas commencé à fracturer le plancher de la Méditerranée. Ce pétrole, dont l'île n'a si longtemps pas eu besoin tant que personne ne venait les emmerder avec des voitures et des jouets de plage et les sachets pour les mettre dedans. Et pourquoi donc le capitalisme régnerait-il là où on n'a pas besoin de lui ? Enlever le gosse Signorelli fera peur à son père, tout en permettant le financement du parti dont rêvent Marco et quelques autres. Oui, « le Cuba de la Méditerranée », à eux aussi, ça leur plairait. Une île indépendante et communiste, ça vaut bien d'aller faire les courses.

La caissière est mignonne, alors Marco insiste un peu, il discute trois minutes et il finit même par demander l'un des ballons de plage en plastique rouge, pour distraire le gosse. Comme ça, il ne cède pas sur le chapeau, mais ça le fera quand même bien voir aux yeux de Rosa. De ce qu'il a aperçu ce matin, elle n'a finalement pas tellement la fibre maternelle, mais elle veille de loin sur le petit, assez pour contrôler les conneries de Sergio, en tout cas. Autant se faire aussi bien voir de la caissière, des fois qu'elle l'ait, la fibre, elle. Il se penche : pour un gosse de trois ans, c'est bien, un ballon ? La caissière pense que c'est très bien ; elle a repéré le jeune type en jean, bottes de cuir et tee-shirt moulant qui faisait le mariole dans les allées, et elle aimerait qu'il sorte sans faire de problèmes – il n'y a pas encore, à l'entrée de l'établissement, de ces vigiles qui sortent les voleurs et les malcontents. Marco lui envoie dans les airs un baiser virtuel. Elle soupire.

Il va falloir apprendre à ne pas draguer toutes les caissières du monde s'il veut mener à bien sa mission clandestine. Il est obligé de décélérer plusieurs fois alors qu'il se rend compte qu'il fonce sur la corniche, le pied enragé sur la pédale. Quand il arrive à la maison, Rosa examine le sac qu'il rapporte et demande comment il a prévu qu'elle fasse cuire des pâtes ? Les placards sont vides, pas la moindre casserole. Il la regarde, ses cheveux bruns décolorés par endroits et sa colère rentrée, une seconde il tente de l'imaginer avec un tablier derrière un fourneau, impossible. Il maudit Sergio, qui n'a vraiment pensé à rien. « Elles sont faites en Sardaigne, ces pâtes, alors tu te démerdes », lui répond-il. Elle continue de vociférer, les pâtes à bout de bras : il faut qu'il retourne acheter les conserves qu'elle a demandées, ou du pain à la boulangerie. Il a l'impression d'avoir déjà vu cette scène, peut-être un film avec Sophia Loren, après tout si la Sophia peut passer pour une mère de famille derrière ses fourneaux, pourquoi pas Rosa ?

Dehors, Marco montre le ballon au gamin, toujours assis devant les chèvres. Il lui fait une passe mais le gamin ne bouge pas. Le ballon roule et finit sa course parmi les animaux qui se poussent prestement. Marco, un peu déçu, tourne les talons. Paolo n'a jamais joué au ballon, il ne va pas commencer maintenant avec ce type qu'il ne connaît pas. Et il est fasciné par les chèvres. Il en a choisi une qu'il suit partout, une blanche, probablement un souvenir de contes qu'on lui a lus. Ce matin, quand il pleurait, Rosa lui a dit que ses parents allaient le libérer. Comment, il ne sait pas, peut-être en hélicoptère ? De temps en temps, il scrute le ciel.

1976 – L'enquête

Ces tergiversations domestiques ont laissé à Ercole le temps de se remettre. Il est fatigué par sa nuit blanche, mais il a toujours fonctionné à l'adrénaline et après une courte sieste, le matin l'a vu de nouveau d'attaque, ignorant la forme prostrée de Marta sous le drap. Il n'a aucune envie de perdre des lires et il a moyennement confiance dans la probité de ses interlocuteurs. Et s'il s'agit d'un message, il n'a pas envie de le recevoir sans broncher. Il rêve de Petrolia depuis trop longtemps maintenant, et il s'est préparé aux intimidations. Aller voir la police serait un moyen de montrer qu'il ne craint rien, surtout pas de mettre les pieds dans le plat. De toute façon, les types n'oseraient jamais toucher à un cheveu d'un Signorelli – en tout cas, les siens sont à l'abri.

La police, ici, c'est un petit bureau excentré, un mobilier réduit au minimum, et un seul agent en poste au moment où Ercole pousse la porte. Quand on découvre le bureau, les murs lézardés, le ventilateur qui n'a plus que deux pales, on se demande quelles sont vraiment les chances d'une issue positive. Mais Ercole, lui, ne doute pas et, raide dans sa chemise et son fauteuil en métal, il s'explique. Il minimise ce qu'il lui arrive : ce n'est peut-être rien, et il voudrait que cela reste discret. Parce qu'il a beaucoup d'argent – il fait appel à tous les talents d'acteur qu'il a acquis dans sa vie de chef d'entreprise pour faire comprendre que cet argent pourrait se retrouver dans les poches du flic, ou de quelques-uns d'entre eux, car on ne va quand même pas arrêter qui que ce soit tout seul, n'est-ce pas ? Le flic a bien des collègues à Cagliari ? Ercole en connaît plusieurs, d'ailleurs. Le flic écoute. Bien sûr il a des collègues, on n'a pas le droit de travailler seul, c'est juste que le collègue qui partage le bureau, il est malade, et les deux autres sont en mission quelque part. Il veut bien appeler Cagliari, puisqu'il sait très bien à qui il a affaire et qu'il ne veut pas s'occuper seul d'un truc pareil. Il en est là de sa réflexion quand l'autre lâche une information : c'est un jardinier qui conduisait, embauché récemment – un mauvais jardinier, d'ailleurs, on aurait dû se douter tout de suite que ça ne collait pas. Le type était jusque-là charpentier ou maçon, Ercole ne sait plus, mais pas jardinier, ça c'est sûr. Seulement c'était une connaissance de leur homme à tout faire, Efisio Putzu. C'est lui qui, pour les dépanner, leur a envoyé ce Sergio, et celui-ci à son tour leur a ramené sa jeune cousine, qui a disparu elle aussi, probablement avec le gosse. Delplano lève les yeux au ciel, ici tout le monde est toujours le cousin de quelqu'un, personne ne déclare personne et ça dispense de beaucoup de formalités qui arrangeraient les autorités. Il faut dire, répond Ercole, ça tombait bien, une fille de toute confiance pour garder les enfants pendant que les parents faisaient la fête. Ercole ajoute qu'Efisio est irréprochable par ailleurs – avec cette manie qu'ont les employeurs de confondre les vertus de leurs domestiques avec les leurs, pense le policier.

Le policier, bien sûr, n'est pas qu'un policier ; les fonctions ne peuvent jamais tout à fait habiller les hommes qui les habitent. On n'a jamais entendu parler d'histoires résolues sans quelque raison personnelle qui pousse à poser la bonne question, ou à tendre l'oreille au bon moment. Le policier s'appelle Roberto Delplano, c'est un homme qui a un jour aimé une femme. Rien d'extraordinaire, pas plus que dans le fait que cette jeune femme, Sandra Bonomelli, a donné au jeune Roberto un baiser un soir de juillet 1971, cinq ans auparavant, à la fête du village. Un baiser qui a laissé à Roberto non seulement le souvenir précis du contact du dos de la jeune femme contre sa paume, mais aussi de tout ce qu'il avait alors envisagé – mariage, enfants, tout ce qu'on voudrait et tout ce qu'il voulait, une fois le vin bu et les danses dansées. Quelques mois plus tard, Sandra Bonomelli avait pourtant épousé un maçon. Allez savoir pourquoi. Roberto Delplano, lui, a cherché sans trouver. Peut-être le maçon était-il plus rassurant ? Un maçon, ça construit des maisons. Puis Roberto a compris que ce Niccolo Mauro était un mauvais maçon, il fait ça faute de mieux, et on dit qu'il colle des beignes à Sandra de temps en temps, entre deux grossesses – trois gosses en cinq ans. Niccolo Mauro est encore plus menaçant une truelle à la main que Delplano avec son flingue à la ceinture, voilà ce qu'il a pour lui. Oui, plus entreprenant et plus menaçant que Delplano. Lui, à vingt-huit ans, ne s'est pas encore marié, ce qui annonce ici un avenir à vivre dans l'ombre de ses parents, nourri logé blanchi par maman. Il a préféré les parties de poker dans les bars américains de Cagliari, existence dont il a fini par sortir avec le grade de policier et la capacité de se faire seul cuire un œuf, pour revenir s'installer dans un meublé au village de son enfance. Il a réussi à oublier beaucoup de choses mais pas Sandra Bonomelli, qu'il n'appellera jamais Mauro – parce que Sandra Mauro, il la croise de temps en temps cramponnée à un landau pendant la *passeggiata* le soir, le visage éclairé par les lampadaires, et que cette femme n'a rien à voir avec la fille qu'il a connue. Cette femme, il ne peut plus rien pour elle, alors qu'il avait déjà dessiné les plans de la villa qu'il aurait fait construire pour une Sandra devenue Delplano, avec un jardin dans lequel il avait même imaginé un chien, pas un de ces chiens qui gardent les moutons ou qu'on enferme pour les sortir les jours de chasse, mais un petit chien au poil blanc et mousseux qu'il aurait offert à Sandra en cadeau.

Tout cela fait beaucoup de raisons d'en vouloir à Niccolo Mauro et d'imaginer que ça ne peut être que lui, l'imbécile responsable de ce kidnapping à la milanaise, d'autant plus que la description colle. Seul le nom change, Sergio Notteri, mais un nom, ça s'invente. Delplano ne va pas le lâcher. C'est pour des raisons comme celle-ci que la police locale a encore ses chances face aux commissariats des villes. N'allons pas pour autant imaginer que Delplano est devenu en quelques minutes un Marlowe des plages de sable blanc, rose, noir, etc. Il ne voit pas le lien qui peut unir Mauro à l'enlèvement, à part bien sûr l'appât du gain et la violence potentielle que cette opération comporte, violence dont il serait bienvenu qu'on la limite au maximum. Un enlèvement de gosse de riches ne colle pas tout à fait avec la stratégie publicitaire d'une commune balnéaire qui mise tout sur la présence de gosses de riches s'ébattant en liberté sur ses plages ; Delplano est bien placé pour le savoir, ses parents gèrent un magasin de souvenirs sur la place Gramsci. Il y a dans cette affaire un moyen de faire tomber l'homme qui a saccagé Sandra Bonomelli, s'il est avéré que c'est bien lui – et ça, Delplano en rêve trop pour que ce ne soit pas le cas.

1976 – Fin de partie

Pendant que Delplano, après avoir congédié Ercole, s'examine dans le petit miroir des toilettes du commissariat en se demandant ce que pensera Sandra en le voyant, Sandra chez qui il va bien falloir aller sonner pour interroger son mari, Paolo, lui, est occupé à ressentir alternativement l'ennui, la peur, la tristesse, des émotions qui sont d'ordinaire régulièrement balayées par la distraction qu'offre la présence de ses sœurs ou des nounous qui le gardent. Et tout ça dans une chaleur écrasante. Rosa a fini par lui donner un livre trouvé dans le tiroir de la table de nuit. Il ne sait pas lire alors il se contente de suivre du doigt les lettres qui composent le titre, en grignotant les biscuits sardes choisis par Marco.

La Sardaigne semble avoir été dessinée pour que l'on puisse s'y cacher – des hectares de montagne parsemés de rochers, troués de grottes, ce n'est pas le Panchir, mais presque. Pas étonnant que les anges soient venus y jouer et, depuis les années 1960, l'armée italienne, qui y organise la majorité de ses exercices, sans parler de l'Otan, à Salto di Quirra, que visitera Suzanne, mais aussi dans la Barbagia, fidèle à son nom de terre des barbares, et partout ailleurs où l'on ne peut rien faire que laisser paître trois moutons. Il y a bien eu quelque opposition – notamment au village d'Orgosolo, immortalisé plusieurs fois au cinéma et inspirateur de la résistance des agriculteurs du plateau du Larzac, Orgosolo où les bergers ont fini par l'emporter. Notamment parce que les cachettes connues des habitants leur facilitent la tâche. C'est comme ça que les *banditi* qui ont régné sur la région ont pu commettre leurs méfaits et échapper toujours aux autorités. Difficile de savoir à quel point les mythologies influencent les humains. Le jeune Marco a grandi en entendant que les collines permettaient de se cacher de tout, et que les Sardes étaient naturellement doués pour les malversations. En 1897, un certain Alfredo Niceforo s'était penché sur la question de cette prédisposition génétique, dans un ouvrage sobrement intitulé *La Delinquenza in Sardegna*. Niceforo ne faisait qu'adapter localement la méthode et les thèses du plus célèbre Cesare Lombroso, auteur de *L'Homme criminel*, qui défendait à l'aide de craniologie et de phrénologie le concept de « criminel-né ». En tout cas, entre l'hostilité des lieux et la dégénérescence de ses habitants, on comprend que personne n'ait hésité à établir là prisons, colonies pénitentiaires et zones militaires. Que la forme du crâne prédispose ou non au crime, il y a suffisamment d'éléments qui ont concouru à ce que Marco envisage, pour défendre ses idées communistes, un enlèvement à la milanaise. Il y a été aidé par l'un des chefs de son organisation groupusculaire – il y a toujours une hiérarchie, et Gramsci se serait retourné dans sa tombe en voyant cette hiérarchie mise en place au nom de ses idées. Un chef qui lui a rappelé qu'Ercole Signorelli venait de se faire construire une maison dans la région – comme ça, comme si on choisissait par hasard de venir se planquer ici quand toute la jet-set se trémousse au nord. Un chef qui a parlé à Marco de pétrole, qui lui a demandé combien son père gagnait à la raffinerie et ce que celle-ci avait apporté à la région. Il n'avait pas fallu beaucoup plus pour convaincre Marco de la nécessité du passage à l'action – n'importe quelle action.

Mais il n'y a pas beaucoup de routes en Sardaigne. Par exemple, entre le village et Muravera, il n'y en a qu'une. Celle qui vient de et va à Cagliari, où rentre dormir Marco. Pas assez de place dans la maison sur la colline, et les disputes le fatiguent – Sergio et Rosa vont finir par s'entretuer sous les yeux du gosse. C'est à Cagliari que Marco planque les armes dont il va avoir besoin demain – il se doute que le millionnaire se sera fait dans le froc, reste à savoir ce qui lui aura le plus fait peur : perdre ses millions ou perdre son fils ? A-t-il prévenu les flics ? Marco a beau avoir prétendu au téléphone à Ercole qu'*ici, tout se sait*, il n'en sait rien du tout. Pour ne pas prendre de risque, il veut être armé. À cette heure-ci, il passera inaperçu parmi les plaisanciers qui rentrent de la plage. De toute façon, qui se soucie d'un homme au volant d'une voiture – il a emprunté celle de Sergio, plus discrète que la moto – parmi tant d'autres ? Personne, sinon peut-être un policier qui, coincé dans un ralentissement à la sortie du village, regarde par habitude les passagers des véhicules qu'il croise. Delplano en salue certains, qu'il connaît. Il contemple les familles, ces familles qu'il n'aura jamais, lui. Et puis il y a cet homme, en sens inverse. Il est seul au volant, comme lui, c'est peut-être cette légère incongruité qui attire le regard de Delplano. Et cet homme a vu l'uniforme. Son regard l'a enregistré, un fragment de seconde, et Delplano a l'habitude de ce regard. C'est son métier, après tout, de porter l'uniforme, et c'est son métier d'observer ce que ça fait aux autres. Et l'homme dans sa voiture s'applique maintenant à montrer qu'il n'a rien à se reprocher. Delplano connaît aussi ce regard-là. Il n'a plus qu'à avancer doucement jusqu'à ce que, dans son rétroviseur, il puisse relever la plaque du véhicule qui s'éloigne. Au prochain carrefour, il bifurque. Personne ne klaxonne, privilège du véhicule de police. Il appelle ses collègues depuis la station-service, il n'y a qu'une route à surveiller. Il sait qu'il tient quelque chose. Et au pire, si on ne pince qu'un père de famille, on n'en est pas à une infraction près.

Marco a compris qu'il avait affaire à un flic avant même de voir la voiture. Quelque chose dans le regard, ou son instinct dont il se vante tant. Il a fait de son mieux pour ne pas ciller, rester calme, mais il n'a que vingt-quatre ans. S'il était tombé sur n'importe lequel des collègues de Delplano, ils l'auraient probablement raté. Et sinon, il les aurait semés : il a pour lui de bien conduire et de se rendre dans un coin désert. Mais Delplano a beau avoir beaucoup de retard quand il prend la route dans l'autre sens, il a un nouvel atout :

il vient de penser au terrain. Le terrain que les Notteri possèdent sur la colline et qui génère, depuis que Delplano est flic et bien avant ça, toutes sortes de disputes avec les voisins – comme s'il y avait un gisement sous-jacent, pour rester dans la métaphore pétrolière, alors qu'il n'y a que du caillou et des chèvres. C'est là qu'ils doivent tous se cacher, le type qui conduit la voiture, Notteri qui est probablement derrière tout ça, la fausse cousine et le gamin. Delplano s'arrête au poste, où il trouve ses collègues en émoi : personne n'a vu passer la voiture depuis son coup de fil, tout simplement parce que personne n'a été assez rapide pour aller se planter sur la route – ils ne lui disent pas qu'ils n'ont pas vraiment pris au sérieux l'intuition de leur chef, ils en ont vu d'autres. Mais Delplano s'en fout, il fonce dans son bureau, il ouvre d'affreux dossiers marron qui contiennent le passé et l'avenir de la commune, des différends réglés ou à venir, et il finit par mettre la main sur le plan et, à défaut de l'adresse, car on n'a jamais trouvé utile d'en donner une, sur le nom de la colline.

Dans la villa, Marta est maintenant passée des verres d'eau aux calmants que la pharmacienne a accepté de lui donner sans ordonnance – comment refuser à la signora Signorelli ? Elle somnole, tandis que Marcella s'occupe des trois filles, compensant par son excès de zèle la gêne de la situation. Pris d'un doute, Ercole décroche de nouveau son téléphone. C'est le moment de s'aider, entre frères. Il est membre de la Propaganda Due, une loge que le Grand Orient d'Italie, qui apprécie peu son goût du secret, vient de dissoudre officiellement. Peu importe, la P2 a recruté tout ce qui compte dans le pays, jusqu'à son roi. Et Licio Gelli, son Vénérable Maître, a le bras long. Ce bras se promène partout et jusqu'au fond de la Sardaigne. C'est même ici que Gelli a commencé ses activités illicites. Fasciste, engagé au côté de Franco en Espagne, il s'était réfugié sur l'île à la fin de la guerre, se baladant dans les montagnes de la Barbagia pour vendre du fil à coudre aux paysans sans argent, en échange des parements d'or de leurs costumes traditionnels. Mais Licio Gelli, qui devait plus tard brasser des millions, n'avait pas l'intention de finir colporteur : il avait peu prudemment déposé une licence pour étendre son commerce. Un flic zélé ou, comme Delplano, animé par quelque intérêt personnel, avait reconnu ce nom et remonté la bobine jusqu'au jeune fasciste ayant fui Pistoia, en Toscane. Et Gelli s'était retrouvé sous les écrous sardes – décidément – avant de vendre son âme, ainsi qu'une longue liste de noms de collaborateurs, au Service d'information militaire, puis de collaborer directement avec les Services secrets italiens. Voire, comme on le prétendait, avec la CIA.

C'était bien à Cagliari, à la prison du Buoncammino, que l'homme le plus influent d'Italie et l'une des personnalités européennes les plus troubles de l'après-guerre avait commencé sa carrière. Ercole connaît suffisamment Gelli, et depuis suffisamment longtemps pour que la conversation soit brève : est-ce que Gelli était au courant d'un enlèvement organisé près de Cagliari ? Un enlèvement de fils d'industriel, disons à peu près de la stature d'Ercole Signorelli, un enlèvement facilement imputable à l'extrême gauche, et qu'on pourrait ajouter à la série qu'on venait de leur coller sur le dos ? Ercole est prudent et ne mentionne pas directement l'attentat de la Piazza Fontana, le 12 décembre 1969, qui a fait seize morts et une centaine de blessés, et dont il sait, lui, qu'il est le fait de l'extrême droite et non pas du jeune anarchiste qu'on a arrêté pour l'occasion – et qui tombera inopinément et mortellement du quatrième étage du commissariat pendant son interrogatoire… Ercole n'a pas besoin de parler de ça, et il ne peut pas, bien sûr, parler de ce qui n'est pas encore advenu, le plasticage de la gare de Bologne ou l'enlèvement d'Aldo Moro, et de tout ce que Gelli probablement organise et organisera en sous-main, avec l'aide tout aussi probable de la CIA – ces choses-là ne se prouveront jamais – et tout ça pour éviter que les partis socialiste ou communiste accèdent au pouvoir, et idéalement pour favoriser l'avènement d'une dictature.

Ercole n'a pas de preuve mais il sait de quoi Gelli est capable ; au lieu d'être prudent, il en tire une forme de confiance face à cet ami pourtant trop puissant pour ne pas être aussi un ennemi, et il poursuit : ne devrait-on pas réfléchir à deux fois avant de s'attaquer au fils d'un industriel comme lui, *si proche du pouvoir* ? Était-ce un mauvais calcul ? Le roué Gelli répond en riant, de ce petit rire qu'il conservera jusqu'à la fin de sa vie, ce rire qui éclatera au visage de tous ceux qui auront tenté de l'arrêter mais qui devront le voir finir ses jours dans le confort outrageant d'une villa de Toscane, avant de se faire enterrer avec les insignes fascistes : évidemment, lui, Gelli, il n'y est pour rien dans tout ça. Et des erreurs, il n'en fait pas. Mais bien entendu, on ne peut pas contrôler ce que fabriquent les gauchistes de ce pays… Peut-être Ercole a-t-il des projets qui leur déplaisent fortement ? A-t-il prévu de s'implanter sur l'île ? De nuire à quelque morceau de côte où ces analphabètes de Sardes veulent faire paître trois moutons ? Ercole ne dit rien. Gelli rit, *bene*, *bene*, c'est mieux comme ça. Il veut aider Ercole, bien entendu, et il va s'assurer que tous les moyens seront mis en œuvre pour arrêter les coupables. Il a gardé des contacts localement, des *amis de jeunesse*, susurre-t-il, et il est certain que le petit Flavio – Paolo, précise Ercole –, *si, certo !* reprend l'autre, il est certain que le petit Paolo retrouvera bien vite son *papa*.

Ercole déteste le ton de Gelli, il se doute bien que l'autre se fout de sa gueule, mais il n'a pas le choix. Il aurait peut-être dû parler à Gelli de Petrolia, mais il a eu peur, peur que le bras long décide à sa place et ruine son projet. Résultat, c'est non seulement ce qui est en train de se passer, mais Ercole apparaît en plus comme un traître. Gelli à son tour décroche son téléphone, et engueule quelques-uns de ses amis de jeunesse : on n'avait pas parlé d'un enlèvement, encore moins avec la mort d'un héritier à la clé ; on s'était mis d'accord sur un sabotage des installations de Petrolia, pas plus, et ceux qui ont déconné ont intérêt à réparer ça. Gelli appelle même pour l'insulter la douce Paloma, la maîtresse aux lèvres rouges qui, à Milan, écoute – et enregistre – Ercole bavasser sur ses rêves de pétrole, alors qu'il vient de lui jouir sur le ventre pour éviter les héritiers non désirés. Tout le monde a merdé : quand on touche à un homme comme Signorelli, proche de Gelli lui-même, il faut tout de même prendre des précautions. Gelli appelle ensuite ses amis de l'ENI, qui gèrent l'ensemble des hydrocarbures italiens ; il veut savoir qui a jugé bon de laisser Signorelli espérer quoi que ce soit, et qui a jugé inutile de le prévenir lui, Gelli. Petrolia ne devrait plus poser de problèmes. Au bout du fil, on se réjouit : c'est que le pétrole ne peut pas être à tout le monde.

1976 – *Happy end*

La nuit tombe maintenant. Delplano a pris la précaution de faire envoyer un collègue interroger Sandra Mauro, qui a confirmé que son mari n'était pas rentré la veille, il a travaillé chez des gens du lotissement en bord de plage avant de partir dormir à Cagliari, comme il le fait souvent pour ses affaires. Le collègue n'a pas embêté davantage la femme, elle s'occupait de trois gosses et n'avait pas l'air d'être vraiment au courant – ni vraiment intéressée par le sort de son mari. Ça donne des forces à Delplano, qui emmène toute l'équipe avec lui, sauf un grouillot qu'on laisse sur place pour les urgences.

Aucun de ces hommes n'a jamais connu le moindre danger, c'est un atout, ils sont armés mais surtout naïvement confiants. Après plusieurs fausses pistes sur la colline, ils aperçoivent le chemin qui s'enfonce devant eux. Les queues blanches des lapins détalent devant les phares. Les deux voitures ralentissent en vue du cabanon. Très bien caché, pense Delplano, qui s'est demandé si le chemin, plus fait pour les chèvres que pour les Fiat, n'allait pas ruiner les suspensions de la voiture de fonction. Ils sortent armes au poing, ils crient des messages de films et, comme dans un film, Sergio Notteri, cagoulé, sort les mains au-dessus de la tête.

Le téléphone sonne. Delplano entre à reculons dans le cabanon, Notteri toujours tenu en joue – Delplano a eu le temps de reconnaître sa silhouette, il ne s'était pas trompé –, et saisit le combiné. Il écoute, il marmonne, il change de tête, toujours le film, scénario à rebondissements. Il raccroche. Son expression est vide, pas du tout Actors Studio. Le téléphone sonne à nouveau et Delplano fait signe à Notteri d'approcher. L'autre obéit, décroche, et il se passe à peu près la même chose. Les deux hommes se regardent. Delplano fait signe à ses hommes : on rentre. Erreur de casting. Je vous expliquerai.

Irruption brutale de Sergio dans la chambre, où, depuis que la voiture est arrivée, Rosa a pris Paolo sur ses genoux pour qu'il ne fasse pas de bruit. Dépêche-toi, on se casse, on ramène le gosse, c'est bon. On le ramène où ? Faut le relâcher. Des ordres de Marco. Et surtout, faut pas lui toucher un cheveu. Rosa s'éloigne comme si elle avait été électrocutée. Elle n'a pas prévu de toucher un cheveu de l'enfant, mais elle n'a tenu son rôle qu'en pensant à l'argent, un pactole qui lui permettrait d'échapper au sort de bonniche à tout faire pour un type comme Sergio ou n'importe lequel des mâles interchangeables que sa famille envisage pour elle. Et tout ça pour rien ? Sergio, lui, est furieux, mais il a ses idéaux politiques comme consolation, aussi biaisés soient-ils. Le groupuscule fera autre chose pour rendre la Sardaigne aux Sardes. Et il a eu chaud, avec ces flics en train de l'arrêter. Éviter que ça foire une nouvelle fois, c'est ce qu'il peut faire de mieux. D'autant plus qu'il va falloir maintenant jouer serré. À moins que Marco et lui ne soient protégés. Mais par qui ? Difficile de savoir, maintenant que les communistes arrivent au pouvoir un peu partout. Il embrasse la médaille de la Vierge autour de son cou – Sergio n'est pas à une contradiction près – et embarque tout le monde dans la voiture. Reste à déposer le gamin, personne ne s'est soucié de lui préciser comment. Il va falloir expliquer un truc au garde ? Jusqu'où peut-il aller sans prendre le risque de se faire pincer ? Dans l'obscurité du chemin, sous les grotesques formes des figuiers de Barbarie, la voiture ralentit. Sergio fait descendre Paolo et lui montre le garde assis sur sa chaise : vas-y, va le voir, tu es chez toi.

Vertigo

Ça, Paolo ne s'en souvient pas. Il se souvient de la route le soir, mais il confond probablement avec le voyage aller. Et sa mère qui le serre et une histoire d'hôpital, mais bien sûr, difficile de dire à quel moment est arrivée la légende de l'hôpital. On a dit à Paolo, à ses sœurs, à tout le monde qu'il avait été emmené par la baby-sitter, intronisée infirmière pour l'occasion. Comme il va mieux, on le ramène à la maison. Fin de l'histoire.

Maintenant qu'il est assis sur la plage, quarante ans plus tard, Paolo laisse le récit de son enfance se désagréger. Suzanne l'écoute lui raconter ce dont il se souvient et qui afflue par vagues, des vagues recouvrant toute la vérité qu'il a connue jusque-là. Paolo se souvient d'un jardinier qui portait des espadrilles et qu'on n'avait jamais revu, qui l'avait emmené en voiture. Paolo se souvient d'une fille, il se souvient d'avoir dormi dans un cabanon, il se souvient de chèvres et d'attendre, il se souvient surtout de la vigueur avec laquelle on lui avait raconté une histoire de malaise et d'hôpital et il veut raconter tout cela à Suzanne, il veut surtout lui raconter qu'il n'y a jamais vraiment cru mais qu'il n'avait pas le choix, n'est-ce pas ? Suzanne est temporairement anesthésiée par le récit que fait Paolo et c'est plus fort qu'elle, elle ressent de la compassion. Mais cette pitié soudaine vient trop tard, quelques heures trop tard. Elle se heurte maintenant à d'autres sentiments. Elle ne lui fait plus confiance.

Paolo en rajoute-t-il pour l'apitoyer et faire oublier tout le reste ? Les armes et ces heures passées avec Nini – une maîtresse qui lui ment, à lui, c'est humiliant, est-ce pour ça qu'il parle à Suzanne, assis à ses côtés ? Et s'il lui avait raconté tout cela ne serait-ce que la veille, en expliquant qu'il avait toujours été sacrifié à la légende familiale, cela aurait-il vraiment changé quelque chose ? Est-ce que leur bonheur nucléaire, papa maman et leurs trois garçons, peut se jouer à quelques heures ? Sans doute la colère de Suzanne eût-elle fini par éclater, et trouver un autre prétexte. Elle y repensera souvent par la suite : qu'aurait-il pu se passer qui infléchisse le courant de leur vie, ses frustrations, les petits arrangements des Signorelli avec les aspérités du réel, le rapport des uns et des autres à l'argent ? Si Paolo s'était jeté à ses pieds en renonçant à sa famille, à son travail, à son héritage, eût-elle seulement supporté l'homme qu'il serait devenu ? Quel homme ? Que restait-il de lui, finalement, sans la famille, le travail, l'héritage ? C'est la même question qu'elle avait refusé de se poser quand elle l'avait épousé. Cette question vaut pour elle aussi, et elle le sait : que reste-t-il d'elle sans ses enfants et ses ambitions ? Que reste-t-il d'un individu une fois que l'on écarte tout ce qu'il a reçu, tout ce qu'il a construit ?

Paolo baisse la tête maintenant comme on abdique, son corps voûté, ses grandes jambes pliées, les pieds ancrés dans le sable, et elle ne parvient pas à faire un geste. La pitié de Suzanne a de toute façon disparu, remplacée par une colère montante. Elle vient de comprendre que le récit s'arrête là. Que son mari n'exprime ni haine, ni la moindre indignation. Il trouve normal que ses propres parents l'aient laissé se faire enlever, normal qu'on lui enjoigne d'oublier. Tu leur as demandé pourquoi ils t'ont menti ? Pourquoi ils n'ont pas porté plainte ? À quoi bon ? répond Paolo, s'ils l'ont fait, c'est qu'ils avaient une bonne raison de le faire. Suzanne tombe indéfiniment le long d'une spirale à la *Vertigo*, qui lui laisse le temps d'apercevoir tout ce que cette histoire comporte d'insupportable et qu'il va bien falloir supporter, comme on contemple le sol avant de s'y écraser.

Paolo savait, ou il supposait, et il n'a rien dit ? Il n'a rien reproché à ses parents et leur a confié leurs propres enfants ? Les rancœurs se multiplient : finalement, peu importe cette fille que Paolo se tape sans doute. Tous les couples croissent sur des impostures – la vente d'armes et l'enlèvement secret ne sont que des variantes un peu extrêmes des mille trahisons du quotidien. Ce qui importe, ce n'est même pas l'adultère, c'est tout ce temps que Paolo passe ailleurs, à taper dans des balles de golf ou de tennis, ce temps par lequel il s'échappe. Suzanne ne s'échappe jamais : dévouer sa vie à cette famille avait été une façon de parapher un contrat nuptial – ce contrat que Paolo avait jugé inutile, s'opposant, chevaleresque, aux avocats de la famille qui voulaient, eux, le protéger d'un éventuel futur divorce onéreux, ce divorce auquel Suzanne vient de penser, les yeux perdus dans la pénombre agitée d'écume. Suzanne n'est plus encline à la pitié.

Elle ne veut pas que ses enfants les trouvent sur la plage à pleurnicher dans le sable, le sable n'est pas fait pour ça, elle aide Paolo à se remettre debout et il prend ça pour de la compassion, il reprend espoir, il a failli tout perdre, et perdre le réconfort de cette femme qui ne le quittera pas. Il comprend maintenant tous ceux qui restent, qui renoncent aux heures passées dans des chambres d'hôtel, ces heures qui sont peut-être les seules que l'on parvient à voler à sa destinée, parce qu'on y est un autre ou plus simplement, enfin vraiment soi-même, tout cela Paolo l'a entraperçu en entraînant Nini dans ces beaux draps virginaux avec vue sur mer. Nu dans ce lit blanc, il a même pu oublier qui elle était probablement, la fille qui couchait avec Carlo Daveri, il a même fait abstraction de l'affreux tatouage qui ornait son pubis, il ne pouvait plus rien y avoir d'autre, c'était la raison pour laquelle son père collectionnait les maîtresses, aujourd'hui Ercole ferait probablement de la méditation de pleine conscience. Tout ça, Paolo est prêt à y renoncer, parce que le réconfort est parfois plus solide que l'impression d'être en vie. Il va en profiter. Ils vont être heureux, Suzanne, les enfants et lui. La lueur de la lune les guide, les lis dont on distingue les fins pétales, comme déchiquetés par le vent, sont plus frêles encore dans l'obscurité, les bruits de la nuit froissent les feuilles qui bordent le chemin.

Paolo se demande comment il va maintenant affronter Nini, mais il n'a pas besoin de se le demander trop longtemps. Carlo les attend sur la terrasse : il cherche sa fiancée, disparue après une dispute, il s'inquiète, où peut-elle aller depuis la villa, sinon sur la plage ? S'est-elle noyée, larmoie-t-il, lui qui vient pourtant de lui faire une scène entre deux genévriers ? Suzanne voit Paolo s'élancer comme un fou sur les terrasses, il cherche ses enfants, ils ne sont nulle part, elle bondit à son tour, elle a eu le temps, pendant que Paolo lui racontait son enlèvement, de réfléchir à la configuration des lieux, en effet propice aux échappées en fond de jardin. Absolument rien n'a changé en quarante ans, entre riches on ne prend pas la peine de mettre des barrières, mais Suzanne a l'habitude de ses fils, cette habitude que Paolo n'a pas, elle se rend dans la chambre où leurs enfants se sont, seuls, couchés et endormis. Les grands encore habillés, cheveux en bataille, Beppe enroulé dans le drap, prêt à tomber du lit : la Descente de croix de Rubens, pense-t-elle, parce que même s'ils sont là, ce qui se passe est dramatique, c'est dans cette maison que le père de ces enfants, à l'âge de trois ans, a été enlevé, mais on continue à y venir, on continue à inviter des inconnus, on continue à continuer parce que c'est tout ce qu'ils savent faire, assis sur leurs millions. Pas un pour se dire que vendre des armes, forer la côte ou chasser du migrant aura comme première conséquence de scier la confortable branche sur laquelle ils sont assis, sur leur arbre généalogique qui remonte à Venise ou ailleurs, peu importe, l'arbre sera coupé avec le reste, la terre sera brûlée, et Suzanne veut sauver ses enfants.

Paolo rassuré laisse Carlo s'inquiéter pour sa fiancée envolée. Marta, la première, ose faire remarquer qu'ici, il n'y a rien à voler. Elle ne se demande pas si la jeune femme a été enlevée, violée, tuée, tout ce qui pourrait arriver puisque chez eux tout arrive, non, elle se félicite de n'avoir emporté qu'un seul collier de valeur et il est autour de son cou, des diamants perdus dans les tulles vaporeux du Solstice. Joyce a l'habitude de faire attention au danger, d'où qu'il vienne, sans parler de tous ces romans policiers. Ce qui se passe ne la regarde pas, mais peut-être qu'elle se souvient de l'enfant dans la salle de bains, qu'elle se souvient de la façon dont Nini l'a toisée, dans ce même couloir, qu'elle se souvient d'avoir vu la jeune femme jouer avec le petit, mais aussi flirter avec le père, elle a deviné ce qu'il y a entre ces deux-là, on voit tout depuis les cuisines et les salles de bains, ça non plus ça n'a pas changé en quarante ans. Alors, au lieu de choisir la fraternité entre exploités, au lieu de choisir la sororité entre femmes-objets, elle suit son instinct et elle raconte. Joyce, occupée à nettoyer l'évier surplombé par une baie vitrée, avait eu le regard machinalement attiré par quelque chose qui brillait dans la nuit – elle précise, des fois qu'on croie qu'elle se paie le loisir de regarder le paysage autrement que par hasard. Elle a éteint la cuisine, pour mieux voir, et elle a distingué la robe clignotant sous les reflets de la lune, puis le corps de Nini qui a fini par enjamber le grillage, au fond du jardin – et ce corps s'appuyait sur un autre, celui du maquilleur chevelu que tout le monde avait oublié. Elle peut donner l'heure exacte en fonction des petits-fours qui avaient déjà été servis.

En entendant ce récit, Carlo veut immédiatement partir à la recherche de la jeune femme ou casser la gueule de l'autre, il ne sait plus ce qu'il dit, mais Marta, plus fine, lui rappelle qu'elle a cru entendre une dispute, non ? Carlo ne sait pas mentir, si tout un chacun mentait aussi bien que ceux qui l'entourent, le monde ne tournerait peut-être plus, il faut que certains jouent le jeu, alors Carlo s'effondre et raconte. Nini le trompe, une erreur de verrouillage d'écran de téléphone a révélé à Carlo qu'elle avait passé l'après-midi à l'hôtel avec un certain Marcello, est-ce que c'est le coiffeur ? Carlo ne supporte pas cette idée mais il supporte encore moins l'idée de perdre Nini, et maintenant elle s'en va avec le coiffeur – un maquilleur, intervient Marta, comme si elle avait besoin d'ajouter de l'huile sur le feu pour voir Carlo se consumer jusqu'au bout –, il tremblote dans son fauteuil comme une gelée sur un plat, pense Paolo, qui tout à coup le déteste. Carlo Daveri n'a rien à perdre et lui, tout. Quel imbécile aussi, d'avoir fait confiance à une femme qui laisse traîner son téléphone, et qui, cerise confite sur le gâteau déjà bien indigeste, a inventé cette histoire de Castiadas devant Marta et Suzanne ! Il sait que Suzanne le regarde, et qu'elle aussi, soudainement, le déteste, parce qu'elle sait très bien à qui correspond ce *Marcello* et qu'elle se doute que Nini n'a pas noté seule la vague ressemblance entre Paolo et l'acteur : Mastroianni n'évoque sûrement rien, pas même en noir et blanc, à une fille élevée par des algorithmes qui ne lui servent en boucle que ce qu'elle connaît déjà. Et le maquilleur dans tout ça ? Paolo et Suzanne imaginent chacun que la fille a voulu partir la tête haute, même si c'était en enjambant un grillage. Paolo hésite entre la jalousie aiguillonnée par la trahison, et la confirmation qu'il fait le bon choix en renonçant à cette fille – qui a déjà renoncé à lui.

Une fois les bougies soufflées, les cadeaux tripotés – on ne les ouvre pas tout de suite, c'est vulgaire –, la fête se termine quand le Solstice esquisse un bâillement. On ne reverra plus Nini, enfuie dans la nuit, ce qui arrange bien Paolo, qui n'aura pas à tester sa résolution de ne plus l'approcher. Cela arrange aussi les Daveri, même Carlo, qui s'en remettra et finira avec une femme sans intérêt de presque son âge, c'était bien la peine de quitter Monica, dira-t-on plus tard sur la plage. Suzanne s'installe sur le petit canapé du couloir qui jouxte la chambre des enfants et décide de dormir là.

Où Suzanne prend l'avantage

Il reste tout le reste. Avant de plier bagage, Suzanne veut comprendre. Elle ne veut pas accuser Ercole à partir des bribes de souvenirs de Paolo, bien que cet événement de l'enfance de son mari explique tout de même une grande partie de leur relation conjugale. Suzanne n'échangeait rien avec Paolo, soit. Mais elle compensait. Si elle ne s'inscrivait pas à un cours de chant ou d'histoire de l'art, comme certaines de ses amies londoniennes, elle offrait à ses enfants tout ce dont ils pouvaient rêver. Un jour, elle s'était fait la réflexion que les jouets dont elle les couvrait depuis leur naissance auraient aisément rempli le pavillon de Vinargues. Elle visualisait les murs se fissurant sous la pression des angles pointus de la pyramide des Playmobil, les sols ployant sous le poids des voitures téléguidées ou non – partout ce hideux lino 1980 à mouchetage de couleurs pastel sur fond blanc –, les meubles écrasés par des peluches trop grandes, comme si sa nouvelle vie familiale, celle qu'elle avait construite, en revenant dans le pavillon parental, se comportait en Boucle d'Or, saccageant tout d'un passé trop petit pour elle. Cette idée de trop-plein explosif la rassérénait. Elle continuait d'accumuler, et quand les enfants avaient tout, elle se gâtait aussi. Paolo était trop fatigué pour un dîner au restaurant ? Elle s'offrait un pull en cachemire, un parfum d'intérieur digne des Rois mages, un peignoir imprimé à la main avec des pigments arrachés à d'inédits coquillages. Paolo manquait d'intérêt pour des vacances familiales à cinq ? Elle investissait dans la décoration, ce serait toujours ça de réussi, rien de décisif qui aurait entraîné une discussion mais des touches discrètes, des coussins de tailles et de textures différentes, parmi lesquels le beige et le marron régnaient en maître sous des kyrielles de noms d'emprunt – grège, craie, crème, mastic, taupe, tabac… autant de mots sonores que Suzanne prenait plaisir à égrener en anglais devant ses amies, elle en avait plein la bouche, du crème et du mastic. Si Paolo avait prédit à Suzanne, au moment de leur mariage, qu'elle inviterait un jour à l'heure du thé, pour parler de décoration d'intérieur, des « amies » dont elle jaugerait la valeur à l'aune de leur aptitude à comparer les mérites respectifs du grège et du taupe, elle lui aurait ri au nez, de son rire qui alors cascadait, elle lui aurait dit que jamais il n'épouserait une fille comme ça et elle aurait eu raison. Mais les cascades de rire se tarissent si vite dans un mariage, et maintenant Suzanne en tient les Signorelli pour responsables en grande partie, eux qui ont fait de son mari cet être impropre au bonheur, alors qu'elle, grandie dans la frustration, n'aspirait qu'à ça. Du moins elle le croit. Mais a-t-elle vraiment tenté d'être heureuse, en se dissimulant derrière des coussins beiges ?

Suzanne a besoin de faits, de dates, de dépositions, de notes précises pour donner un sens à sa vie. Peut-être parce qu'elle a été journaliste, plus vraisemblablement parce que, depuis son mariage, tout lui échappe. C'est une chose étrange que de ne jamais se demander comment l'argent qu'on veut dépenser va arriver sur un compte, puisqu'il est déjà là, il est là depuis des générations, il se reproduit tranquillement à l'ombre des coffres d'une banque suisse, un peu comme l'or du Rhin est couvé par le dragon endormi – on peut imaginer que ce système atteindra un jour ses limites, mais pour l'instant, la machine étant lancée, la mécanique bien huilée et les roulements ne cessant de rouler, personne n'y pense. En n'ayant plus à se préoccuper de son moyen de subsistance, Suzanne a cessé de se préoccuper de beaucoup de choses.

Suzanne revoit Giulia au café du village. Celle-ci a mille théories sur les enlèvements qui n'en sont pas vraiment – Suzanne pense rapidement à Lapo Elkann : les Signorelli ont-ils essayé de se faire encore plus d'argent en feignant un enlèvement ? Non, ça ne colle pas. Giulia veut d'abord retrouver les flics qui étaient en poste en 1976. Paolo n'a aucun souvenir d'une intervention de la police, mais on ne peut pas faire confiance à ses souvenirs. On pourrait creuser aussi chez les Putzu, à partir de ce que Salvatore a commencé à raconter dans la voiture, mais Giulia convainc Suzanne que les domestiques n'ont pas à subir les conneries de leurs patrons : s'ils ont étouffé quelque chose, ce n'est pas à eux d'être punis. Concentrons-nous sur les officiels. Giulia, à l'aide de ses nombreux contacts journalistes ou policiers noués pendant des années d'activisme local, mais aussi grâce à des cousins ou des connaissances, retrouve en trois coups de fil la trace d'un Roberto Delplano. Suzanne la regarde, abasourdie. Elle se demande un instant si tout ça n'est pas une gigantesque mascarade de plus. Giulia feint-elle de découvrir une vérité qu'elle détient depuis longtemps ? Pourquoi ? Pousse-t-elle Suzanne au divorce par une maïeutique savamment étudiée ? Veut-elle la faire ensuite témoigner contre les Signorelli ? Mais Suzanne n'a plus grand-chose à perdre, elle monte dans la Fiat rouge devant les regards goguenards – ici, on n'aime pas les vieilles voitures.

Assis sur le canapé de son minuscule appartement derrière la place Gramsci, Delplano n'a jamais digéré le silence qu'on lui a imposé. En caressant la barbe qu'il a ajoutée à sa moustache, il parle, plus qu'il n'a parlé depuis bien longtemps, sans parler vraiment. Il pourrait tout raconter, mais à quoi cela servirait-il ? On peut rouvrir toutes les enquêtes, mais les forces qui les ont fait fermer quarante ans plus tôt sont, sinon les mêmes, du moins tout aussi vivaces. Il a quitté la police et récupéré le magasin de ses parents. Il veut avoir la paix. Après que les deux femmes lui ont montré que leurs téléphones n'enregistrent rien, il raconte quand même le coup de fil qu'il avait reçu pendant son intervention dans la maison sur la colline. Un supérieur hiérarchique, haut placé, *du niveau du conseil régional*, précise-t-il, lui avait demandé de relâcher immédiatement Sergio Notteri – et Delplano ne dit pas aux deux femmes la haine qui le liait à Sergio Notteri, mais Suzanne l'entend dans sa voix, quarante ans plus tard. On allait appeler Notteri et il faudrait le laisser décrocher, puis le laisser s'occuper seul de rendre l'enfant. La carrière de Delplano dépendait de son obéissance et de son silence, on le lui avait dit comme ça, et sa vie aussi en dépendait, il l'avait compris en voyant une voiture noire garée en bas de chez lui pendant quelque temps, le temps qu'il soit manifeste qu'il avait obéi et qu'il allait se taire. À l'époque, on mettait des attentats et des enlèvements sur le dos des uns et des autres, alors il n'avait plus cherché à comprendre. Delplano ne raconte pas aux deux femmes comment il a, plus tard, invité un soir Sandra Bonomelli à manger un poisson au Santa Catalina, sur la corniche. Elle était veuve, sa petite frappe de maçon déguisé en jardinier avait fini par succomber bêtement d'un AVC ; Delplano n'a pas retrouvé la flamme qui l'animait à vingt ans, ou il n'a pas osé, mais Sandra et lui passent de bons moments ensemble, à regarder le couchant, et il faut croire que ça leur suffit.

Au volant de la Fiat, avant de ramener Suzanne qui a prétexté une promenade – et s'est étonnée que personne ne s'étonne de cette soudaine promenade –, Giulia réfléchit à voix haute. Les traces de cette affaire sont peut-être aussi peu visibles que les particules de thorium, mais comme elles, elles ont bousillé des familles, n'est-ce pas ? Suzanne ne dit rien. Tu vas demander le divorce ? Suzanne a l'impression que c'est ce qu'elle attend. Comme une maîtresse jalouse qui guette chaque opportunité de rappeler à son amant qu'il ferait bien de quitter sa femme, avec le même ton léger semblant prétendre qu'il s'agit d'une évidence aux conséquences anodines. Et pourquoi ? Par conviction politique ? La mère de famille se raidit, contemple les lauriers-roses, la tour qui protège la côte. Il s'est passé, quoi, une semaine depuis leur arrivée devant ces mêmes ruines ? On en est déjà à divorcer ? Elle l'a déjà envisagé, mais c'est autre chose que de l'entendre. Tout ce chemin depuis Vinargues pour en arriver là. Peut-on se séparer si vite ? Est-elle en train d'inventer tout ce qui va mal pour justifier son envie de partir ? Elle pense à Paolo enfermé dans le noir avec sa migraine, une vraie, cette fois, Paolo trahi par la main qui le nourrit, ces parents qui auraient dû le protéger, Paolo abandonné par une femme. Elle pense à ses enfants et elle en veut de nouveau à son mari. C'est épuisant.

Peut-être pourrait-on en rester là si l'engrenage n'avait commencé à tourner, si Marta n'avait stupidement voulu recruter une énième domestique au lieu de se contenter de celle qui, depuis quarante ans, a non seulement assuré de loyaux services mais a gardé le silence sur les doutes qu'elle pouvait avoir. Bien entendu, les Putzu n'avaient pas cru à cette histoire d'hôpital, d'abord parce qu'on n'emmène pas les enfants de pauvres à l'hôpital, Sergio et Rosa n'auraient jamais fait ça, ensuite parce que ce Sergio, qu'Efisio ne connaissait pas vraiment, et cette Rosa qu'il ne connaissait pas du tout, avaient disparu après l'événement. Mais l'assurance des Signorelli était imperturbable, alors les Putzu aussi avaient fait semblant, et ils continueraient. Certains ordres étaient tacites. Ils parlaient entre eux, bien sûr, et leur fils Salvatore avait fini par comprendre de quoi il s'agissait dans les grandes lignes, sans pour autant être perturbé par la façon dont on avait enterré l'affaire. Les Signorelli payaient, ils faisaient bien ce qu'ils voulaient. Et Marta avait développé une sorte d'addiction à s'entourer de nouvelles esclaves, à les jeter au contact les unes des autres, comme on introduit un nouveau poisson dans un aquarium. À les voir se débattre en sachant bien que leur vie était en jeu, que leurs réactions auraient des conséquences sur leur existence et celle de leur famille, des répercussions jusque dans des villes du bout du monde, et qu'elles le savaient aussi, et qu'elles essayaient de tenir quoi qu'il arrive. Marta ne cessait de recruter et de licencier à Milan, elle le pratiquerait désormais en Sardaigne.

Dans le cabanon Joyce s'est réveillée aux aurores, comme d'habitude. Elle a procédé à une toilette rapide, maquillé ses yeux à l'aide du crayon noir qu'elle garde dans son sac à main. Elle a hésité, et a remis sa tenue de soubrette, pour ne pas salir l'autre. Elle a commencé à ranger le jardin, puis s'est retrouvée dans la cuisine. Elle ne sait pas quand elle doit prendre congé mais elle veut être payée. Alors elle continue de nettoyer, jusqu'à l'arrivée de Marcella. Celle-ci non plus ne sait pas quand on va la soulager de la noiraude qui a pris possession de la cuisine comme si c'était la sienne. Et quand Marta émerge, déjà péniblement dynamique dans son peignoir, les deux employées ne se parlent plus. Marta, qui voudrait bien boire son café tranquille et a oublié jusqu'à quand elle avait recruté la *Filippinos*, mais le plus tard sera le mieux, ça servira de leçon à Marcella, Marta lui demande donc de faire le repassage puis d'aller nettoyer le bureau de son mari, tiens, pour une fois qu'il n'y est pas. En effet, Ercole accuse son âge : couché tard, il fait maintenant la grasse matinée.

Quand Suzanne revient du village, les autres sont déjà à la plage et Marcella est probablement enfermée dans la buanderie. Pourtant, il y a du bruit dans le bureau. Joyce, debout, crie en tagalog, à moins qu'elle ne pleure, difficile à dire. Et assis par terre, ou plutôt tombé par terre, gît Ercole qui tente en vain de se relever. Il s'est fait mal. Vieux colosse pathétique aux chevilles d'argile, le Cronos de Goya qui mange ses enfants mais n'a pas l'air plus vaillant pour autant. Suzanne demande à Joyce ce qu'il se passe. Celle-ci ne répond rien. Ercole lui a-t-il défendu de nettoyer le bureau ? Toujours pas de réponse, Joyce regarde ses pieds et Ercole, lui, regarde ailleurs. Les mains aplatissent convulsivement le tablier de soubrette et Suzanne remarque que la fille ne fait rien pour aider l'homme à se relever. Elle note la répugnance. Elle se demande si son beau-père a osé toucher la fille, peut-être qu'il fait de moins en moins la distinction entre les femmes qu'on paie pour servir à table et celles qu'on couvre de cadeaux pour les allonger ? Suzanne ne le sait pas mais Ercole a désormais passé l'âge ; ça le surprend lui-même, mais il semble que ça ne l'intéresse plus. D'ailleurs, plus rien ne l'intéresse, et même ça il s'en fiche. Pas le genre candidat au suicide. Il végète et il végétera le plus tard possible, sur le dos des autres. Joyce ne raconte pas qu'Ercole, en entendant du bruit dans son bureau, s'est précipité à l'intérieur. Il a trouvé la soubrette en train d'épousseter ses papiers sur la table, furetant parmi toutes ces choses qui ne la regardent pas – comme dans un film, toujours. Et il a eu le réflexe de lui donner de sa canne un coup sec sur les jambes, comme on tape une bête. Joyce a sursauté, elle a eu peur, elle l'a repoussé. Et il s'est effondré.

Quelques années plus tôt, Joyce aurait fini au poste pour avoir poussé un employeur et de là, sans papiers, aurait fini Dieu savait où. Mais la Terre tourne et le soleil lui aussi parfois reste caché. Néron aurait dû y penser et Ercole avec lui : le monde des Signorelli change et le monde autour d'eux change. Et Suzanne est à bout, alors elle soutient le regard d'Ercole, lui précise qu'elle imagine sans peine ce qu'il s'est passé – elle imagine un autre scénario que ce coup d'un homme à une bête, mais peu importe, un bâton sur les jambes ou une main sur la cuisse, dans ce contexte, c'est la même chose – et lui demande s'il a quelque chose à dire. Il est tellement choqué par l'attitude de sa belle-fille sous-estimée qu'il reste là, silencieux, à se masser la cheville, puis : « Aidez-moi à me relever. » Suzanne le défie maintenant. « Vous cachez probablement de l'argent dans ce bureau ? » Elle ouvre le tiroir, Ercole remue un peu mais ne parvient pas se lever. « Une arme, rien que ça ? » Plus rien n'étonne Suzanne, elle pourrait enchaîner sur le chapitre armement, mais elle ne veut pas lâcher ce qu'elle sait tant qu'elle ne peut pas coincer son beau-père d'une façon ou d'une autre. Des liasses d'euros, maintenant, tant d'euros, et elle se concentre, elle les feuillette du bout des doigts et elle en tend deux mille à la fille. « C'est pour la soirée, les extras promis. » Il lui semble pouvoir sentir le regard d'Ercole s'alourdir au moment où les billets passent de main en main, mais elle essaie de ne jamais le croiser, ce regard qui depuis toujours la pétrifie. Elle tremble légèrement, peut-être s'en rend-il compte. Suzanne demande ensuite à la fille de filer où elle veut et l'autre file, en effet, elle sait ce que Suzanne est en train de faire pour elle.

Cinq minutes pénibles passent, pendant lesquelles Suzanne appelle un médecin – « je ne vais pas risquer de vous faire encore plus mal en vous soulevant » –, contemple la photo de Carbonia en s'interdisant tout commentaire, attendant une confession spontanée, mais il ne faut pas rêver. « C'est dangereux, cette arme, imaginez que je sois arrivée trop tard et qu'elle vous ait tiré dessus ? Et si c'était de la légitime défense, en plus… » Il faut que le vieux la dégoûte pour qu'elle ose lui parler comme ça. Elle se réjouit qu'il n'ait jamais appris à se servir d'un téléphone portable pour prévenir Marta sur la plage, qui serait accourue commander un hélicoptère. Elle le laisse inventer un mensonge sur les raisons de sa chute, pour le bénéfice du médecin qui fait son pansement. Pendant qu'il se repose allongé dans sa chambre – il a l'air déjà mort, pâle et le visage fermé –, elle fouille le bureau à loisir. Elle finit par décrocher la photo de Carbonia et découvre, caché derrière, le coffre qu'elle attendait. Pour la combinaison, rien de sorcier : elle essaie la date de naissance d'Ercole puis celle de Rock Hudson qu'elle cherche sur son téléphone. 171125, clic, certains hommes sont tellement prévisibles. Elle sort une pile de feuilles, et prend des photos de tout ce qu'elle peut, sans trier. Le pauvre Ercole a fait fortune avant l'Internet, il fallait bien garder quelques documents, et puis il partage avec les mafieux cette habitude de tout noter sur des bouts de papier, parce que le téléphone est sur écoute… Les palimpsestes d'une vie de tricheries. Et un carnet de cuir grainé qu'elle décide d'emporter.

Elle remet la photo en place et sort de la pièce au moment même où Marcella remonte de son bunker-buanderie, une pile de linge dans les bras.

Le Grau-du-Roi

Le séjour se termine dans une ambiance de fin d'été, alors qu'il reste encore un mois à occuper. Suzanne, qui avait prévu d'aller se reposer avec les enfants dans un club *all-inclusive* de la Côte d'Azur pendant que Paolo rentre travailler à Londres, consomme les derniers gigas de son forfait pour louer à la place une maison près de chez ses parents. Elle n'a aucune envie de fréquenter les rivages du Grau-du-Roi en août – ni d'ailleurs à un autre moment de l'année –, mais elle estime que ça fera du bien à tout le monde et d'abord à ses enfants de se retrouver en famille, l'autre famille, sur une plage où les baigneurs ne sont pas forcément mieux lotis que les vendeurs. Le sable sera sale et collant, l'eau trouble, et c'est avec l'accent du sud de la France que de jeunes gens tatoués chercheront à lui refourguer leurs chouchous, par ici les bons chouchous. Elle n'aborde plus la question des armes, ni de l'enlèvement. Paolo ne semble pas libéré d'avoir parlé ; il faut croire que ses souvenirs sont au contraire difficiles à digérer : désormais victime de migraines, il s'enferme dans le noir à l'heure de la sieste – Carlo Daveri a abandonné le golf, lui aussi.

Paolo s'endort le soir quand Suzanne éteint sa lampe, ils ne se touchent plus ; il a bien un peu essayé, comme pour vite oublier le fantôme du corps de Nini qu'il sent encore au bout de ses doigts dès qu'il ferme les yeux, mais il n'a pas insisté.

Les enfants ne semblent pas remarquer les changements d'humeur de leurs parents et Suzanne y voit la confirmation de tout ce qui, chez eux, ne va plus : la bulle de protection qu'elle a soufflée autour d'eux les isole du monde – c'est d'ailleurs exactement ce qu'elle avait en tête en les couvant depuis leur naissance. Ils se plaignent tout de même de la froideur de leur grand-mère qui, depuis qu'Ercole est alité, est préoccupée par mille questions qu'elle a jusque-là ignorées. Il n'a rien raconté à sa femme, mais depuis sa chute il parle de Suzanne encore plus froidement qu'avant. Marta ne sait pas que demander à son mari, elle ne sait pas où creuser : une galerie au mauvais endroit et c'est tout l'édifice de leur vie commune qui pourrait s'effondrer. Elle sublime ses frustrations dans une lutte sans merci contre les fourmis, réclamant à Efisio des produits de plus en plus toxiques dont les traînées poudreuses sillonnent désormais la maison, un jeu de piste qui ne va nulle part. Et qui ne sert à rien : les milliers d'ouvrières sont en passe de l'emporter, continuant sans relâche à arpenter les lieux jusqu'au cœur des aliments. Heureusement que Marta est imperméable aux allégories.

Dans l'avion qui les ramène à Londres, Suzanne commande une, puis deux mignonnettes de vodka avec du jus de tomate, qu'elle avale méthodiquement. Paolo s'est abstenu de faire remarquer qu'il n'était que dix-huit heures, il s'abstient d'ailleurs de tout, comme s'il s'agissait d'un mauvais moment à passer. Suzanne a exigé le hublot, les enfants ont râlé, mais pour la première fois depuis une dizaine d'années c'est elle qui voyage le nez collé à la vitre. Les vols low cost empruntent les mêmes couloirs que les autres et elle contemple la neige qui chapeaute les Alpes, se demande combien de temps il faudra avant que les arêtes soient dégagées, simple roche érodée. Sera-t-elle encore là pour voir ça ? La neige disparaîtra-t-elle totalement de la surface de la terre ?

Au Grau-du-Roi, tandis qu'Anne et Christian Valeyre animent un concours de pétanque pour les enfants depuis leurs sièges pliants à rayures de nylon, Suzanne, sous les pales du ventilateur de la maison de location, fait chauffer son ordinateur et son téléphone. Le carnet qu'elle a trouvé dans le bureau d'Ercole gît sur la table de verre. Épais, soigneusement manuscrit d'une écriture qu'elle s'est surprise à admirer. C'est presque touchant, ces ambitions. Son beau-père avait découpé des photos, des articles, souligné les légendes, comme un écolier qui soigne son exposé. Le sujet écrit en capitales soignées sur la page de garde : Petrolia. On devine pourtant, au travers des documents officiels et entre les lignes qui rationalisaient l'ensemble, qu'il faudrait basculer dans le flou, l'humain et l'illicite, payer des intermédiaires, obtenir des fonds destinés à d'autres aménagements plus urgents et passer outre les nouvelles lois de protection du littoral. Il y avait des flèches et des points d'exclamation, comme si tout ça était un simple jeu pour Ercole, une chasse au trésor : Petrolia serait l'incarnation d'un capitalisme outrancier – comme revigoré, au lieu d'être tempéré, par les noires perspectives aperçues lors du choc pétrolier.

Et tout cela s'était arrêté soudainement, au milieu de l'été 1976. Plus de coupures de journaux, plus de notes. Et ce carnet était tout ce temps resté au fond du bureau d'Ercole. Pourquoi l'avait-il gardé ? Difficile d'imaginer son beau-père versant dans le sentimentalisme nostalgique. C'est vrai qu'il y avait cette photo. Carbonia, Suzanne a maintenant compris qu'il s'agissait du modèle de Petrolia, un modèle fasciste pour couronner le tout. Ercole avait donc rêvé un jour. L'enfouissement de ce rêve ne pouvait pour autant excuser ce que son beau-père était devenu. Il ne l'était d'ailleurs pas vraiment devenu : pour avoir des rêves pareils, il fallait justement être ce qu'Ercole était déjà en 1976, ce qu'il était déjà à sa naissance, ce que son père était déjà avant lui. Et ce que Paolo serait à son tour ? Est-ce qu'Ercole avait prévu de faire chanter les uns ou les autres ? C'était plausible.

Le carnet contient des fiches biographiques, des dates de naissance et de mort violente, des dates de couronnement ou d'accession aux présidences de républiques, de conseils, de partis ou d'entreprises. Il y a là ce Licio Gelli, dont Suzanne a entendu parler puisqu'on le dit responsable de l'accession au pouvoir de Silvio Berlusconi, et qu'on sait désormais à peu près dans quoi il a trempé. Deux pages de notes sur son parcours, autant pour la discrétion entre maçons. Il y a là Enrico Mattei, qui a démantelé l'Agip, l'agence de gestion de l'énergie fondée par les fascistes, pour l'intégrer à l'ENI. C'est sous la présidence de Mattei que l'ENI s'est mise à traiter directement avec les pays les plus pauvres du Moyen-Orient, puis avec l'Union soviétique, dans laquelle Mattei s'est rendu en pleine guerre froide, au grand dam des Américains et des *Sept Sœurs*, expression qu'il a lui-même inventée pour désigner le cartel des grandes compagnies pétrolières occidentales.

Ercole s'était contenté de noter des faits, mais Suzanne les complète par les coupures de presse jointes au carnet, et par ce qu'elle trouve sur Internet. C'est aussi ces *Sept Sœurs* que Mattei a flouées au profit de l'Opep, en imposant la rémunération de 75 % versée aux pays dans lesquels est extrait le pétrole, au lieu de l'exploitation éhontée qui avait cours depuis le début du XXe siècle. L'homme a par ailleurs été résistant, s'occupait de politique, a été élu avec la Démocratie chrétienne et est mort en 1962 dans un crash aérien. Tout cela le rendrait plutôt sympathique aux yeux de Suzanne, si les informations glanées sur Internet ne venaient ternir ce portrait, à coups de prise de contrôle de la presse, de financements occultes pour les pots-de-vin dont il arrosait tout le monde, et d'une conception assez pragmatique des partis politiques : « Je les utilise comme j'utiliserais un taxi : je m'assois, je paie pour le trajet, je sors » – et d'après ce que Suzanne lit sur les fiches des uns et des autres, c'est une conception par ailleurs assez répandue dans l'Italie des années 1970. Mattei n'hésitait pas non plus à semer la zizanie dans les pays dans lesquels l'Italie a des intérêts pétroliers, comme en Algérie où il a formé les indépendantistes à la guérilla, tandis qu'il commandait à Sartre le scénario d'*Un dieu noir et un diable blanc*, un documentaire anti-OAS que Suzanne cherche en vain – il n'a jamais existé, puisque Mattei explose peu de temps après en vol, à bord d'un avion dont on sait maintenant qu'il transportait une bombe – *incidente aereo*, a sobrement noté Ercole.

On comprend qu'avec une vie pareille, ce Mattei se soit attiré un tel nombre d'ennemis qu'on ne sache plus très bien à qui imputer l'accident : CIA, OAS, services secrets français, Cosa Nostra sicilienne ou américaine ? Chacun défendait son bifteck, et chacun voulait le bœuf entier. Le journaliste Mauro De Mauro sera assassiné en 1970, alors qu'il enquête sur l'affaire Mattei pour Francesco Rosi, lequel réalise un film sur le sujet – tous deux disposent de leur petite fiche. Internet signale à Suzanne le lien possible entre cet attentat et Eugenio Cefis, à qui Ercole a consacré plusieurs pages manuscrites. Ils se sont rencontrés dans la Résistance. Cefis a d'abord secondé Mattei à l'ENI, avant que ce dernier ne l'en écarte. Après le crash aérien, Cefis revient à la vice-présidence, puis à la présidence de la compagnie. Suzanne apprend que Cefis serait peut-être le fondateur de la loge P2, dont Gelli était le Vénérable Maître. Suzanne balaie la franc-maçonnerie, elle se doutait déjà qu'Ercole y trempait jusqu'au cou. Elle est intriguée par une mention en bas de page : « *Pasolini ?* » La fiche Pasolini n'existe pas dans ses biographies, à croire que son beau-père n'en a pas eu besoin, mais il a découpé de nombreux articles que le réalisateur et auteur a signés pour le *Corriere della Sera*, à commencer par l'un des plus célèbres d'entre eux, intitulé *Io so*, « moi, je sais », dans lequel Pasolini affirmait connaître les responsables de la stratégie de la tension sans avoir les preuves suffisantes pour leur incrimination. Cefis ? Suzanne cherche et trouve le lien qui unit Pasolini à Cefis, un lien qui a pour nom *Petrolio*. Elle ne peut pas croire à un hasard qui relierait le nom du livre inachevé de Pasolini à l'entreprise rêvée de son beau-père. S'agissait-il d'une réponse du berger à la bergère ? Le carnet s'arrête huit mois après la mort de Pasolini sur la plage d'Ostie, le 2 novembre 1975. Tout, dans l'écriture, les positions politiques et la vie de Pasolini, devait heurter Ercole. Suzanne ne trouve pas le texte de *Petrolio* en ligne, mais elle déniche quelques allusions à un chapitre central au titre énigmatique, « Lumières de l'ENI », un chapitre resté vide, au beau milieu de scènes pornographiques. Pour certains, c'est ainsi que l'aurait voulu Pasolini ; pour d'autres, il est peu probable que ce dernier ait choisi une page blanche pour faire allusion à l'organisation économique dominant dans l'Italie de l'époque. Le problème, avec le pétrole, c'est que depuis qu'il a commencé à couler à flots, tout ramène à lui. Qu'est-ce qui, au XXe siècle, n'a pas à voir avec lui ? Ercole avait raison de croire en sa toute-puissance : elle avait même fini par le mettre à terre.

Suzanne devant sa table de verre se demande à quoi bon continuer à chercher. Elle se sent très loin de la villa des Signorelli en juillet 1976, et quand bien même elle comprendrait, elle n'a aucun pouvoir pour en faire quoi que ce soit ; ça n'intéresse même pas Paolo. Quant à ses ambitions de dénoncer des marchands d'armes… Comment la complexité du monde pourrait-elle se retrouver étriquée entre ses mains à elle, perdue dans une commune qu'elle abhorre, tout en bas de la France ? Pour le moment, elle ferait mieux de rejoindre ses enfants.

Ils ont râlé le premier jour : leur mère avait beau avoir choisi la villa la plus confortable qu'elle puisse trouver, piscine incluse, rien n'allait et surtout pas le bout de plage grisâtre, borné de chaque côté d'une digue artificielle, sur lequel elle les a forcés à serrer leur serviette usée aux côtés de celles des autres. L'eau était trop froide et on n'y voyait pas à travers. Personne n'avait de donut gonflable, et personne n'en vendait. Taddeo avait même fait remarquer l'excès de bruit, alors que pour Suzanne, les cris de plage étaient interchangeables. Et puis, peu à peu, ils ont compris au ton de leur mère que tout cela ne l'amusait plus, que ça n'avait même plus prise sur elle. Et pas question de geindre auprès de leurs grands-parents : ils savent déjà que les Valeyre n'ont pas grand-chose à voir avec les Signorelli. Ils pourraient se plaindre de leur nouveau standing auprès de leur père, mais ce dernier n'a pas vraiment instauré des relations telles qu'ils imaginent lui téléphoner sans que leur mère ait organisé un rendez-vous, une visioconférence de plus pour lui, qui ne les trouve finalement pas beaucoup plus éloignés à travers l'écran que lorsqu'ils sont dans la même pièce que lui. Tant pis donc pour Paolo, les enfants aiment leur mère et ils finissent par faire ce qu'elle leur demande, à savoir s'amuser sur ce sable collant, avec ces grands-parents qui ressemblent davantage à des grands-parents. L'indifférence relative de Suzanne à leurs plaintes et sa disparition derrière son écran d'ordinateur pendant de longues heures semblent même les calmer.

Elle en est sidérée : elle a beau savoir que c'est là le mécanisme du désir, elle ne s'attendait pas à ce que cela fonctionne si bien sur sa propre progéniture, ces enfants qui brident leur impatience pour éviter de la froisser, pour s'assurer qu'elle soit, bientôt, à nouveau disponible. Certaines choses parfois sont justes, se dit-elle alors qu'elle s'assoit sur le sable gris pour construire avec eux une voiture, comme elle l'a vu faire enfant à ses cousins, une vraie miniature dans laquelle on peut s'asseoir à condition de ne pas s'appuyer trop fort sur les sièges de sable, une voiture qui ne nécessite aucun roulement à billes.

Le soir, Anne et Christian ont tenu à les inviter à Vinargues, au lieu de dîner sur la grande table en verre de Suzanne. Ses parents ont récemment « refait le salon » et, au passage, le bonheur du brocanteur à qui ils ont refourgué leur mobilier *vintage*, remplacé par des cartons de prêt-à-monter, qui ont occupé Christian et son tournevis pendant tout le mois de mai. Son verre de Suze à la main, Suzanne contemple le mobilier interchangeable. Le monde n'est peut-être pas si compliqué, après tout, puisqu'il est partout le même. À table, un peu plus tard, elle frissonne au contact de la paille de sa chaise. Quarante ans ont passé et elle s'assoit toujours sur la même chaise – ils n'ont pas encore refait la cuisine. Suzanne, coincée entre son passé et ce qu'elle serait devenue en restant ici, prend des décisions qu'elle n'a pas de mal à cacher, puisque ses parents, tout entiers aux enfants attachés, ne s'occupent que de servir les lasagnes ou d'écouter les histoires de Beppe, comme subitement atteint de logorrhée depuis qu'il a rejoint la France. Du jour où elle a quitté Vinargues et manifesté un surprenant désir d'indépendance, ses parents n'ont jamais vraiment posé de questions à Suzanne. Poser des questions revenait à s'inquiéter, et il était plus simple d'imaginer que leur fille unique partie étudier à Paris s'en sortait parfaitement, ce que le mariage milanais avait d'ailleurs confirmé en grande pompe : il était désormais inutile de se faire du souci pour Suzanne. Ils ont été légèrement surpris qu'elle annonce sa venue au Grau-du-Roi, mais ils l'ont pris comme une tentative de rapprochement, un effort qu'elle ne fournit pas assez souvent à leur goût. Et ils ne s'occupent plus que de leurs petits-enfants. Puisque c'est comme ça, pense Suzanne, rien ne l'empêche d'aller voir ailleurs.

Vacances romaines

Cette fois elle n'a pas eu à se battre et elle n'a pas besoin de vodka pour supporter le voyage. C'est seule que Suzanne contemple la neige alpine, seule qu'elle atterrit à l'aéroport de Rome, seule qu'elle monte dans la navette qui la conduit au centre où elle a réservé une chambre d'hôtel. Elle n'a pas eu besoin, elle, de pseudonyme, elle a encore un nom *de jeune fille*, qui figure d'ailleurs sur son passeport. C'est seule qu'elle s'allonge sur le lit deux places puis qu'elle prend une douche, avant de retrouver Giulia pour dîner. Depuis qu'elle a quitté la Sardaigne, elle a compris que Giulia ne lui voulait rien de mal, la femme est seulement dotée d'un penchant un peu maladif pour l'enquête et la dénonciation. Et Suzanne va avoir besoin de son aide. Giulia était à Rome, il y avait exceptionnellement pour les vacances d'été un vol direct depuis l'aéroport de Montpellier où l'ont accompagnée Christian et les enfants. Beppe a pleuré, mais Suzanne a limité son absence à trois nuits, elle reviendra très vite et Anne, qui depuis qu'elle est grand-mère surprend sa fille tous les jours, leur a prévu mille activités. Suzanne n'a pas jugé bon de parler de cette escapade à Paolo, elle remet à plus tard la possibilité de le faire. Ce mensonge par omission la libère soudainement.

Giulia, devant son Campari soda, est sur le sentier de guerre. Il faut croire que ses informateurs font partie de la maigre frange de la population italienne qui ne disparaît pas des villes aux alentours de Ferragosto, le quinze août. Pendant quatre jours, Suzanne va, de son premier cappuccino à sa dernière grappa, rencontrer des informateurs plus ou moins pittoresques. Il y a d'abord la spécialiste des enlèvements, Lina, une prof de l'université La Sapienza. Suzanne a rendez-vous dans son bureau, mais Lina finit par l'inviter à dîner chez elle en famille, dans le quartier de l'EUR – Suzanne, terrifiée par l'architecture fasciste, frémit en pensant à Carbonia et à Petrolia. Alors que ses propres jumeaux de quatre ans jouent à leurs pieds dans le salon, et comme si elle avait besoin de rappeler à Suzanne que les enlèvements, ça n'arrive pas qu'aux gosses de riches, Lina lui raconte comment la 'Ndrangheta calabraise a investi dans le trafic de cocaïne les rançons extorquées à des centaines de famille ; elle lui parle des enfants disparus de la Barbagia sarde, enlevés sans distinction jusqu'à ce que la loi finisse par geler les avoirs bancaires de leurs parents, afin de rendre les demandes d'argent inefficaces ; enfin, Lina lui dresse la liste des rejetons de tant de familles fortunées du nord de l'Italie dans la seconde moitié de ces années 1970. Suzanne lui raconte ce qu'elle sait, ce qu'elle imagine et Lina s'étonne : il est tout de même curieux que le petit Paolo n'ait pas fait la une des journaux. Même au cœur des années de plomb, même à ce moment où Milan était ravagé par le crime plus ou moins organisé – cent cinquante meurtres par an ! s'exclame Lina, et Suzanne jette un œil aux jumeaux qui font rouler leur train de bois –, on signalait tout de même les enlèvements d'enfants. Et on mettait les siens à l'abri. Suzanne se sent coupable par contumace de la dangereuse insouciance des Signorelli : pour autant qu'elle sache, Ercole n'avait pas non plus jugé bon d'éloigner Paolo ou ses sœurs de l'immeuble familial, avant ou après l'événement, c'est d'ailleurs bien ce qu'elle lui reproche.

Dans le taxi qui la ramène à son hôtel, Suzanne vacille. Elle voudrait soudainement appeler Paolo et tout lui raconter, ce qu'elle fait ici, combien ses parents ont été irresponsables, combien, peut-être, elle le plaint. Elle le ferait probablement si Giulia ne l'attendait à la réception, Giulia prévenue par Lina que son amie était charmante et qu'elle était désolée de ne pas pouvoir l'aider davantage, Giulia qui a deviné que Suzanne avait besoin d'un verre, au cours duquel elle enfonce le clou. Giulia n'est pas mauvaise, un peu trop amoureuse de la vérité peut-être ; elle aimerait amener Suzanne à témoigner, sans savoir exactement sur quel sujet. Peut-être se venge-t-elle de son existence en ruinant celle de sa nouvelle amie millionnaire, mais ce sont là des motifs qu'elle aurait du mal à s'avouer, aussi universels soient-ils.

Le lendemain, face à Gianfranco, Suzanne a peur de confondre tous ces patronymes trop pleins d'« i » lus sur les fiches d'Ercole, elle qui n'a pourtant aucun mal à se souvenir des noms des artistes ou de leurs commanditaires, ici au Palazzo Barberini sous la voûte peinte pour le pape Urbain VIII par Pietro da Cortona. Gianfranco, un avenant barbu d'une soixantaine d'années enveloppé dans un costume brun qui lui donne l'air d'un ours, commence par maudire les papes et leurs esclaves artistes – Suzanne regrette son idée de donner rendez-vous à un communiste dans un palais du XVIIe siècle. Mais Gianfranco est ici pour éclairer Suzanne sur les liens unissant le *Petrolio* de Pasolini et l'ENI, sous la présidence de Cefis. Pour lui, ça ne fait aucun doute, comme il l'explique à Suzanne devant un café au bar qui fait face au palais, où il se sent plus à son aise : ce fameux chapitre manquant était la clef de voûte du livre, et toute la pornographie du monde n'aurait eu aucune valeur pour Pasolini si elle n'avait été politique, ici doublement politique, en dénonçant la responsabilité de Cefis dans la mort de son prédécesseur Mattei. Pasolini voulait peut-être inclure dans *Petrolio* un discours de Cefis qu'il s'était procuré et qui avait ensuite mystérieusement disparu, un discours que Gianfranco a lu, lui, car on en a récemment retrouvé la trace, un discours dans lequel l'industriel, devant un aréopage de jeunes militaires, avait rappelé la nécessité pour les multinationales de faire passer les intérêts du capitalisme avant ceux des États qui les abritaient. Soit garantir l'avènement d'un nouvel ordre mondial gouverné par l'argent, ou plutôt officiellement gouverné par l'argent, ajoute Gianfranco, parce que au fond, en 1975, on en était déjà convaincu et même la débâcle du pétrole n'y avait rien pu : au lieu de chercher des alternatives, on avait seulement tenté de forer un peu plus profondément. Est-ce que Suzanne a lu Ivan Illich ? *Énergie et équité*, 1973 : « L'exercice de la démocratie est indissociable de l'existence d'une technique à basse consommation d'énergie » ; oui, ce lien entre la course en avant énergivore et les régimes dictatoriaux était évident, Pasolini visait juste avec son *Petrolio*. Et puisque Suzanne vient d'une famille de fabricants de voitures, ou presque, elle appréciera la façon dont Illich leur règle leur compte : si tout le monde s'équipe de voiture, plus personne n'avance, la vitesse est réduite. Par ailleurs, si l'on prend en compte le temps passé à gagner l'argent nécessaire à financer une voiture, on peut en conclure que celle-ci va, au fond, moins vite qu'une bicyclette. Gianfranco éclate de rire et regrette qu'on n'ait pas vraiment changé de paradigme. Le pétrole était moins disponible ? Eh bien, la course pour se le procurer serait plus serrée encore.

Les valeurs du capitalisme étaient les mêmes avant et après le choc de 1972, ces valeurs défendues quoi qu'il en coûte par Cefis, Gelli et tous les membres de leur loge, tous ces hommes de pouvoir à des postes clés dans les entreprises et au sein des gouvernements successifs. Ce pouvoir dont Pasolini dénonçait « l'ardeur, pour ainsi dire cosmique, à aller jusqu'au bout du "Développement" : produire et consommer ».

La stratégie de la tension était née de là : mettre le pays à feu et à sang jusqu'à ce que les citoyens excédés préfèrent une dictature à leurs politiciens corrompus, une dictature qui n'aurait pas d'autre ambition que de faciliter les transactions commerciales. « La forme "totale" du fascisme », avait écrit Pasolini, le fascisme sans le vernis idéologique, conclut Gianfranco. Bien sûr, ces valeurs ne faisaient que rejoindre celles prônées par les acteurs du capitalisme dans les pays amis, et en premier lieu les États-Unis. Et tant pis pour ceux qui s'y opposaient, comme Pasolini, dont l'assassinat avait probablement été déguisé en sordide crime de mœurs alors qu'il s'agissait peut-être de le faire payer pour récupérer le discours de Cefis ou les preuves de la culpabilité de ce dernier dans la mort de Mattei, des documents qu'on lui avait subtilisés – un enlèvement, déjà. Tant pis aussi pour ceux qui croyaient participer, mais n'avaient pas vérifié à quels intérêts ils allaient toucher, comme, peut-être, Ercole Signorelli ?

Ce dernier point est approfondi par Minnie, un travesti qui rejoint Suzanne à l'une des petites tables rondes du sordide cabaret de la Via Flaminia où il vient de se livrer au show transformiste qui assure ses maigres revenus. Minnie a été un jour chef d'entreprise : il s'occupait, lui, de fabriquer des plastiques. Mais une affaire de mœurs, à la publicité orchestrée par sa femme qui supportait mal de le trouver de temps en temps en bas couture et talons de 12 centimètres dans la salle de bains familiale, a eu raison de sa carrière autant que de sa vie de famille – il n'avait pas, lui non plus, la fortune des Agnelli, qui expliquait que les frasques de leurs rejetons fussent tolérées, et pendant vingt ans il n'a plus vu ses trois enfants. Devant un virgin mojito à petite ombrelle de papier, Minnie raconte à Suzanne comment Ercole Signorelli avait pu vouloir rivaliser avec le contrôle de l'or noir mis en place par Cosa Nostra depuis la Sicile mais aussi par Cefis, encore lui, qui venait d'acheter les raffineries de Ravenne et de Gaète, principaux fournisseurs de pétrole de l'Otan en Europe du Sud – c'était d'ailleurs une source de tensions entre lui et Mattei, qui voulait que l'Otan se fournisse directement auprès de l'ENI. Probablement que Signorelli, lui aussi, voulait sa part. Suzanne explique ce qu'elle sait du projet de Petrolia et Minnie sourit, de son sourire fuschia. « Petrolia ! Rien que ça. » Mais il avoue qu'ils étaient tous pareils, à l'époque – lui-même avait nommé sa compagnie Plastica, c'est dire comme ils avaient de l'imagination. Et on pouvait croire qu'Ercole pensait sincèrement aider au développement de la Sardaigne, même s'il ne pouvait ignorer qu'il contribuerait à en détruire le littoral et que l'argent ne serait pas redistribué très équitablement.

Mais, ajoute Minnie en faisant glisser ses longs ongles turquoises incrustés de strass sur le rebord de son verre, c'était comme ça, à cette époque. Qui se souciait des tortues et du sable blanc ? L'été 1976, oui, on allait commencer à en parler, à cause de la catastrophe de Seveso, mais qui parlait d'égalité ? Les communistes, bien sûr, mais dès qu'ils étaient arrivés au pouvoir, ils s'étaient laissé corrompre comme les autres, en Sardaigne aussi bien qu'ailleurs. La corruption, c'est un mal qui ronge ce pays, précise-t-il en levant ses grands yeux vers Suzanne. Qui ronge le monde entier, ajoute celle-ci. Oui, bien sûr, conclut Minnie, mais ici, je crois que nous sommes très forts. Parfois, je me demande si toute la corruption du monde n'est pas partie d'un petit village reculé de Sicile… Alors, savoir qui, précisément, aurait pu faire échouer Petrolia… Restait que Cefis, à ce moment-là, n'avait guère intérêt à ce que le pétrole coule à flots sur le continent italien. Suite au choc de 1972, lui avait investi dans les navires méthaniers, que le pétrole aurait à cet endroit rendu caduques – pour la même raison, il s'était opposé au projet de méthanoduc entre la Sicile et l'Algérie. Sans parler de Transmed, le gazoduc dont il avait supervisé la construction, assurant le transport du gaz naturel algérien vers l'Italie, en passant par la Tunisie et la Sicile. Avant que Cefis ne se livre à ces multiples contorsions, Thomas Edison l'avait formulé ainsi : c'est le système qui compte, pas le produit. Résultat, le projet pétrolier de Signorelli, Cefis n'en voulait sûrement pas, même s'il lui aurait été publiquement difficile de justifier une opposition. En tout cas, conclut Minnie, ce qui est sûr, c'est que Signorelli n'a jamais implanté de raffineries en Sardaigne, et que les Siciliens gouvernent toujours le monde. Suzanne paie, remercie et abandonne Minnie à des considérations nostalgiques et à son maquillage à refaire avant le show de dix-huit heures.

Le soleil l'éblouit alors qu'elle sort à l'air libre, respire à pleins poumons la pollution des pots d'échappement, et rejoint la petite gare qui la ramène Piazza del Popolo. Elle boit un Spritz en compagnie d'un flic qui trouve ça vulgaire et commande un Fernet Branca pour ses aigreurs d'estomac. Il lui explique le fonctionnement de la région Sardaigne en 1976, lui précise qui décidait de quoi, mais son fort accent frioulan complique les choses. Suzanne enregistre la conversation, pour plus tard, tout en concentrant son attention sur les épais sourcils de l'homme, dont elle note qu'ils rejoignent sans discontinuité ses favoris. Pas le rendez-vous le plus utile, mais qui donne tout de même à Suzanne l'impression de mener une véritable enquête – et elle a besoin de ces apparences pour ne pas s'effondrer, pour ne pas admettre qu'elle cherche et à grands frais des raisons de faire exploser sa famille. Elle insiste pour payer encore l'addition, pense même une seconde à demander une note, comme lorsqu'elle travaillait. Mais, bien sûr, cette fois, tout est à ses frais.

Tandis qu'elle marche vers le Trastevere, le puzzle commence à se mettre en place. Il manque quelques détails, bien sûr, et ce n'est pas à Ercole qu'on pourra les demander puisque ce dernier, depuis son retour de Sardaigne, est atteint d'une dégénérescence cérébrale que Suzanne trouve fort à propos. On le ménage, il vit canne à la main entre ses séances de rééducation et le poste de télévision, comme s'il était, en quelques heures, enfin devenu un petit vieux. Suzanne ne saura donc pas qu'Ercole, au lieu de comprendre directement le message qu'on lui adressait, avait cru bon d'appeler Gelli, qui avait alors changé son fusil d'épaule : on libérerait l'enfant et on demanderait à Ercole toute discrétion en échange. Pas besoin d'aller démolir les bâtiments en construction de Petrolia, ils ne verraient même pas le jour. Peut-être qu'après la mort de Pasolini, et bien que celle-ci fût alors considérée uniquement comme une vengeance de giton, il valait mieux faire profil bas. Gelli avait dû espérer que cette fois le message était passé. Il était passé. Petrolia resterait à l'état de livret calligraphié et de discussions officieuses.

Quelques mois plus tard, on proposait à Signorelli les premiers de nombreux contrats avec des fabricants d'armes, comme on donne un jouet à un enfant pour le consoler d'avoir dû prêter le sien. Quelqu'un avait peut-être même trouvé drôle que le patron Signorelli, sur sa plage, puisse presque voir ses mécanismes rouler à l'intérieur de lanceurs de missiles disposés trente kilomètres plus loin. La tactique avait fonctionné. Restait une grande frustration, qu'Ercole avait imposée à tous ceux qui l'entouraient, par son caractère de cochon à la maison et au bureau. Ce que Suzanne déduit, c'est qu'il fallait être très riche et très puissant, ou très pauvre et très désespéré, pour se permettre de privilégier des intérêts dits supérieurs, c'est-à-dire des idéaux politiques. Évidemment, privilégier l'avènement du capitalisme quand on en vivait, et celui du communisme quand on n'avait rien, c'était assez logique. Mais la plupart du temps, c'étaient les enjeux personnels qui l'emportaient : Suzanne n'avait pas tous les détails, mais sans la jolie Paloma, navigant entre les bras d'Ercole et le bureau de Gelli, sans mille intermédiaires qui, jusqu'à Marco, Sergio et Rosa sur leur colline, avaient chacun une envie, une frustration, une jalousie, une peur ou une rancune, ce minutieux filet n'aurait pu être tissé.

Elle rejoint Giulia à un vernissage. On est bien loin de ton musée de Castiadas, rit-elle devant les monstrueuses hybridations qu'une sculptrice slovène a décidé d'installer dans un garage désaffecté – décidément, les voitures la poursuivent. Suzanne transpire dans la chaleur du soir et se ressert un peu trop rapidement de prosecco, ce qui explique peut-être l'enthousiasme qu'elle manifeste lorsque Giulia lui présente Anton, un grand brun grisonnant en chemise blanche qui lui fait un effet aussi immédiat que positif, alors qu'il lui tend une main aux longs doigts de pianiste. Mais où Giulia va-t-elle les chercher ? demande-t-elle à voix haute en constatant que le Napolitain d'origine russe a le bon – et mystérieux – goût de parler un français impeccable. Anton et Suzanne en conviennent : ce n'est ni le moment ni le lieu de parler histoire. Ils se contentent tous de trinquer, puis d'aller dîner. Giulia ramène Suzanne à son hôtel et celle-ci se demande pourquoi elle est ainsi chaperonnée. Est-ce que Giulia l'utilise ? Elle veille à donner rendez-vous à Anton le lendemain, dans le jardin du Pincio. Ça fait un peu espionne, pense-t-elle.

Anton en polo marine et à jeun lui plaît toujours alors qu'ils pédalent côte à côte sur l'un de ces vélos à quatre places étrangement nommés rosalies. C'est lui qui a pris l'initiative, et tant pis si les allées ombragées parsemées de statues, de nounous avec enfants et de touristes ne sont pas non plus le cadre idéal pour parler de Gladio. Suzanne avoue qu'elle ignore de quoi il s'agit et Anton rit, et Suzanne se laisse distraire un instant par ce rire et les fossettes qui vont avec, avant de comprendre de quoi il parle exactement. Le réseau d'agents dormants, les *stay-behind* de l'Otan, postés en Italie après la guerre par la CIA et le MI6, se tenant prêts à contrer une éventuelle arrivée au pouvoir du communisme, trempant leur glaive éponyme dans le terrorisme et le crime organisé. Gladio, qui avait peut-être été derrière l'enlèvement d'Aldo Moro, encore attribué aux Brigades rouges… Anton propose un soda à une terrasse du jardin, dans la lumière poudreuse de la fin d'après-midi, et Suzanne sous le charme finit par lui raconter beaucoup trop de choses sur les Signorelli – Giulia lui a pourtant dit de faire attention, mais ne serait-elle pas simplement jalouse que Suzanne lui échappe ? Anton ignore ce qu'Ercole pouvait, en 1976, savoir de Gladio, mais s'il connaissait vraiment Gelli ou Cefis – ou les deux, comme cela a été confirmé par Gianfranco et Minnie –, il était fort possible qu'il ait été au courant. Et fort possible que ce soit un groupe de cet ordre, ou alors l'Ordine Nuovo, à l'extrême droite, qui ait été derrière ce petit kidnapping sarde qu'on avait probablement prévu d'imputer à un groupuscule de fans de Gramsci pour entretenir la stratégie de la tension. Et qui n'avait d'autre finalité, Suzanne le devine maintenant, que de faire peur à Ercole, suffisamment pour qu'il abandonne ses projets. Ça avait marché. Mais c'est elle qui s'était retrouvée, quarante ans plus tard, affublée d'un mari dénué d'émotions – sinon celles qu'il pourrait ressentir avec une maîtresse aussi inculte que bien roulée.

Suzanne, rendue émotive par les nombreux verres de vin partagés avec Anton dans un restaurant de la Via Veneto que tous deux trouvent trop cher mais qui a le mérite d'être ouvert, alors que la moitié de Rome est encore à la plage, Suzanne raconte ses histoires d'armement. Anton lui demande s'il peut parler des Signorelli dans un documentaire qu'il veut consacrer prochainement à la stratégie de la tension. Sans bien sûr citer Suzanne, celle-ci l'exige et a une certaine confiance en Anton, confiance qui sera scellée un peu plus tard lorsqu'il s'endort paisiblement à ses côtés dans sa chambre d'hôtel, après quelques heures assez passionnelles – Suzanne aussi a eu le temps de constater qu'il n'était pas si difficile de s'adapter à un nouveau corps, elle a mis ça sur la pratique conjointe du vélo dans les allées du Pincio. Ce qui l'a surprise, c'est la facilité avec laquelle elle a proposé à Anton de monter dans sa chambre, et la facilité avec laquelle elle le quitte le lendemain, sans savoir si elle le reverra un jour – c'est tout de même possible, compte tenu de l'enthousiasme qu'il manifeste à l'idée de son documentaire. Il ne faudrait pas qu'elle abuse de sa nouvelle aptitude à prendre des décisions pour faire n'importe quoi, se dit-elle en rêvant dans l'avion qui la ramène à Montpellier.

There's Always Tomorrow

Suzanne a donné rendez-vous à Paolo à midi, dans le restaurant d'un de ces innombrables hôtels du centre de Londres, tweed marron et Skaï vert, théières en inox et *gravy* dans l'assiette ; son mari s'est amusé de ce désir soudain de formalité. Autour d'eux, fait remarquer Paolo, il n'y a que des femmes âgées qui déjeunent seules, perdues dans les brumes de leurs pensées ou de leurs souvenirs. Suzanne ne brandit ni documents secrets ni photos volées, elle se contente de lui expliquer ce qu'elle a patiemment reconstruit, et deviné. L'enlèvement a été avorté, les millions n'ont jamais changé de main et Paolo a été rendu sain et sauf à sa famille après une fin de nuit et une journée, parce que l'opération était orchestrée en plus haut lieu, un lieu si proche d'Ercole que ce dernier n'avait probablement jamais soupçonné l'identité des vrais responsables. Ercole n'avait pas soupçonné mais pas cherché non plus, même pas porté plainte. Parce qu'il se livrait, déjà, à des activités à la lisière de la légalité, sinon franchement illicites. Paolo a-t-il entendu parler de Petrolia, le projet qu'avait son père d'édifier un grand complexe industriel inspiré de Carbonia ?

Depuis leur retour à Londres, les migraines de Paolo ont empiré. S'il a ressenti quelque fois le regret des minutes passées en compagnie de Nini, c'est surtout du dégoût qui l'étreint depuis, sans qu'il se l'explique vraiment. Alors il regarde Suzanne, Suzanne qui depuis peu est très occupée, Suzanne qui lui explique toute cette histoire, et il ne comprend pas où sa femme veut en venir. Les mots, les noms, les dates se sont mélangés. Il n'a rien à voir avec Pasolini, et son père non plus. Oui, un industriel veut gagner de l'argent, en vendant ce qui lui en rapporte. Paolo ne ferait pas forcément ces choix, s'il était aujourd'hui en position de prendre des décisions pareilles, mais Ercole est un homme de son époque. De toute façon, maintenant, Ercole est grabataire. Quant à lui… Paolo aimerait ne plus y penser, à cet enlèvement, et prendre un nouveau départ. D'autant plus qu'il va avoir à assumer de nouvelles responsabilités au sein de l'entreprise. Est-ce qu'il ne serait pas temps de réserver pour passer Noël en famille dans une île au soleil, plutôt qu'à Cortina ?

Suzanne ne sait pas si elle comptait sur une dernière chance. Elle l'a dit au docteur Mercer, elle l'a dit à Giulia, et elle ne sait toujours pas, en entendant Paolo qui ne la comprend pas, si elle est déçue ou rassurée que cette dernière chance s'envole, s'effondre plutôt, de manière aussi brutale. Elle regrette le choix de cet hôtel soudainement sordide, les arabesques de sauce brune dans son assiette froide soulèvent une nausée. A-t-elle voulu déjà s'imaginer dans l'après, quand elle ne fréquentera plus les palaces ou les plages sardes ? En tout cas, c'est réussi. Elle se sent salie par les révélations qu'elle vient de faire et qui ne servent à rien, sinon à accélérer sa séparation d'avec les Signorelli – à cela près que ses trois enfants porteront, toujours, ce nom. Elle fait signe au serveur aux grandes oreilles et demande l'addition, qu'elle tient à payer. Paolo, qui n'a toujours pas compris, rit. Si ça t'amuse de payer, ça reste mon argent, de toute façon… Et l'argent de mon pauvre vieux de père, qui s'est fait avoir par l'Histoire… Et son père avant lui. « S'est fait avoir par l'Histoire ? » s'étouffe Suzanne qui s'apprêtait à se lever dignement. « Fricoter avec Hitler et Mussolini, choisir de tout salir pour du pétrole, y sacrifier son propre fils comme on jetait les enfants en pâture au Moloch, vendre des armes, c'est ce que tu appelles se faire avoir par l'Histoire ? » Paolo acquiesce. Ce n'est pas la faute des Signorelli si les Rockefeller ont trouvé du pétrole, si Mussolini et Hitler sont arrivés au pouvoir. Ce n'est pas la faute des Signorelli si la terre a piégé et fossilisé des hydrocarbures, pas leur faute si les hommes depuis toujours se battent. Caïn a tué son frère sans avoir besoin des armes que les Signorelli contribuent à fabriquer d'une infime manière, par un petit roulement dans un mécanisme. Et il faut bien manger, et il faut bien vivre, et Paolo aurait-il dû, lui qui était le premier à payer un prix élevé, à savoir cette nuit de terreur dans la maisonnette sur la colline, Paolo aurait-il dû renoncer à l'argent qui faisait vivre sa femme et ses trois fils ? Quand bien même il se fâcherait avec toute sa famille, il lui faudrait encore travailler, et où l'héritier Signorelli pourrait-il travailler, sinon dans l'entreprise qui porte son nom ? Où gagner l'argent pour que Giorgio, Taddeo et Beppe continuent leur scolarité correctement, puissent skier l'hiver et se baigner l'été ? Heureusement que, maladroit, il termine par ce détail trivial. Suzanne n'a rien à répondre au meurtre d'Abel par Caïn ni aux raisons pour lesquelles la planète renferme encore un peu de pétrole, mais son mari vient de lui rappeler que leurs enfants sont en perdition dans un monde aussi vain, et même en danger dans une famille qui est prête à les sacrifier. Il lui rappelle au passage que lui-même refuse toujours de s'en offusquer. Les enfants pourront aller à l'école en France, avec moi, rétorque Suzanne. À Vinargues, peut-être ? demande Paolo, ironique.

Non, Suzanne n'ira plus à Vinargues, mais elle pourrait vivre à Paris, il y a quand même de quoi y faire ses études et elle est en train de chercher du travail, elle a déjà quelques projets d'articles… Et Paolo ne se voit pas vivre à Paris, coupe-t-il, alors Suzanne doit lui expliquer que c'est terminé. Leurs avocats peuvent prendre le relais. Elle est désolée, ajoute-t-elle, et c'est vrai, elle l'est, au sens propre : seule face aux engrenages qu'ils ne manqueront pas de construire pour que le monde continue de tourner autour d'eux.

Dehors, il fait encore très chaud. Ce serait moins choquant à Naples, d'où Anton lui envoie des pages de questions auxquelles elle s'efforce de répondre ; c'est finalement un livre, qu'il a prévu d'écrire. On changera les noms pour protéger les enfants, mais Anton en est persuadé : en dénonçant une énième affaire dans laquelle l'appât du gain et du pouvoir l'a emporté sur les considérations humaines les plus élémentaires, comme l'amour de sa progéniture, on ajoutera un grain de sable à un autre, et un jour peut-être, ces grains formeront les dunes d'un monde débarrassé des hideuses traînées noires qui maculent les côtes.

Suzanne va chercher les enfants à l'école pour les emmener en promenade : ils retourneront au cimetière de Bunhill Field et, cette fois, devant les tombes moussues où sautillent étourneaux et écureuils, elle prendra le temps de leur parler des folles rêveries de William Blake et de ce Robinson Crusoé échoué sur l'île du Désespoir, mais si doué pour survivre qu'il avait fini par en revenir.

TABLE

Première partie

Deuxième partie

Cet ouvrage a été mis en pages par

<pixellence>

CET OUVRAGE
A ÉTÉ ACHEVÉ D'IMPRIMER
SUR ROTO-PAGE
PAR L'IMPRIMERIE FLOCH
À MAYENNE EN MAI 2023

N° d'édition : 553763-0. N° d'impression : 102653
Dépôt légal : août 2023
Imprimé en France